# Le chemin des Étoiles

DZET

Roman

# CARTE DU
# chemin des Étoiles

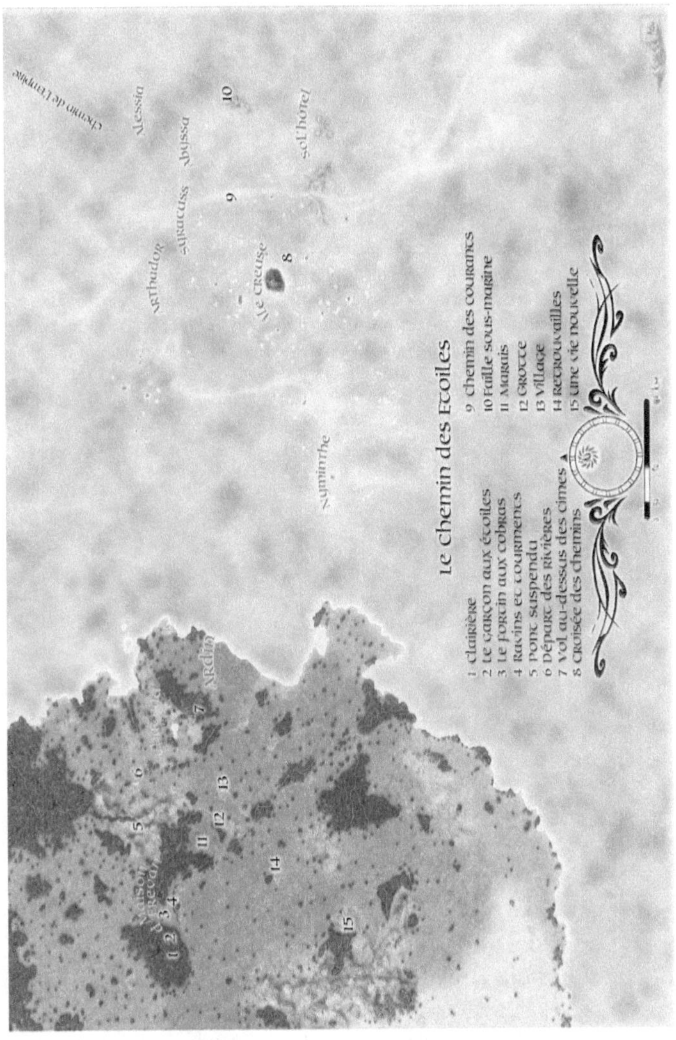

Illustration et couverture : Dzet
Carte du monde : Thibault Manat
© 2014, Dzet, éditions Inspiration.

ISBN : 979-10-93922-00-3
Publié en septembre 2014

Site web : www.chemindesetoiles.com

Page Facebook : www.facebook.com/chemindesetoiles

# Lexique, Légendes et constellations

**Emily :** Personnage principal.

**Pierre Brigouli :** Brocanteur, ami d'Emily.

**Erevan :** Jeune homme vivant dans les bois avec une ourse, Callisto.

**Callisto :** Ourse d'Erevan.

La Grande Ourse est la plus connue des constellations et permet de localiser la position d'étoiles importantes telles que l'Étoile polaire par exemple.

Dans la mythologie grecque, Callisto était une nymphe d'une grande beauté, suivante d'Artémis, déesse de la Chasse. Elle eut une liaison avec Zeus et tomba enceinte. Héra, l'épouse du dieu, la transforma en ourse et elle dut fuir dans la montagne. Plus tard, son fils prénommé Arcas ne la reconnut pas et faillit la tuer mais Zeus la protégea en la transposant dans la constellation de la Grande Ourse.

Dans cette histoire, les points lumineux qui apparaissent sur le corps de Callisto lors de sa confrontation avec Eraser représentent les étoiles de cette constellation.

**Pierre-de-Lune** : Petit garçon aux grands pouvoirs, ami d'Emily, d'Erevan et de Callisto.

**Eraser** : dit le « voleur d'âmes ».

Eraser signifie « l'effaceur » en latin. Un nom approprié pour ce voleur d'âmes redoutable.

**Arcturus** : sbire d'Eraser.

Arcturus, géante rouge la plus proche de notre planète, est l'étoile principale de la constellation du Bouvier et signifie : « chasseur qui guette l'ourse ». Cette constellation a pour voisines la Petite et la Grande Ourse, et Arcturus se trouve dans le prolongement direct de la queue de cette dernière.

**Algol** : sbire d'Eraser.

Étoile de la constellation de Persée.

Ce nom est dérivé de l'ancien arabe Al Ra's al Ghul qui signifie « tête du démon ». D'après la légende de l'Antiquité, Persée tenait dans sa main la tête de Méduse (divinité secondaire appelée également Gorgo, à la chevelure entremêlée de serpents et dont quiconque regardait le visage se retrouvait pétrifié). Algol se situe à l'endroit même de la tête au sein de la constellation.

**Jonas** : Personnage biblique qui fit un séjour forcé dans le ventre d'une baleine.

**Némésis :** Déesse grecque de la Vengeance, ou, plus précisément, de la « juste colère ».

**Algedi :** Mage.

C'est l'étoile principale de la constellation du Capricorne. « Alpha Capricorni » porte aussi le nom d'« Algedi » ou de « Dabih » qui, en ancien arabe signifie : « bonne étoile du combattant ». Il s'agit d'une double étoile optique que l'on peut déjà séparer à l'œil nu dans de bonnes conditions de visibilité. Algedi signifie également « la chèvre ».

Dans la mythologie, Pan, le dieu des Bergers et des Troupeaux, se serait métamorphosé en capricorne afin de se protéger d'un typhon. Le Capricorne, poisson-chèvre, est un animal à la fois terrestre et marin.

Dans cette histoire, le capricorne est notamment le signe astrologique de la mère d'Emily.

**Altaïr :** Mage.

C'est la douzième étoile la plus brillante de la voûte céleste. Altaïr vient de l'arabe et signifie « l'aigle en vol ».

Dans la mythologie, la constellation de l'aigle représente l'aigle de Zeus (Aigle du Caucase), rapace qui, sous l'ordre de ce dernier, harcelait Prométhée en rongeant chaque jour son foie pour le punir d'avoir donné le feu aux hommes.

**Régulus :** Mage.

Étoile la plus brillante de la constellation du Lion, Régulus vient du latin et signifie «petit roi». Elle est également connue sous le nom arabe de Kalb Al Asad qui veut dire « cœur de lion ».

Dans la mythologie, il s'agit du lion de Némée (ville antique de Grèce) pourvu d'une carapace de métal faisant ricocher les flèches et pouvant émousser n'importe quelle arme. Hercule en vint à bout en l'étouffant, puis il le dépeça et se confectionna une armure de cette peau invulnérable.

# CHAPITRE I

## Rêves et amitié

Le temps s'écoule lentement. Écrasée sous un soleil de plomb, la ville baigne dans une torpeur lancinante que rien ne vient troubler, si ce n'est par moments le bruit toussotant d'une climatisation à bout de souffle, devenue aussi dispendieuse qu'inutile.

La fatigue qui se lit sur les visages n'est pas sans rapport avec cette chaleur étouffante. On attend une pluie qui ne vient pas, on guette un ciel sans nuage dans l'espoir d'y voir les prémices d'un orage qui se fait désirer depuis quelques semaines déjà. Le temps même semble s'être figé sur l'horloge de la classe dont l'aiguille s'est arrêtée à midi moins dix.

Bien que peu coquette et qu'elle ne fit jamais le moindre effort pour s'arranger, Emily était plutôt jolie. Constamment emmêlés, ses longs cheveux châtain foncé auraient mérité un bon coup de ciseaux, mais lui donnaient un petit air sauvage qui n'était pas dénué de charme. Sa bouche, joliment dessinée, venait souligner un nez fin surmonté de grands yeux gris qui se perdaient parfois vers un horizon que nul ne pouvait voir.

D'aucuns auraient pensé avoir affaire à une rêveuse, mais il n'en était rien. En réalité, elle s'ennuyait chaque jour un peu plus et ne faisait qu'attendre que quelque chose se passe, ce qui n'arrivait bien sûr jamais.

À la fin du cours, elle empoigna son sac et se fraya un chemin tant bien que mal dans la cohue générale, tâchant d'éviter les quelques bavards qui auraient pu l'intercepter. De nature assez renfermée, elle n'aimait pas s'attarder pour discuter aussi se hâta-t-elle de se faufiler vers la sortie pour rentrer.

Elle passa prendre du pain à la boulangerie, puis fit un détour à l'épicerie pour acheter une salade avant de monter dans le bus.

Tout juste arrivée chez elle, la jeune fille s'empressa de manger avant de commencer à faire la vaisselle. Comme chaque vendredi, elle avait prévu de passer l'après-midi chez Pierre Brigouli, son ami brocanteur, et il lui tardait déjà de le retrouver.

Lorsqu'elle eut terminé de nettoyer assiettes et couverts, elle fit une toilette rapide, puis poussa la porte tout en promettant à son père de ne pas rentrer tard.

Sitôt dehors, elle traversa la route, longea une rue transversale sur une centaine de mètres, s'enfila dans un dédale de petites ruelles, déboucha sur un étroit chemin de terre qui s'enfonçait au cœur d'un terrain en friche et s'arrêta non loin d'une baraque miteuse dont le toit de tôle semblait sur le point de s'écrouler.

Apercevant un homme qu'elle n'avait jamais vu, elle alla se cacher derrière un buis et attendit.

L'inconnu s'engagea dans la cour, soulevant une épaisse poussière sur son passage.

— Y a quelqu'un ? cria-t-il.

Une voix grincheuse que la jeune fille connaissait bien retentit un peu plus loin. Quelques instants plus tard, un homme d'environ soixante-dix ans, la peau tannée par le soleil, émergea de derrière une petite remise. Avec sa barbe en bataille, sa salopette tachée et son air renfrogné, le vieil homme ne paraissait pas très avenant.

— C'est pas vrai ! vociféra-t-il en se prenant les pieds dans un tuyau qui traînait par terre. J'arrive, bon sang !

Autour de lui, les objets les plus invraisemblables s'entassaient à ciel ouvert. De l'armoire au tournevis rouillé en passant par toutes sortes d'ustensiles usagés, rien ne manquait à l'appel. L'ensemble régnait dans un désordre chaotique.

— J'arrive ! Ah, c'est vous, grogna-t-il d'une voix contrariée en apercevant le visiteur.

— Mais quel accueil ! répondit l'homme, un peu vexé.

— C'est que je n'ai pas que ça à faire moi ! fit le vieux en essuyant ses mains noires de cambouis sur ses genoux. Betsy me pose quelques problèmes en ce moment…

— Toujours ce vieux tacot ?

— Ce tacot, comme vous dites, fonctionne encore très bien ! s'indigna le vieillard avec une mauvaise foi évidente. Mais avec la chaleur qu'il fait, ça ne le met pas tellement de bonne humeur vous comprenez ? Bon, à part ça, qu'est-ce que vous voulez ?

— Je cherche une bonne lampe à pétrole. Qu'elle soit ancienne ne me dérange pas du moment qu'elle est solide. En auriez-vous ?

— Peut-être que oui, peut-être que non. Faudra que je regarde chez moi, il n'y en a ni au hangar ni dans la cour. Mais je n'ai pas le temps de chercher maintenant. Préfère m'occuper de Betsy. Passez un autre jour !

— Peut-être pourriez-vous quand même jeter un œil ? Ça ne devrait pas prendre des heures…

— Écoutez monsieur, fit l'extravagant homme, je vous répète que je n'ai pas le temps aujourd'hui. Passez donc demain !

— Mais c'est que je n'ai pas que ça à faire non plus ! Et vous êtes ouvert, il me semble. Je vais tout de même faire un tour.

— Tant que vous ne me fichez pas le bazar partout, allez où bon vous semble et grand bien vous fasse ! répliqua le brocanteur d'un ton bourru. Si vous voulez bien me laisser maintenant, j'ai d'autres chats à fouetter…

— Bien, puisque vous le prenez comme ça, allez au diable ! répondit le gaillard en perdant patience. J'irai voir ailleurs.

Il tourna les talons, excédé, et passa près de la cachette où Emily essayait d'étouffer son rire avec sa main.

Le brocanteur qui l'attendait se tourna de son côté.

— C'est bon gamine ! Tu peux sortir de là.

La jeune fille balaya d'un revers les quelques feuilles mortes qui s'étaient accrochées à ses vêtements et se rendit vers son ami.

— Vous n'y êtes pas allé un peu fort quand même ?

— Bah non ! fit le vieux, radouci. Je le connais et il a l'habitude de mes manières. Il revient toujours, je crois qu'il m'aime bien…

Ils se dirigèrent vers le jardin où des boissons les attendaient.

— Ton père n'a pas été contrarié de savoir que tu venais aujourd'hui ?

— Non, répondit-elle. Et je ne pense pas que ce soit ça qui le dérange, je crois juste qu'il désespère de ne me voir aucun ami de mon âge.

— Si ce n'est que ça… Il y a longtemps que je ne vieillis plus moi !

— Je n'en doute pas, fit-elle avec un sourire.

— Ceci dit je peux quand même le comprendre. Si j'avais une fille, je ne suis pas sûr que j'aimerais qu'elle aille rôder n'importe où.

— Ici ce n'est pas n'importe où, c'est chez vous. Et puis je ne rôde pas, je rends visite à un ami.

De toute façon, ne pensons plus à cela. Allons nous asseoir et, si cela vous tente, racontez-moi vos aventures de la semaine, suggéra-t-elle.

Il faut dire qu'elle le connaissait mieux que quiconque. Elle l'avait rencontré en épiant secrètement ses étranges habitudes. Il passait le plus clair de son temps à nettoyer « Betsy », véhicule orné de rouille et de mousses rebelles bon pour la casse, qui ne roulait plus depuis belle lurette.

Mais il ne se contentait pas d'entretenir son véhicule. Il lui parlait aussi, lui racontait toutes sortes d'histoires et s'énervait à la moindre apparition importune tandis qu'Emily, dissimulée par les taillis, buvait ses paroles en oubliant sa propre solitude, ce qui la faisait se sentir curieusement proche de lui.

Toutefois, la comparaison s'arrêtait là. Si elle avait toujours eu l'impression d'être à part, ce n'était pas en raison d'une quelconque originalité, mais parce qu'elle se sentait creuse et vide, sans aucune passion. Elle ne rêvait ni le jour ni la nuit, se fichait des tracas du quotidien et regardait passer les journées avec une morne indifférence. Pourtant, en dépit de cette nature peu enthousiaste, elle se surprit au fil du temps à attendre avec toujours plus d'impatience le moment où elle pourrait aller espionner ce drôle de personnage qui lui donnait le sentiment de découvrir un univers à des années-lumière du sien.

Un jour cependant, alors que la pluie s'était mise à tomber, le brocanteur s'était approché de sa cachette et lui avait demandé d'en sortir. Il était contrarié et lui avait fait comprendre que cela faisait déjà quelque temps qu'il s'était rendu compte de son petit manège, mais qu'il avait renoncé jusque-là à la faire déguerpir en pensant qu'elle finirait bien par se lasser d'elle-même de ce jeu stupide.

Elle lui avait fait des excuses et l'avait assuré qu'elle ne faisait pas ça pour se moquer de lui, mais parce qu'elle appréciait les histoires qu'il racontait à sa voiture.

Quand il voulut lui interdire de revenir, elle protesta vigoureusement, de telle sorte qu'il n'eut d'autre choix que d'accepter de la revoir. Il imposa néanmoins une condition : qu'elle cesse de se cacher.

De son côté, il ne croyait pas au hasard. Pour la première fois, quelqu'un lui tenait tête et une espèce d'intuition lui soufflait qu'ils ne s'étaient pas rencontrés sans raison. Mais surtout, elle lui avait paru sincère et un peu esseulée, ce qui avait achevé de le convaincre.

Lui-même n'avait plus de famille et ne s'était lié avec personne depuis longtemps, car la compagnie des gens avait tendance à l'ennuyer. Tous étaient si sérieux et conventionnels qu'il s'arrangeait le plus souvent pour les fuir.

Il vivait dans un rêve, ne trouvant aucun intérêt à la conversation, et n'éprouvait de contentement que dans l'agitation de son sommeil. Avec qui aurait-il pu partager ce genre de chimères ? Il s'était donc forgé une carapace et avait trouvé un auditoire satisfaisant en la personne de « Betsy ».

Toujours est-il qu'au fil du temps ils s'étaient rapprochés et qu'une forte amitié s'était tissée entre eux. Il découvrit en elle une personne avare de paroles, mais qui raffolait de tout ce qui pouvait l'éloigner un tant soit peu d'une réalité qu'elle jugeait monotone. Elle appréciait ses humeurs et manies et ne se gênait désormais plus pour s'installer sous le porche afin de discuter avec lui. Rien ne l'amusait autant que les mines déconfites des clients lorsqu'ils quittaient la brocante et ce n'était pas pour déplaire au vieux qui, encouragé par ces manifestations de joie, redoublait d'inventivité pour déconcerter les malheureux intrus.

Elle lui confia ne pas savoir ce que rêver voulait dire, ce qui ne laissa pas de l'étonner, et lui avoua avoir souvent envié Betsy pour les histoires qui lui étaient contées. Touché par l'amitié qu'elle lui témoignait, le brocanteur s'était confessé à son tour. Il avait admis qu'il trouvait déprimant de n'avoir que sa vieille voiture pour confidente et que sa présence avait fini par lui plaire.

C'est donc ainsi que, d'un accord tacite, ils avaient décidé de se retrouver chaque vendredi après-midi, pour le plus grand bonheur de l'un comme de l'autre.

# CHAPITRE II

## Le garçon aux étoiles

Le soleil était presque couché lorsque Emily quitta la brocante. Elle était en retard, aussi se mit-elle au pas de course. Une fois de plus, Pierre Brigouli lui avait raconté l'un de ses rêves passionnants, si bien qu'elle n'avait pas vu le temps passer.

Alors qu'elle remontait une petite ruelle, elle se demanda d'où lui venait cette imagination qui la surprenait toujours. Quelle chance ce devait être que de posséder un esprit aussi inventif!

Lorsque l'immeuble fut en vue, elle piqua un dernier sprint et traversa le carrefour sans faire attention. Soudain, un choc violent la projeta à terre! Elle en eut le souffle coupé, mais se releva peu après sans trop de mal et adressa un signe rassurant à l'automobiliste qui l'avait percutée pour lui indiquer qu'elle n'avait rien. Puis elle se hâta de rejoindre le bâtiment.

Une fois dans le hall, l'ascenseur, dont la lenteur légendaire se vérifiait chaque jour davantage, se fit attendre. Si elle n'avait pas habité au treizième étage, elle aurait pris les escaliers. Enfin, les portes s'ouvrirent en un grincement agaçant et elle pénétra dans la cabine. Quand l'appareil se mit en branle, elle se surprit à énumérer les étages un à un – comme si le fait de les compter le ferait monter plus vite – puis poussa un petit soupir d'impatience.

Mais alors qu'il allait atteindre le septième palier, un bruit étrange suivi d'une secousse se fit entendre et l'ascenseur se bloqua. Il ne manquait plus que ça ! Ce problème était récurrent. Cela faisait plusieurs mois que les locataires demandaient à l'agence de faire venir un réparateur, mais leurs lettres étaient restées sans réponse.

Elle appuya rageusement sur le bouton d'alarme en espérant ne pas rester coincée trop longtemps et s'assit. Déjà, quelqu'un tambourinait sur la porte quelques étages au-dessus en s'énervant. Il s'apercevrait vite que c'était peine perdue.

Emily en profita pour lui crier d'aller chercher le gardien, mais l'autre ne parut pas l'entendre et continua de s'acharner inutilement contre la porte de métal. Finalement, les coups cessèrent et leur auteur entreprit de dévaler les escaliers en lâchant des jurons.

— Vous m'entendez ? cria-t-elle lorsque l'inconnu passa à proximité. Allez chercher quelqu'un : la cabine est bloquée !

Mais l'individu l'ignora et poursuivit sa course en pestant.

— Crétin, soupira-t-elle en ramenant une mèche de cheveux rebelle sur sa tête.

Elle se rassit et prit son mal en patience, en tripotant nerveusement le bracelet qu'elle portait toujours à son poignet. Elle devrait attendre encore un moment, à moins que son père n'ait la bonne idée de partir à sa recherche, auquel cas elle pourrait toujours tenter de l'interpeller en l'entendant descendre. Peut-être même que cette mésaventure serait l'occasion de le convaincre de lui avancer un peu d'argent pour un portable ! À cette pensée, elle eut un petit sourire en coin et se détendit.

Appuyée contre le fond de l'ascenseur, elle laissa son esprit vagabonder et en vint naturellement à se remémorer les récits de l'après-midi.

Avec l'imagination prolifique qui le caractérisait, Brigouli lui avait parlé d'une sinistre créature qui apparaissait régulièrement dans son sommeil et qu'il prenait un malin plaisir à narguer. Il lui avait expliqué qu'à chacune de ses apparitions il comprenait qu'il était en train de rêver et que cela lui permettait dès lors de mettre en œuvre tout ce qui lui passait par la tête. Il pouvait disparaître, s'envoler, ou encore jeter des sorts, et tout cela lui plaisait énormément. Dans ces moments, il se sentait à nouveau jeune, agile, rapide et plein de ressources.

Le brocanteur connaissait un monde fabuleux qu'il avait exploré dans ses moindres recoins et dans lequel il prenait toujours plaisir à voyager à sa guise. Emily aurait tant voulu connaître de telles sensations… *Je suis sûr que toi aussi tu feras un jour ce genre de rêves !*

avait-il affirmé lors de l'une de leurs conversations, pour la réconforter. Malheureusement, la jeune fille se réveillait chaque matin sans le moindre souvenir et ne rêvassait pas davantage la journée.

Quoi qu'il en soit, elle était pour l'instant bloquée dans cet ascenseur et le temps commençait à lui paraître long. Elle s'apprêtait à jeter un coup d'œil à sa montre quand, tout à coup, la cabine chuta en un fracas retentissant !

Complètement affolée, elle se cramponna à la main-courante et vit avec effroi un trou béant se former sur le sol, au centre de la cabine. Elle s'arc-bouta entre les deux parois pour essayer de se caler, mais ses pieds dérapèrent et elle se retrouva suspendue dans le vide. La seconde d'après, une enseigne lumineuse apparut de nulle part et pointa vers le bas en indiquant : « Issue de secours ».

Sans comprendre ce qui se passait, Emily sentit la peur l'envahir. Rassemblant toutes ses forces pour raffermir sa prise sur la rampe, elle tenta de se cramponner au mieux, mais ses doigts, devenus moites de sueur, furent bientôt à bout de forces et elle tomba. Alors, l'impression que son cœur allait s'arrêter s'empara d'elle, puis ce fut le néant.

Quand elle reprit connaissance, elle se retrouva en train de glisser dans un long toboggan sans fin qui ne présentait aucune amarre à laquelle se raccrocher pour ralentir sa course. Malgré toutes ses tentatives, elle ne cessa de prendre de la vitesse et fut ballotée en tous sens, terrifiée. Au bout d'un moment, elle aperçut une lumière en contrebas qui se rapprochait d'elle à toute allure ! Elle ferma les yeux en une ultime prière puis… rebondit.

*Est-ce un miracle ou suis-je folle ?* se demanda-t-elle en ouvrant les yeux à nouveau. *Tout ça n'a aucun sens !* En effet, un trampoline providentiel venait d'amortir sa chute.

*Je sais,* se dit-elle en pensant à Brigouli, *ce doit être un rêve, ou plutôt un cauchemar. Il faut absolument que je me réveille !* Elle se concentra, se pinça et fit tout ce qu'elle put pour y arriver, mais ses efforts restèrent vains.

*D'accord,* finit-elle par céder. *Puisque ça ne marche pas et que le plus probable est encore que je me sois endormie, autant faire avec. Après tout, s'il s'agit d'un rêve, je ne risque rien…*

La jeune fille se redressa, descendit du trampoline et observa les environs. Elle se trouvait dans une petite clairière, au beau milieu de la forêt. Un épais tapis de mousse, parcouru d'un millier de petites fleurs violettes ainsi que de myrtilles, recouvrait le sol. Les sapins foisonnaient et, au pied de l'un d'eux, elle reconnut une espèce d'amanite. Elle cueillit quelques baies qu'elle mangea en vitesse. Comme ce qu'elle vivait n'était sans doute pas réel, cela ne pourrait certainement pas lui faire de mal.

Écrasant au passage une vesse-de-loup qui éclata en diffusant ses spores, elle partit à la découverte des alentours. Le niveau de détails que pouvait créer un rêve l'étonna ! Elle constata par exemple en grimpant à un talus que cela lui coûtait le même effort qu'en temps normal. Un peu plus tard, elle se piqua à une épine qui lui arracha un petit cri de douleur. Elle commença alors à se demander si elle était vraiment en train de rêver, d'autant plus que depuis qu'elle était entrée dans l'ascenseur elle ne se rappelait à aucun moment s'être endormie, du moins, jusqu'à son bref évanouissement.

Après s'être arraché un cheveu et avoir frappé un tronc d'arbre, elle se sentit déstabilisée. Était-il possible qu'il ne s'agisse pas d'un rêve et qu'elle soit réellement tombée dans ce trou ? À présent, elle n'était plus sûre de rien. Elle décida de monter à la cime d'un arbre pour comprendre où elle se trouvait, mais, ceci fait, ne vit rien d'autre que la forêt, gigantesque, qui s'étendait à perte de vue.

Tâchant de rester optimiste, elle se remit en route en espérant tomber tôt ou tard sur une habitation ou un sentier. Toutefois, les heures passèrent sans que rien se produise. L'immensité sylvestre semblait dépourvue de toute vie humaine.

À la nuit tombée, elle s'organisa un campement de fortune en se promettant que, dès qu'il ferait à nouveau jour, elle suivrait la course du soleil afin de ne pas tourner en rond.

Après avoir rassemblé quelques fougères pour se protéger de l'humidité du sol et avoir utilisé des branches de sapin pour se constituer un abri, elle se recroquevilla en boule et attendit que le temps passe. Il commençait à faire froid et, si aucun changement ne survenait, la nuit promettait d'être longue. Elle regretta de ne pas être vêtue plus chaudement. Cette nouvelle sensation la conforta dans l'idée qu'elle ne rêvait pas.

Dès les premières lueurs de l'aube, Emily repartit, courbaturée et transie, en priant pour que cette aventure prenne rapidement fin. S'armant de courage, elle marcha d'un bon pas en se disant que plus elle avalerait de kilomètres, plus vite elle sortirait de la forêt. Malheureusement, le soir arriva sans que ses efforts eussent payé et elle dut se résoudre à s'arrêter pour passer une nuit de plus dans les bois.

Alors qu'elle montait un nouveau campement, une petite forme rectangulaire, à demi enfouie sous terre, attira son regard. C'était une boîte d'allumettes complètement détrempée et ramollie. Elle l'ouvrit sans conviction et, par acquit de conscience, en fit craquer une. Contre toute attente, l'allumette s'enflamma, lui rendant un peu d'espoir. Peut-être que les autres seraient encore utilisables ?

Elle rassembla en hâte quelques pierres et du petit bois, puis forma un foyer. L'idée de se réchauffer auprès d'un feu était la bienvenue, surtout si la nuit s'annonçait aussi froide que la précédente. Mieux encore, cette boîte d'allumettes témoignait du passage de quelqu'un ! Si elle se trouvait ici, cela voulait forcément dire que des gens vivaient non loin de là et qu'elle pourrait trouver une habitation. Cette perspective lui redonna de l'énergie.

Peu à peu, la nature s'emplit de sons inconnus et la jeune fille commença à somnoler. Elle se demanda encore une fois comment elle avait pu en arriver là. Si ce qu'elle vivait n'était pas un rêve, alors comment avait-elle pu passer en une fraction de seconde de la cage d'ascenseur de son immeuble à cette immense forêt ? Mais ses pensées lui échappèrent et, l'instant d'après, elle sombra dans un profond sommeil.

Elle n'entendit ni les pas furtifs se rapprocher, ni les grondements sourds s'élevant d'un fourré à quelques mètres de là. Soudain, quelque chose remua ! Des bruits étouffés, suivis d'un craquement sec et d'un grand cri plaintif retentirent.

Emily se réveilla en sursaut et se redressa vivement, le cœur battant. Elle sortit de son abri et vit son feu presque éteint. Effrayée, elle entendit quelque chose détaler à travers bois et s'empressa de remettre du combustible sur les braises pour le raviver. Si des animaux rôdaient dans le coin, il valait mieux l'entretenir.

C'est alors qu'un souffle chaud lui frôla la nuque ! Elle bondit de côté en poussant un cri. Trois créatures inquiétantes, dont elle ne discerna pas tout de suite la forme, se tenaient là.

Armée d'un bâton, elle alla se placer derrière son feu qui reprenait et poussa un soupir de soulagement lorsqu'elle put distinguer de quoi il s'agissait. En fait de créatures, elle faisait face à une vache, une chèvre et un âne qui la dévisageaient d'un air intrigué.

Un peu honteuse de s'être fait peur pour rien, elle se rapprocha de l'âne afin de le caresser. Les pauvres bêtes s'étaient-elles égarées ? La ferme d'où elles venaient ne pouvait pas être bien loin et leur propriétaire était sans doute l'homme qui avait égaré ses allumettes.

Pendant qu'Emily flattait l'âne, la vache et la chèvre l'encerclèrent de façon peu rassurante, en dardant sur elle un regard indéchiffrable. Elle eut un mouvement de recul, mais la vache entreprit de lui lécher la main de sa langue râpeuse tandis que l'âne se détournait pour arracher des feuilles à un petit buisson qu'il mâcha avec délices. La chèvre quant à elle se contenta de bêler, sans paraître plus menaçante.

— Allez, fit-elle à voix haute pour se donner du courage. Vous n'avez pas l'air bien méchants. Mais d'où pouvez-vous bien venir ? Si seulement vous pouviez m'y emmener !

Comme s'il avait compris, le bourricot arrêta de manger, se rapprocha d'elle et la tira par la manche.

— Oh là, stop ! fit-elle, surprise. Mes vêtements ne sont pas à manger !

À ces mots, l'animal parut vexé et s'éloigna.

Elle le regarda faire avec un certain amusement jusqu'à ce qu'il se retourne et se mette à braire énergiquement, ses cris retentissant dans toute la forêt. On aurait pu jurer qu'il voulait qu'elle le suive ! Après tout, pourquoi pas ? Elle ne savait ni où elle était, ni où elle allait et la présence de ces animaux la rassurait. Qu'avait-elle donc à perdre ? Elle hésita encore un bref instant avant de se décider.

— Bon, d'accord, je viens, lâcha-t-elle enfin. Mais de grâce, tais-toi !

Elle lui emboîta le pas et ils partirent à travers bois, suivis par la chèvre et la vache. L'âne semblait savoir où il allait. Il avançait rapidement entre les arbres et les buissons, marquant de temps à autre de courtes haltes, comme pour s'assurer qu'elle le suivait bien. Avec un peu de chance, peut-être la mènerait-il vers une maison ?

Malgré la fraîcheur de la nuit, le fait de bouger empêcha Emily de trop souffrir du froid et, même si elle ne voyait pas très clair, elle réussit à se déplacer sans trébucher sur les racines que rencontraient ses pieds.

Malgré la fatigue, elle marcha avec persévérance en espérant que la route ne serait pas trop longue et qu'elle finirait bientôt par trouver la ferme d'où venaient les animaux.

Quelques heures plus tard, il n'y avait toujours aucune trace d'activité humaine en vue et elle sentit son courage la quitter.

Ils débouchèrent alors dans une grande clairière où l'âne s'arrêta pour se mettre en quête de quelque chardon. La vache et la chèvre quant à elles la poussèrent du museau, comme si elles voulaient lui montrer quelque chose. Lasse, la jeune fille les repoussa, tripatouilla son bracelet, puis repéra une souche contre laquelle elle alla s'adosser, dépitée, avant de tâter sa poche pour vérifier si elle n'avait pas perdu ses allumettes.

Au cas où l'attente se prolongerait, d'ici à ce que les animaux se remettent en route, elle pourrait toujours refaire du feu.

Quoi qu'il arrive, elle resterait auprès d'eux. Ils demeuraient malgré tout son meilleur espoir de retrouver la civilisation et finiraient bien par reprendre le chemin de leur ferme. De plus, elle ne tenait pas particulièrement à se retrouver seule et, dans le pire des cas, elle pouvait raisonnablement supposer que l'éleveur partirait à leur recherche tôt ou tard.

Pour passer le temps, elle décida de réviser ses quelques connaissances en astronomie et contempla la voûte céleste. Après avoir repéré la Grande Ourse, elle décala son regard un peu plus haut à droite et vit la constellation du Dragon. À partir de là, elle trouva la Petite Ourse aux côtés de laquelle brillaient les huit étoiles visibles qui formaient la constellation de Céphée. Elle poursuivit son observation en repérant Cassiopée, puis plissa les yeux, perplexe.

Certains astres des constellations de Pégase et Andromède avaient purement et simplement disparu ! Plus étrange encore, d'autres étoiles n'étaient de toute évidence plus à leur place. *Je n'ai jamais vu un ciel pareil !* se dit-elle. *Comment est-ce possible ?*

— Emily !

La jeune fille sursauta violemment.

— Qui est là ?

C'est alors qu'un étrange garçonnet, vêtu d'une cape sombre, surgit de la forêt et s'approcha d'elle en courant.

— N'aie pas peur, je suis là pour t'aider, fit ce dernier hâtivement en promenant un regard inquiet autour de lui.

— Qui es-tu ? Et d'abord, comment connais-tu mon nom ? demanda-t-elle en le dévisageant avec étonnement.

Arborant une épaisse tignasse en bataille, une bouche fine au pli légèrement moqueur, le gamin avait l'air vif et espiègle. De nombreuses petites taches de rousseur parsemaient l'arête de son nez sous un regard clair.

— Pas le temps de t'expliquer. Viens !

Sans lui laisser le temps de réagir, il se saisit de sa main et l'entraîna vers le centre de la clairière.

— Dépêche-toi ! intima-t-il avec impatience en la tirant d'une poigne étonnamment ferme.

— Hé arrête ! Qu'est-ce que tu veux ?

— Fais-moi confiance !

Enfin, il la lâcha et sortit de sous ses vêtements une sorte de petit sceptre sculpté, orné d'un joyau blanc, qu'il brandit vers le ciel.

— Étoiles, un prodige apparaît ! psalmodia-t-il.

Tout en disant cela, il entama une gracieuse chorégraphie.

Emily n'en croyait pas ses yeux. Ce garçon avait un sérieux problème !

— Vas-tu donc cesser ce cirque et me dire ce que tu veux ? intervint-elle, déconcertée.

— Pegasus abante ! Ab occidente Andromèdae ! cria-t-il alors avec force, en l'ignorant royalement.

C'est alors qu'un rayon lumineux jaillit de la pierre sertie au bout du sceptre !

Le garçon continua sur sa lancée sans s'interrompre, tandis qu'une aura surnaturelle les enveloppait tous les deux, comme s'ils étaient au cœur d'une aurore boréale.

À cet instant, elle remarqua que l'enfant n'avait plus tout à fait l'air humain. Sa peau avait pris un aspect gris-noir qui renvoyait comme un léger scintillement, illuminant son visage de façon indéfinissable. Ses yeux, encore clairs quelques instants auparavant, étaient comme brouillés par un voile, accentuant l'impression d'irréel qui se dégageait de lui.

— Scheat apparais ! Enif montre-toi ! continua-t-il de réciter sans prendre conscience du changement qui s'opérait en lui. Alpheratz, Sirrah, Mirach, Almak, ab occidente !

Un vent léger se leva et deux astres apparurent dans le ciel. Emily était stupéfaite ! Que faisait-il ?

— Almak, abante ! scanda-t-il encore.

Le faisceau qui sortait de son sceptre s'intensifia et transperça les cieux, puis un roulement de tonnerre retentit en faisant vibrer l'air même.

Épouvantée, la jeune fille sentit la terre trembler et vit que les étoiles, comme guidées par la main du garçon, se mouvaient selon une nouvelle trajectoire. Un instant, elle pensa à fuir, mais resta tétanisée devant ce spectacle.

Tout ce qu'elle avait trouvé bizarre en observant le ciel un peu plus tôt se remettait à sa place sous la voûte étoilée.

Scheat, une géante rouge, fut la première étoile à rejoindre la constellation de Pégase, suivie de près par une autre, Enif. Puis Alpheratz, Almak et Mirach de la constellation d'Andromède regagnèrent leurs places respectives, imitées ensuite par Sirrah qui oscilla un instant avant de se stabiliser.

À peine les étoiles eurent-elles retrouvé leurs positions originelles que le ciel parut se déchirer en deux !

— Maintenant ! cria l'enfant en la précipitant dans la brèche qui venait de s'ouvrir dans une lumière aveuglante.

Il y eut comme un moment de flottement, suspendu dans le temps, puis le monde s'étira en une longue distorsion. Peu à peu, les contours de la clairière s'effacèrent et disparurent complètement, laissant place à un nouveau décor. De nouveaux éléments vinrent se greffer çà et là et achevèrent de se former progressivement, jusqu'à prendre place définitivement. C'est ainsi qu'un nouveau lieu les accueillit.

Ils se retrouvèrent dans une chambre poussiéreuse dont les murs de pierre rappelaient ceux d'un château fort ou d'une très vieille bâtisse. En dehors de quelques torches accrochées à hauteur d'homme, seuls un lit, une chaise et une armoire austère habillaient les lieux.

— Nous y sommes. Tu vas bien ? demanda le petit garçon qui avait conservé sa nouvelle apparence.

Emily s'épongea le front du revers de la main.

—J'ai l'impression d'avoir pris un coup de masse et d'être passée dans une machine à laver si tu veux tout savoir, répondit-elle. Peux-tu m'expliquer ce qui vient d'arriver ? Et qui es-tu, pour commencer ?

— Pas maintenant ! coupa-t-il en lui flanquant une boîte de conserve dans les mains. Le temps m'est compté. Si tu veux sortir d'ici, donne des rondelles d'ananas aux gardiens. Sois prudente, voyageuse !

— Non, mais tu te fiches de moi ?

Les contours de l'enfant se couvrirent de parasites comme un vieux poste de télévision. Ses pieds, ses mains et ses bras s'effacèrent, puis il disparut.

# CHAPITRE III

## RAVIN ET TOURMENTS

Seule à nouveau, Emily jeta un coup d'œil dans la pièce remplie de toiles d'araignées. Une lueur pâle filtrait à travers les hautes meurtrières. Ici, il faisait jour.

Tout en observant les lieux, elle se demanda ce qui était advenu du petit garçon. Avait-il le pouvoir de se transformer ? Qu'avait-il fait ? Il avait failli provoquer une catastrophe avec son sceptre en s'amusant avec les étoiles comme s'il s'agissait de simples jouets. Était-ce cela qui l'avait fait disparaître ? Et pourquoi se retrouvait-elle ici ? Elle ignorait tout de l'endroit où elle était. Qu'allait-elle faire à présent ?

Perdue dans ses questions, elle ouvrit l'armoire machinalement et regarda à l'intérieur. Une multitude de ventouses rouges servant à déboucher les toilettes s'y trouvaient. Soit le propriétaire des lieux avait de gros soucis de canalisation, soit, et c'était le plus probable, elle se trouvait chez le gamin en personne et cette découverte ne ferait alors que confirmer ses doutes : quelque chose chez lui ne tournait pas rond.

Poussant un petit soupir dépité, elle referma l'armoire et poursuivit son exploration.

Après avoir passé l'encadrement sans porte de la pièce, elle déboucha dans un couloir obscur dont les parois, couvertes de crasse, suintaient d'humidité. Elle s'y engagea puis descendit un escalier en colimaçon aux marches accidentées.

Le plafond, parsemé de stalactites d'aspect grisâtre, laissait régulièrement échapper des gouttes d'eau qu'elle essuyait avec dégoût. Elle continua de descendre prudemment et arriva finalement dans une grotte qui devait sans doute faire office de cave.

Hormis quelques caisses de bois posées à même le sol, ainsi qu'une collection de tonneaux, il n'y avait pas grand-chose à voir. Un élément attira tout de même son attention : une faible lumière que l'on devinait au loin indiquait peut-être une sortie. La voyageuse brûlait de se retrouver à l'air libre, aussi pressa-t-elle le pas.

Sans plus regarder où elle mettait les pieds, elle s'entrava dans un bout de corde et manqua de peu de tomber dans un fossé qu'elle n'avait pas vu ! La jeune fille réussit à se rattraper de justesse pour constater que la fosse, qui décrivait un grand arc de cercle, était impossible à contourner. Si elle voulait sortir, elle devrait y descendre.

Repérant une échelle non loin de là, elle s'y rendit. C'est alors qu'elle perçut comme un sifflement désagréable en contrebas. De quoi s'agissait-il ? Saisie d'un mauvais pressentiment, elle s'empressa d'aller décrocher une torche du mur et de se mettre à plat ventre au bord du trou pour en éclairer le fond.

Quand elle vit ce qui s'y logeait, la peur s'empara d'elle. Le sol de la fosse grouillait de cobras ! Par bonheur, elle les avait entendus avant de descendre. Pourtant, il fallait bien qu'elle trouve un moyen de passer pour sortir. Que faire ? Serait-il possible de détourner leur attention ?

Une pensée lui revint en tête : le petit garçon lui avait parlé de gardiens auxquels il fallait donner des rondelles d'ananas. Se pouvait-il qu'il s'agisse des serpents ? Elle décida de tenter le coup.

Emily prit la boîte d'ananas glissée dans sa poche, tira sur la languette pour l'ouvrir, et évalua son contenu. Il ne devait pas y avoir plus d'une ration par tête, or, pour autant que cette denrée les intéresse, si elle leur lançait tout sans réfléchir ils ne manqueraient pas de se jeter dessus tous en même temps. Avec un peu de chance, cela les occuperait assez longtemps pour qu'elle puisse passer.

Par contre, si les ananas ne les attiraient pas, cela signifierait qu'ils n'étaient pas les gardiens dont avait parlé l'enfant et qu'elle les aurait gaspillés pour rien. Le mieux était donc de leur tendre une rondelle pour voir leur réaction.

Mais pour ne prendre aucun risque, encore lui fallait-il trouver un outil lui permettant de la leur donner tout en se tenant à bonne distance et de la récupérer le cas échéant. Un éclair de lucidité brilla dans son regard.

Elle remonta laborieusement les escaliers jusqu'à parvenir dans la petite chambre, prit une ventouse dans l'armoire, et redescendit au sous-sol. Après avoir enfoncé une rondelle d'ananas dans l'ustensile, elle saisit le manche d'une main, prit une torche dans l'autre et se remit à plat ventre au bord du fossé. Elle tendit la préparation aux cobras et attendit.

Au bout d'un moment, l'un des reptiles se détacha du groupe et avança placidement devant elle. Mais cette lenteur apparente fut bien vite démentie ! Parvenu non loin de l'appât, il se jeta sur le fruit avec une précision et une dextérité effroyables. Un frisson glacé parcourut le dos de la jeune fille qui préféra ne pas imaginer ce qui serait advenu si elle était descendue. Au moins, elle avait sa réponse : ces horribles bêtes étaient sans le moindre doute les gardiens dont le gamin avait parlé.

Avec une moue d'aversion, elle lança le contenu de la boîte de conserve le plus loin possible dans la fosse, se précipita au bas de l'échelle et détala comme si elle avait le diable aux trousses.

Jamais elle ne piqua plus beau sprint de sa vie ! Elle n'osa pas se retourner, se voyant déjà poursuivie par la horde de cobras, et connut un moment de panique. Peu après, la lumière du jour se profila. Bien qu'enfin à l'air libre, elle ne se sentait pas tirée d'affaire pour autant et continua de courir aussi vite que possible, dévalant la colline au sommet de laquelle elle avait débouché à toute vitesse. Ce n'est que lorsqu'elle fut à bout de souffle qu'elle s'arrêta et constata avec soulagement que les serpents ne l'avaient pas suivie.

Après s'être reposée un instant, elle se remit en route. Traversant une succession de champs fleuris, elle trouva un petit sentier caillouteux, le longea sur quelques kilomètres, puis se retrouva finalement nez à nez avec une clôture mentionnant « Passage interdit », entremêlée de fils de fer barbelés, qui se dressait sur son chemin.

N'ayant pas l'intention de renoncer pour si peu, elle enjamba habilement la barrière et parvint à se faufiler entre ronces et broussailles qui, à en juger par l'état de détérioration avancée du terrain, devaient avoir pris possession des lieux depuis des lustres.

Parvenue à l'orée d'un bois, elle s'enfonça dans la forêt et parcourut une longue distance en savourant l'odeur des pins, mousses et feuillus.

Durant ce temps, nulle question ne vint la troubler. Aussi rapidement qu'imperceptiblement, elle avait presque tout oublié de sa vie réelle et ne songeait déjà plus à se réveiller, ni même à rentrer chez elle. Plongée dans le présent, tout ce qu'elle constatait c'était qu'il faisait beau, chaud, et qu'elle comptait bien en profiter. Après s'être rafraîchie à l'eau d'un ruisseau, elle poursuivit sa route, se laissant mener au gré du hasard.

Ce n'est que lorsque l'après-midi fut bien entamé et que le soleil eut abordé sa trajectoire vers l'ouest que la voyageuse se surprit à penser que sa promenade était en train de se transformer en errance.

Il devait être environ quatre heures et elle ressentait que la balade prenait un tour désagréable. Allait-elle marcher encore longtemps sans rencontrer âme qui vive ? Elle se demanda si elle avait bien fait d'avoir quitté le fortin. Peut-être qu'en y restant, le petit garçon aurait fini par revenir...

Comme en réponse à ses interrogations, des bruits étouffés lui parvinrent, la tirant de ses pensées. D'où cela venait-il ? Y avait-il quelqu'un dans les parages ?

Elle tendit l'oreille, puis tenta de se guider en se dirigeant avec les sons qu'elle percevait toujours. À mesure de sa progression, des éclats de voix se précisèrent. Elle s'approcha davantage, puis entendit plus distinctement quelques bribes d'une conversation houleuse. Cela lui donna tout l'air d'être une dispute.

Elle se glissa silencieusement entre les arbres, puis se dissimula derrière un groupe de buissons en écartant les branches, curieuse de voir de quoi il retournait.

À une quinzaine de mètres de là se tenaient deux hommes à la mine sinistre qui tiraient un cercueil à l'aide de cordes, sous le regard furibond d'un homme solidement attaché à un tronc d'arbre.

— C'est jour de fête! dit l'un des deux personnages avec un rictus triomphal. Quand elle sera au fond du ravin, elle ne nous ennuiera plus!

— Espèces de lâches! cria le prisonnier. Attendez que Pierre-de-Lune revienne, vous allez le regretter!

— Haha! Ce blanc-bec n'a qu'à se montrer, on l'attend de pied ferme!

— Minables, et menteurs avec ça!

L'un des deux gredins brandit vers le jeune homme un poing menaçant.

— Je vais te faire taire une bonne fois pour toutes.

— Ah oui? Détache-moi pour voir!

L'ignoble individu tira de son manteau un poignard effilé.

— Je t'avais prévenu!

Emily en avait assez vu. Cet homme avait besoin d'aide! N'écoutant que son courage, elle sortit des fourrés et se jeta sur l'agresseur.

— Ça suffit! cria-t-elle, sans se soucier du couteau.

D'une force qu'elle ne se connaissait pas, elle l'empoigna et l'envoya rouler à terre.

— Laissez-le tranquille!

Revenu de sa surprise, son adversaire se releva tranquillement, s'épousseta d'un geste désinvolte et la toisa d'un air narquois.

— Mais quelle charmante demoiselle que voici ! se moqua-t-il.

— Je ne suis pas « charmante » et vous allez ficher le camp ! répliqua la jeune fille avec colère.

— Entends-tu ça Arcturus ? fit l'inquiétant personnage à l'adresse de son comparse. Voilà qui est très amusant. Et si nous commencions par elle ?

Un sourire malsain se dessina sur le visage de son complice.

— Moi j'dis que…

Mais une pâleur mortelle envahit subitement son visage et il s'interrompit.

— Quoi ? Tu as perdu ta langue ?

— Non, ramène-toi Algol, nous partons !

D'un geste du menton, il désigna quelque chose du côté des buissons. Le dénommé Algol y jeta un bref coup d'œil et pâlit à son tour.

— Tu as de la chance pour cette fois ! lança-t-il à l'aventurière d'une voix remplie de haine. Mais je te retrouverai !

Il tourna aussitôt les talons, suivi de près par son acolyte. De grands limbes spectraux soulevèrent leurs manteaux en une bise glaciale surgie du néant à mesure qu'ils s'éloignaient.

Toujours sur le qui-vive, Emily ne bougea pas. Dès qu'ils furent hors de vue, elle se précipita vers le jeune homme et défit ses liens.

— Qui étaient ces hommes ? demanda-t-elle, encore toute secouée.

— Vous n'auriez pas dû vous mêler de ça... répondit ce dernier d'un air inquiet, en se massant les poignets.

— Merci beaucoup. Votre gratitude me touche !

— Ne soyez pas fâchée ! Je dis cela pour vous, fit l'inconnu en dardant sur elle un regard d'un vert perçant. Ils ne vous oublieront pas de sitôt, croyez-moi.

— Pour ce que j'en ai à faire, crâna-t-elle en feignant l'indifférence. Vous avez vu comme ils sont partis ? Je ne risque rien, détendez-vous.

— Parce que vous pensez sans doute être la cause de leur fuite ? Quelle naïveté ! Il va falloir que l'on discute.

— Qu'est-ce qui vous dit que j'en ai envie ? répliqua-t-elle. Je vous tire d'une situation délicate et tout ce que vous trouvez à dire c'est que seul le hasard vous a sauvé !

— Je ne dis pas que c'est le hasard, regardez plutôt là-bas...

La jeune fille jeta un coup d'œil sur les bosquets. Un morceau de crin pendouillait dans les broussailles, accroché à une épine.

— Eh bien quoi ? Je ne vois rien !

— J'ai aperçu des ombres, au nombre de trois. Apparemment nous avons reçu de l'aide.

— De l'aide, bien sûr ! Et puis-je savoir de qui ?

— Peu importe, éluda l'étranger en se rendant d'un pas précipité près du cercueil que les sinistres personnages avaient abandonné. Vous pouvez me filer un coup de main ? ajouta-t-il en s'employant à ouvrir la serrure.

Elle lui prêta main-forte et ils parvinrent ensemble à faire sauter le loquet.

À l'intérieur du caisson gisait, inconsciente, une belle ourse blanche.

— Ça alors ! s'exclama Emily, sidérée. Que fait donc un ours dans un cercueil ?

Mais l'homme ne l'écoutait plus.

— Callisto, ma pauvre amie ! se lamenta-t-il en voyant la bête dans cet état.

Devant son désarroi, Emily laissa de côté toutes les questions qui lui brûlaient les lèvres.

— Respire-t-elle encore ? s'enquit-elle avec sollicitude.

— On dirait que oui, mais je n'arriverai pas à la réveiller. Il me faut un contrepoison. Nous devons l'emmener chez moi !

Sans hésiter, la jeune fille s'approcha.

— Je vais vous aider ! Servons-nous des cordes pour la tirer, ce sera plus simple.

Ils unirent leurs forces et se frayèrent tant bien que mal un chemin à travers bois en évitant ronces et cailloux. Le temps pressait, aussi ne relâchèrent-ils pas leurs efforts un seul instant.

C'est en nage et rompus de fatigue qu'ils finirent par arriver près d'une petite masure au toit de chaume, au cœur de la forêt. Au prix d'un dernier effort, ils parvinrent à hisser leur fardeau en haut des quelques marches et à le pousser à l'intérieur.

— Que s'est-il passé ? demanda-t-elle au jeune homme qui fouillait rapidement parmi des fioles posées sur une étagère.

— Ces saletés lui ont tendu un piège et l'ont endormie à l'aide d'une fléchette empoisonnée… répondit-il en chassant d'un geste vif une mèche de cheveux sombres qui lui tombait devant les yeux.

Il prépara une seringue qu'il remplit d'un liquide incolore.

— Des braconniers ? l'interrogea l'aventurière, intriguée.

— Non, fit-il laconiquement.

— Alors pourquoi ? Que voulaient-ils ? Ce n'est qu'une pauvre bête !

— Détrompez-vous, Callisto est très spéciale. Elle est loin d'être un simple animal. Quant à ces deux que vous avez vus, ce ne sont pas des hommes, mais des sbires au service du mal.

La façon que l'inconnu avait eue de prononcer ces derniers mots la fit frissonner. Il se pencha et injecta le médicament à l'ourse souffrante.

— Vous voulez sans doute dire qu'ils sont pires qu'il n'y paraît ?

— On peut dire ça comme ça, répondit l'homme qui s'attelait à présent à désinfecter une plaie souillant le flanc de l'animal. Si vous voulez bien vous asseoir, nous parlerons de ça tout à l'heure.

Tandis qu'Emily prenait place à une petite table calée contre un mur de la chaumine, son hôte acheva de panser la plaie de l'ourse, lui prodigua encore quelques soins, puis prit une casserole et mit de l'eau à bouillir.

L'aventurière l'observa avec attention.

Ses longs doigts déliés témoignaient d'une certaine habileté manuelle. Ils auraient pu appartenir à un musicien ou encore à un chirurgien. Mais à y voir de plus près, sa musculature, finement dessinée, venait démentir cette première impression. Il aurait tout aussi bien pu être guide de montagne ou archer. Des cheveux châtain foncé, à la fois fins, lisses et fournis, venaient régulièrement se rabattre sur son front en une mèche rebelle qu'il écartait sans y penser. Ses yeux, d'un vert profond, rappelaient les teintes émeraude de la forêt alentour. Les traits délicats et réguliers de son visage étaient toutefois légèrement marqués par le grand air, cassant la douceur de sa figure.

— Au fait, je ne me suis pas présenté. Je m'appelle Erevan.

— Moi c'est Emily, fit cette dernière en serrant la main qu'il lui tendait. Pensez-vous qu'elle va s'en tirer ?

Du regard, elle désigna l'ourse endormie.

— Je l'espère et je pense que oui, répondit-il en vérifiant une dernière fois les pansements qu'il venait de faire. Comme je vous l'ai dit, Callisto est différente des autres animaux. En fait, ce n'en est pas tout à fait un.

— Qu'entendez-vous par là ?

— Eh bien pour résumer, il y a fort longtemps elle était humaine ; autant que vous et moi. C'était une chasseresse, princesse par le sang, mais cela personne ne s'en souvient. Elle tomba amoureuse d'un homme beau comme un dieu – et qui, paraît-il, en était un – dont la femme, très jalouse, ne supporta pas de la voir fricoter avec son mari. Ne pouvant tolérer cette liaison, la femme du dieu la transforma et lui donna l'apparence que voici.

Sous le regard abasourdi de la jeune fille, il versa l'eau dans des tasses et sortit des sachets d'infusion.

— Ça alors ! On dirait la légende de la Grande Ourse. Vous savez, celle où Hera, la femme de Zeus, transforme une princesse en ourse. Le plus fou est qu'elle se nommait également Callisto !

— Sans doute, sans doute, poursuivit Erevan distraitement, absorbé par ses pensées. Le problème est que, lorsqu'elle est arrivée ici, elle a immédiatement été victime d'une violente agression. Apparemment, le maître d'Arcturus et d'Algol la voulait comme trophée.

— Un maître ? Qui est-il ?

— On le nomme Eraser, l'Effaceur. Nous pensons que c'est un voleur d'âmes particulièrement puissant. Il n'est pas une contrée où son nom ne suscite la terreur. Chacun le voit sous la forme de son pire cauchemar, les animaux fuient à son approche et toute forme de vie meurt sous ses pas.

— Dans ce cas je ne comprends pas. S'il est si fort, pourquoi ne fait-il pas le sale boulot lui-même ?

— J'allais y venir. Lors de cette première attaque, Eraser était venu en personne. Il était certainement convaincu qu'elle ferait une proie intéressante et qu'il n'aurait pas trop de mal à la rattraper si elle tentait de s'enfuir.

— Alors comment se fait-il que Callisto ne l'ait pas senti venir avant son agression ? Elle possède tout de même les caractéristiques d'un animal ! Si les autres animaux fuient à son approche, elle aurait aussi dû percevoir son arrivée, non ?

— Non, comme je vous l'ai dit, elle venait tout juste d'arriver au pays et n'en connaissait pas encore les dangers. Eraser a tout de suite détecté sa présence et a décidé de l'attaquer par surprise afin de s'assurer sa capture. Étant mi-ourse, mi-humaine, elle a bien flairé quelque chose, mais ne s'est pas inquiétée outre mesure. Quoi qu'il en soit, une fois le moment venu, Callisto n'a pas tenté de fuir comme l'aurait fait tout être vivant ! Au contraire, elle a sorti crocs et griffes et s'est défendue avec un acharnement inimaginable. Il s'est alors produit un phénomène inexplicable. Elle a porté un coup au voleur d'âmes qui l'a brûlé comme de l'acide ! À en croire certains témoins involontaires de la scène, c'était incroyable !

— Des témoins ?

— Oui, et s'ils sont toujours vivants, c'est grâce à elle. Eraser n'aurait épargné personne après l'avoir tuée s'il était parvenu à ses fins. Toujours est-il que, quelle que soit la forme sous laquelle les personnes présentes avaient vu Eraser au travers du prisme de leurs propres peurs, chacun affirma par la suite que des morceaux de chair liquéfiés s'étaient détachés de ses membres. Cette ignominie, qui a pourtant la réputation d'être invincible, a presque été anéantie par les coups que Callisto lui avait infligés et a fini par prendre la fuite.

— Qu'est-il arrivé ensuite ? demanda-t-elle, subjuguée par le récit.

— L'histoire s'est propagée et Callisto est devenue une héroïne. Depuis, elle a sauvé bien des vies ! Mais la sienne est constamment en danger. Eraser a juré de se venger. Il a demandé à Algol et Arcturus, ses serviteurs les plus fidèles, d'user de tout leur pouvoir afin de la neutraliser et de l'éliminer. Comme ils sont moins puissants que lui, ils peuvent l'approcher davantage avant qu'elle ne sente leur présence. Jusqu'à ce jour, ils ont toujours échoué. Mais aujourd'hui, cela aurait pu très mal finir… Quand je pense qu'ils ont failli réussir, cela me fait froid dans le dos !

Tout en adressant un regard reconnaissant à la jeune fille, il but une gorgée du breuvage fumant à base de plantes qui était posé sur la table.

— Si je comprends bien, ce n'est donc pas la première fois qu'ils lui tirent dessus, fit Emily. Mais alors, comment se fait-il qu'ils aient mis autant de temps à trouver un poison qui fonctionne ?

Erevan parut étonné de la question.

— Mis du temps à trouver un poison ? Certainement pas, c'est la première fois qu'ils tentent le coup, tout comme celui de lui tirer dessus. Qui penserait de nos jours à se servir de poison ? Non, ce qui leur a vraiment pris du temps a été de se rendre compte que Callisto était insensible aux sorts et bien trop futée pour se laisser prendre dans de simples pièges, sans quoi ils l'auraient fait depuis longtemps. Quant à se contenter de la transpercer d'une flèche, c'était sans doute bien trop risqué pour eux : ils devaient redouter les conséquences s'ils rataient leur coup. Une petite fléchette empoisonnée, légère et silencieuse, voilà qui était simple, discret et efficace. De cette manière, s'ils la loupaient, elle ne s'apercevrait pas de leur tentative. Ceci dit, je suis le premier coupable. J'aurais dû me méfier, l'Enfant m'avait prévenu…

— L'enfant ? Quel enfant ?

— Notre Grand Protecteur. Il m'est interdit d'en parler à ceux qui ne le connaissent pas, mais s'il décide de vous rencontrer, vous saurez alors qui il est.

La jeune fille se demanda s'il pouvait s'agir du petit garçon de la clairière, mais balaya cette idée.

Ce gosse lui avait paru trop étrange pour endosser un tel rôle. Sans compter qu'il avait disparu après avoir failli provoquer un cataclysme.

À cet instant, l'ourse remua sur sa couche et grogna doucement.

— Princesse ! s'exclama l'homme en se levant d'un bond. Te voilà enfin réveillée !

Il quitta son siège, se précipita vers la rescapée et la prit dans ses bras.

— Si tu savais comme j'ai eu peur ! ajouta-t-il.

L'ourse répondit en le léchant à grands coups de langue, le forçant à se protéger le visage avec son bras en riant. Soulagée de constater que Callisto était bien portante, Emily les observa, attendrie par leurs effusions.

Le plantigrade s'aperçut alors de la présence de la voyageuse et émit un petit son rauque en dardant sur elle la profondeur d'un regard sans âge.

— Elle demande qui vous êtes, fit le jeune homme en guise d'explication.

Il se tourna à nouveau vers l'ourse et plongea ses yeux dans les siens, sans dire un mot. Ils se contemplèrent de la sorte pendant un long moment, sous le regard de la jeune fille qui ne comprenait pas ce qu'ils étaient en train de faire. Puis tout à coup, Callisto se leva, se rendit près d'elle et se mit à lui lécher la joue en poussant de petits couinements joyeux.

— Euh, que fait-elle ? bafouilla-t-elle, un peu décontenancée.

— Elle dit qu'elle vous doit une fière chandelle, répondit Erevan en arborant un large sourire.

— Mais… vous pouvez communiquer ?

— Oui, nous nous parlons par télépathie, expliqua-t-il comme si c'était la chose la plus naturelle du monde.

L'ourse poussa un léger grognement.

— Callisto vient d'ajouter que cela est heureux, sans quoi elle se sentirait bien seule.

Il adressa un sourire complice à son amie mi-humaine, mi-animale, puis se redressa.

— Maintenant qu'elle est hors de danger, je m'aperçois que je meurs de faim. Je n'ai rien mangé depuis quelques jours, expliqua-t-il, et je suppose qu'il en va de même pour vous… Que diriez-vous d'une bonne soupe forestière ?

— Ce ne sera pas de refus, répondit-elle en se sentant déjà l'eau à la bouche. Merci pour l'invitation !

— Il me semble que c'est la moindre des choses, fit le jeune homme avec un clin d'œil pétillant.

Ils passèrent ensuite une soirée calme au coin du feu. Les flammes crépitaient doucement dans l'âtre, donnant un éclat chaleureux à toute la petite maisonnée.

Quiconque aurait surpris la scène, se serait étonné du tableau qu'ils formaient. Bien qu'encore affaiblie, Callisto s'était assise auprès d'eux et se tenait comme la plus civilisée des personnes, à la différence près que, ne pouvant tenir ses couverts, il lui fallait plonger le museau dans son assiette pour manger.

La discussion, entrecoupée de ses grognements, était des plus surprenantes ! Erevan prenait à cœur de restituer le plus fidèlement possible les propos tenus par l'ourse et la jeune fille s'aperçut rapidement que l'un comme l'autre n'étaient pas dépourvus d'humour.

De temps à autre, le regard du jeune homme se faisait plus profond puis se fendait d'un sourire qui l'emplissait alors d'une sensation de chaleur et de bien-être inconnus. Sous le charme de sa personnalité et de sa vivacité d'esprit, elle prit grand plaisir à l'écouter.

Alors que la nuit avançait, la conversation se fit plus sombre. Les événements dramatiques de la journée reprirent le pas sur la bonne humeur des convives et très vite, il fallut décider de ce qu'il convenait de faire.

Erevan et Callisto s'accordaient à dire que l'intervention d'Emily aurait de terribles conséquences pour sa sécurité. En d'autres temps, elle aurait pu trouver auprès de Callisto une protection suffisante face aux représailles d'Eraser, mais, maintenant que ses serviteurs avaient découvert le point faible de l'ourse, plus rien ne pourrait les arrêter. Aussi, leur décision fut prise : ils partiraient dès l'aube vers un endroit plus sûr.

# CHAPITRE IV

# Le château ensorcelé

Ils se préparèrent à partir avant l'aurore. Erevan griffonna rapidement un message codé qu'il dissimula dans une cache à l'attention d'amis qui devaient passer dans la journée. S'ils ne voyaient personne en arrivant, ils sauraient ainsi où le trouver. Il les chargea d'annoncer leur arrivée prochaine en un endroit tenu secret, sans mentionner de nom au cas où la lettre serait découverte avant eux.

Après avoir rassemblé quelques élixirs et empaqueté boissons et vivres, ils firent une dernière fois le tour des lieux pour s'assurer de n'avoir rien oublié, puis s'en allèrent sans s'attarder plus longtemps.

Les trois compagnons marchèrent à travers bois sur une quarantaine de kilomètres en faisant de petites haltes et ne s'arrêtèrent que pour bivouaquer quelques heures.

Le soir venu, éclairé par un feu de camp, Erevan montra à Emily comment monter un abri provisoire relativement élaboré en un clin d'œil et parfaitement étanche. Il lui enseigna aussi la façon de s'y prendre pour dissimuler la lumière des flammes aux regards indiscrets ainsi que la manière d'entretenir un feu en économisant du bois. Plus tard, il lui prêta son manteau pour la nuit qu'elle passa autour de ses épaules avec reconnaissance.

Posant sa tête contre le flanc de l'ourse et resserrant le manteau autour d'elle, la jeune fille finit par s'endormir. Elle ne put voir le regard soucieux que le jeune homme posa sur elle et garda une agréable sensation de sécurité qui l'accompagna jusqu'au plus profond de son sommeil.

Les deux jours qui suivirent furent épuisants. Le rythme soutenu de la marche entrecoupé de rares petites pauses mit l'endurance d'Emily à rude épreuve. Ce ne fut que grâce à la conversation d'Erevan, qui l'empêcha de focaliser sur sa fatigue, qu'elle put tenir le coup.

Le jeune homme se révéla être une mine d'informations et lui fit découvrir toutes sortes de choses qu'elle ne connaissait pas. Volontaire et enthousiaste, son discours était passionnant et l'on devinait en lui un homme d'action.

La compagnie de la voyageuse semblait lui plaire et cette dernière le lui rendait bien. Callisto, qui ne pouvait s'empêcher de rester sur ses gardes, n'intervenait que rarement, préférant pour sa part surveiller les environs.

Enfin, ils arrivèrent au pied d'un col escarpé qu'ils gravirent en prenant soin de ne pas se retrouver à découvert. Leurs chausses, trempées par la rosée matinale, étaient couvertes de boue et les pattes de l'ourse ne paraissaient guère en meilleur état. Ils redescendirent de l'autre côté du col et s'arrêtèrent un moment pour se restaurer avant de repartir.

Malgré la fraîcheur de l'air, les capes qu'ils portaient leur tenaient à présent trop chaud. Aussi, Erevan et Emily purent bientôt s'en défaire.

Le grand manteau que le jeune homme lui avait prêté la veille avait déjà été rangé quelques heures auparavant dans un sac, bien au sec. Outre cette chaleur relative, l'humidité qui suintait de la végétation était désagréable.

Tous se réjouissaient déjà que la journée soit avancée et que l'épaisse rosée ne soit plus qu'un lointain souvenir.

Après avoir franchi un deuxième col, ils entrèrent dans une forêt d'épineux, parcourue d'une multitude de petits ruisseaux qu'ils traversèrent en prenant pied sur des galets.

La végétation était si dense en ce lieu qu'ils durent dégager le terrain à plusieurs  reprises pour pouvoir continuer à avancer. Erevan mania sa lame avec dextérité, faisant des miracles. Il tailla ainsi ronces et broussailles jusqu'à ce qu'une gigantesque montagne se dessine devant eux.

— Je suppose que nous allons devoir grimper ? fit Emily, peu motivée.

— C'est exact, répondit le jeune homme que cette perspective ne semblait nullement déranger.

Je te conseille de te munir d'un bâton comme appui. Ce sera moins pénible.

En s'apercevant qu'il était passé au tutoiement le plus naturellement du monde, la jeune fille sourit et empoigna la première branche qui lui tomba sous la main.

— Alors en route ! répondit-elle avec un courage qu'elle était loin d'éprouver.

Obligés de progresser désormais plus lentement, ils s'appliquèrent à garder un rythme régulier afin de ne pas gaspiller de forces inutilement. Refusant de se laisser démoraliser par la distance à parcourir, Emily décida de rester les yeux fixés sur la pointe de ses pieds.

Après des heures qui lui parurent durer une éternité, ils franchirent le sommet et découvrirent un large précipice que seul un pont suspendu – constitué de cordages et de planches pourries – permettait de traverser. Sujette au vertige, elle sentit sa tête se mettre à tourner et tenta de dissuader ses compagnons d'emprunter ce passage.

— N'y a-t-il pas un autre moyen de traverser ? demanda-t-elle avec espoir en triturant nerveusement son bracelet. Peut-être trouverons-nous un peu plus loin un chemin sûr…

— Je crains que non. Mais ne t'inquiète pas, ce pont est plus solide qu'il n'y paraît, répondit Erevan avec assurance.

Callisto émit un petit grognement.

— Princesse dit que tu peux monter sur son dos si ça te pose un problème, ajouta-t-il.

— Pas question ! s'écria-t-elle. Ce serait encore pire !

L'homme lui jeta un regard perplexe.

— Pourquoi donc ? Tu serais en sécurité sur son dos.

Devant l'absence de réponse et la pâleur qui avait envahi son visage, il comprit qu'elle avait peur et tenta de la rassurer.

— Vraiment je t'assure qu'il n'y a aucun danger…

— Aucun danger ? Ces planches sont pourries et au moindre coup de vent le pont basculera !

— Et alors ? répliqua-t-il sans comprendre. Même si ça arrivait d'autres ressources te permettraient de t'en sortir, non ?

— De quoi parles-tu ? glapit-elle. Je finirais morte au fond de ce ravin !

Ses compagnons la regardèrent avec des yeux ronds, comme si cela leur paraissait impossible. Toutefois ils durent se rendre à l'évidence : rien ne lui ferait entendre raison dans l'état dans lequel elle se trouvait. Ils argumentèrent encore un peu et finirent tout de même par réussir à la convaincre de se laisser encorder entre eux deux pour tenter un début de traversée.

Cependant, après seulement quelques mètres parcourus, Emily aperçut le fond du gouffre entre deux planches et fut prise de violents tremblements.

— Ne regarde pas en bas ! fit Erevan.

Trop tard, elle se sentait déjà inexorablement attirée par le vide. Tandis que sol et ciel se confondaient en un tourbillon vertigineux, elle s'agrippa prestement au pelage de l'ourse puis s'évanouit.

*Je sais que tu le peux, fais-le pour moi, retrouve ton chemin…*

Suspendus dans le temps, ces mots résonnèrent de façon lointaine à ses oreilles avant de s'effacer. Un liquide glacial coula le long de son visage, puis elle reprit connaissance.

Ouvrant les yeux, elle vit ses deux amis penchés au-dessus d'elle, la regardant d'un air inquiet.

— On dirait qu'elle reprend ses esprits ! fit Erevan à l'adresse de Callisto en posant la gourde d'eau qu'il avait utilisée pour la réveiller.

La jeune fille se redressa en prenant appui sur un coude.

— Tu te sens mieux ? lui demanda-t-il en l'aidant à se relever.

Emily était quelque peu désorientée.

— Je crois que oui.

— Tu nous as fait une belle peur là-bas ! ajouta-t-il en désignant le pont.

— Désolée, s'excusa-t-elle en se passant à nouveau de l'eau sur le visage. J'ai toujours eu le vertige, mais je ne pensais pas que ça pouvait me faire un tel effet…

— Ce n'est pas grave, l'essentiel est que tu ailles bien.

Il posa une main apaisante sur son épaule et plongea son regard profond dans le sien. L'ourse intervint d'un petit grognement.

— Callisto t'est reconnaissante de ne pas lui avoir arraché trop de poils ! traduisit-il avec un sourire.

Ils rirent de bon cœur.

— Il nous reste encore une bonne distance à parcourir pour atteindre le village où nous devons nous rendre, reprit Erevan. Princesse pense qu'il vaudrait mieux que tu montes sur son dos, le temps pour toi de récupérer un peu d'énergie.

Cette fois, la voyageuse ne se fit pas prier. Soulagée de pouvoir se reposer un peu, elle monta sur Callisto et resta accrochée à son pelage en savourant ce moment de répit. Elle ne tarda pas à se sentir tout à fait en confiance et finit même par s'endormir, bercée par le pas chaloupé de l'ourse.

Lorsqu'elle se réveilla, Emily constata qu'elle avait été déposée à terre et enveloppée dans le manteau d'Erevan. Il faisait nuit. À quelques pas d'elle crépitait un petit feu habilement dissimulé.

Elle sentit une légère poussée contre son dos et se tourna vers Callisto qui lui tendait dans sa gueule ouverte une petite gourde d'eau. S'en saisissant, la jeune fille but avidement. Lorsqu'elle eut terminé, l'ourse s'assit en face d'elle et la fixa de ses grands yeux.

À cet instant, une multitude d'images décousues se mirent à déferler dans son esprit en un torrent impétueux : Callisto essayait de communiquer avec elle ! Bien qu'elle ne puisse pas vraiment comprendre le sens du dialogue, elle découvrit qu'un univers incommensurable habitait l'ourse et coulait en elle comme une eau vive.

La jeune fille en éprouva une grande admiration et un profond respect. Callisto était fabuleuse, magique, magnifique ! De toutes ses forces, Emily tenta de projeter à son tour les émotions qu'elle ressentait et, à son grand bonheur, l'ourse parut les percevoir.

— Je ne vous dérange pas j'espère ? fit Erevan, qui était revenu les bras chargés de bois, avec un sourire amusé.

À cet instant, il lui sembla que rien n'aurait pu être plus parfait. Le rythme de son cœur s'emballa et elle souhaita de toute son âme que cette soirée ne se termine jamais.

Ils soupèrent puis discutèrent longuement jusqu'à ce que la fatigue de la journée se fasse ressentir. Ils s'endormirent alors au coin du feu, tandis que le croissant de lune atteignait les confins du firmament.

Au beau milieu de la nuit, Emily fut réveillée brutalement, une lame plaquée contre sa gorge !

— Chut ! fit l'inconnu qui tenait l'arme. Ne fais aucun bruit, sinon nous tuerons tes amis…

Le teint anormalement blafard, les yeux injectés de sang, il désigna une bonne vingtaine d'individus qui lui ressemblait de façon troublante et encerclait le campement endormi. Non loin, Callisto et Erevan dormaient toujours, inconscients du danger.

— Tu vas te lever et me suivre sans faire d'histoire, chuchota-t-il, le regard haineux, en appuyant la pointe de son épée un peu plus fort contre la peau de la jeune fille.

Tremblante et terrifiée, elle tâcha de se lever le plus discrètement possible. Qui étaient ces gens ? Que voulaient-ils ? Allaient-ils la tuer ?

Horrifiée, elle vit une petite fléchette plantée dans le cou de Callisto. Voilà qui expliquait pourquoi elle ne s'était pas réveillée ! Elle voulut hurler, mais la lame appuyée contre sa gorge eut raison de son cri.

— Viens maintenant, fit le sinistre individu. Et pas d'entourloupe, sinon nou…

Il ne put terminer sa phrase. Une dague venait de lui transpercer le cœur, le tuant sur le coup ! Erevan, qu'elle n'avait pas vu se lever, tirait déjà un autre jet qui alla se planter dans le crâne de son ennemi le plus proche. Tandis que ce dernier tombait à terre, les autres bandits poussèrent des cris de guerre en se ruant sur lui !

— Va près de Callisto et retire la flèche ! cria le jeune homme à l'adresse d'Emily.

L'aventurière se précipita vers l'ourse et s'empressa d'obéir.

Elle vit alors passer à quelques centimètres de sa tête la lame d'un couteau qui dévia le tir d'une autre fléchette empoisonnée que venait de décocher un homme muni d'une sarbacane. À une seconde près, elle la recevait en pleine figure !

Avec une rapidité fulgurante, Erevan tira une autre dague qu'il lança sur le tireur et alla se planter dans son œil gauche, le mettant hors d'état de nuire.

Tout ceci s'était passé en quelques secondes et, déjà, le jeune homme était près de ses amies pour s'interposer face aux agresseurs. À court de munitions, il dégaina son épée et entreprit alors de tailler leurs adversaires en pièces !

La jeune fille n'en croyait pas ses yeux. Erevan était un guerrier hors du commun ! Avec une grâce et une précision effroyables, il éliminait méthodiquement chaque ennemi l'un après l'autre sans prendre un seul coup ! Il frappait, esquivait, anticipait avec une efficacité incroyable, comme si chaque geste, chaque mouvement, était naturellement imprimé au plus profond de lui. Bientôt, tous les assaillants furent décimés et une vingtaine de cadavres jonchèrent le sol.

Après quoi, il saisit prestement son paquetage et en tira un élixir qu'il versa au fond de la gueule de l'ourse.

— Emily, dit-il d'une voix précipitée. Tu vas bien ?

Totalement bouleversée, la voyageuse ne répondit rien, puis fondit en larmes.

— Ça va aller, fit le jeune homme en la prenant dans ses bras. C'est fini, je suis là…

Elle se laissa aller contre lui en sanglotant et resta ainsi jusqu'à ce qu'elle se sente mieux.

Grâce au remède, Callisto reprit connaissance. Lorsqu'elle se réveilla, et malgré sa faiblesse, ils se remirent en route pour ne pas risquer d'être surpris à nouveau. Ils trouvèrent refuge près d'une grotte où elle put se rétablir complètement.

Quand Emily demanda au guerrier s'il savait qui étaient les gens qui les avaient attaqués, celui-ci lui expliqua qu'il s'agissait de partisans d'Eraser. Ces derniers étaient assez nombreux et formaient de petites hordes qui arpentaient les terres en quête de chair à dévorer, ou encore d'âmes à offrir à leur maître.

Le jeune homme s'en voulait de ne pas s'être montré plus prudent. Il aurait dû rester vigilant et ne pas s'endormir !

L'ourse et la jeune fille le réconfortèrent du mieux qu'elles le purent. Après ces longues journées de marche, il était tout à fait normal d'être fatigué, cela aurait pu arriver à n'importe qui.

Mais Erevan resta fâché contre lui-même et se promit de ne plus laisser ce genre d'événement se reproduire.

Ils repartirent dès que les derniers effets du poison qui avait affecté Callisto furent dissipés. À l'issue d'une nouvelle journée de marche, les trois compagnons finirent par rejoindre une petite bourgade fleurie où se tenait un marché coloré. Les habitants qu'ils croisèrent saluèrent tous Erevan et Callisto comme de vieux amis.

Après avoir traversé une grande place pavée, tous trois se rendirent devant une bâtisse au charme désuet où une femme richement vêtue vint à leur rencontre.

La démarche assurée, le port altier, elle était belle et le savait.

— Bonjour, fit-elle avec un sourire charmeur en arrivant auprès d'eux. Je vous attendais. Votre voyage s'est-il bien passé?

— Bonjour Conseillère, la salua le guerrier en retour sans prêter attention à la façon dont elle le dévorait des yeux. Nous avons eu un problème en route. Des partisans d'Eraser rôdaient à un jour de marche d'ici. Ils ne sont plus de ce monde, mais vous devriez tout de même envoyer des patrouilles au cas où d'autres arriveraient…

La jeune femme le considéra un instant d'un air soucieux.

— Ce sera fait, dit-elle finalement. Qu'est-ce qui a pu les attirer par ici?

Erevan jeta un bref coup d'œil à Emily et Callisto, puis se ressaisit.

— Aucune idée, mentit-il. Raison de plus pour rester sur vos gardes!

— Je vous le promets mon cher ami, minauda-t-elle en battant des cils. Quant à moi, je préférerais que ce soit vous qui restiez prudent…

Légèrement mal à l'aise, le jeune homme se racla la gorge.

— Hum… euh, cela va sans dire. À part ça, vous avez dit que vous nous attendiez. J'en conclus donc que nos amis vous ont prévenue de notre arrivée ?

— En effet. D'ailleurs ils sont déjà repartis vous savez où. Ils vous transmettent leurs salutations et vous demandent de faire très attention à la petite, ajouta-t-elle en toisant la voyageuse à la dérobée.

— Bien entendu, répondit le jeune homme en posant un regard doux sur Emily. Ont-ils laissé des instructions particulières ?

L'aventurière, qui n'appréciait pas plus que ça de se faire appeler « la petite » ni le regard méprisant de la femme, se demanda qui étaient ces mystérieux amis. De toute évidence, il s'agissait de ceux qui devaient passer chez Erevan quelques jours plus tôt. Mais comment avaient-ils fait pour les devancer ? Ils avaient pourtant marché sans relâche ! Et les quelques heures de repos qui avaient été nécessaires au rétablissement de Callisto ne suffisaient pas à expliquer cette avance.

La Conseillère prit un air mystérieux et s'approcha de son interlocuteur pour lui susurrer quelques mots à l'oreille en papillonnant. Agacée, Emily leva les yeux au ciel.

Lorsque la jeune femme eut terminé de chuchoter, Erevan la remercia en s'inclinant.

Elle regarda alors Callisto.

— Princesse, heureuse de vous revoir. Quel dommage que vous ne puissiez rester plus longtemps, ajouta-t-elle en faisant une œillade discrète au guerrier. Prenez soin de vous !

L'ourse émit un petit grognement en guise de réponse.

— Elle dit que…

— J'ai compris, coupa-t-elle. Elle me dit d'en faire autant et je suivrai son conseil de renforcer la garde aux portes du bourg.

Sans remarquer l'air perplexe d'Erevan ni le petit grondement mécontent de Callisto, Emily ressentit une pointe de jalousie en constatant que l'inconnue, loin de se contenter la toiser et de murmurer des secrets à l'oreille du jeune homme, comprenait en plus le langage de l'ourse.

À ce moment, l'insupportable femme se tourna vers elle, l'air plus hautain que jamais.

— Ma petite, quoi qu'il arrive, ne vous découragez pas ! fit-elle avec condescendance. D'après ce qu'on dit, il paraît que vous seriez capable de bien des choses…

La voyageuse n'apprécia pas ce ton sirupeux ni ne comprit de quoi elle parlait, mais murmura une vague réponse en espérant partir au plus vite.

— Bon, poursuivit la conseillère avec enthousiasme. Les responsabilités n'attendent pas ! Je vais devoir retourner à mes occupations… Auriez-vous le temps de prendre un verre Erevan ?

Emily poussa un soupir exaspéré.

— Non, il n'a pas le temps ! répondit-elle à la place du jeune homme. Merci beaucoup, mais nous devons partir !

Le guerrier eut l'air surpris de la réaction de sa protégée et la conseillère fit une petite moue pincée.

— Très bien, répliqua cette dernière. Ce sera pour une autre fois alors…

Vaguement offensée elle s'éloigna et ils partirent dans la direction opposée.

Emily eut du mal à retrouver son calme. L'attitude de la conseillère continua de l'irriter pendant un long moment. Elle aurait voulu savoir ce que la jeune femme avait bien pu dire à Erevan. Pourquoi ces cachotteries ? Elle se doutait qu'il devait y avoir une bonne raison à cela, mais aurait tout de même voulu être mise dans la confidence. Et puis d'abord, qu'est-ce que c'était que cette histoire comme quoi elle, Emily, serait capable de beaucoup de choses ? Il lui avait semblé déceler comme une sorte d'envie derrière le masque de mépris de la femme. L'aventurière se promit de découvrir la réponse plus tard.

Ils sortirent du village et arrivèrent devant un grand bassin où de multiples embranchements − qui s'étendaient à perte de vue − prenaient naissance en formant de petites rivières peu profondes, d'une limpidité à couper le souffle. Ces dernières ne devaient pas mesurer plus de quatre mètres de large. Leur fond blanc, l'eau turquoise, ainsi que les effluves de chlore qui s'en échappaient, laissaient supposer qu'elles avaient été bâties de la main de l'homme. Une foule de personnes et de familles paressaient au bord sur le gazon fleuri, tandis que d'autres s'ébattaient dans le bassin principal, en évitant de trop s'approcher des embouchures d'où partaient visiblement des courants.

Erevan s'éloigna en direction d'un petit stand coloré, laissant Emily et Callisto seules sur la rive. Quand l'ourse la regarda, la jeune fille ressentit que son amie avait elle aussi été contrariée. Quel dommage qu'elles ne puissent communiquer ensemble ! Il aurait été bienvenu pour l'une comme pour l'autre de savoir ce à quoi elles pensaient toutes les deux à ce moment. Mais le fait de s'apercevoir qu'elles étaient sur la même longueur d'onde leur rendit un peu de bonne humeur. Quand le guerrier revint, ses amies se sentaient déjà plus détendues.

Le jeune homme avait rapporté des sacs à dos hermétiques qu'il avait troqués contre d'autres effets. Il leur annonça sans préambule qu'il leur faudrait nager.

— Nous allons ranger nos vêtements et paquetages dans ces sacs, dit-il à Emily en lui tendant l'une de ses acquisitions.

— C'est que… je n'ai pas de maillot de bain, répondit la jeune fille un peu embarrassée. Es-tu sûr que le moment soit bien choisi pour aller faire trempette ?

— Justement, fit-il en désignant les embranchements qui partaient du bassin. Nous allons prendre l'une de ces rivières qui nous mènera vers l'est. Pour le maillot, ce n'est pas grave. Nos sous-vêtements feront l'affaire.

Elle commença par hésiter, mais se dit finalement qu'entre ça ou un costume deux pièces il n'y avait pas grande différence. Après s'être déshabillés et avoir rangé leurs affaires, ils fixèrent les sacs sur leurs dos. Son compagnon lui montra comment tirer sur la soupape de sécurité afin qu'ils se remplissent d'air par un procédé ingénieux. Ainsi, les besaces ne pèseraient pas sur leurs épaules.

— Astucieux, commenta-t-elle.

— Non seulement astucieux, mais également pratique, approuva le guerrier. Tu verras que quand le courant sera fort ton sac t'aidera à maintenir ta tête hors de l'eau. Il y a aussi une petite pipette à air que tu peux décrocher pour respirer si tu venais à en être privée, mais je n'ai encore jamais vu personne avoir à s'en servir. Au fait…

Il s'interrompit.

— Où est passée Princesse ?

Tous deux scrutèrent les alentours puis repérèrent enfin Callisto qui – ayant filé en douce – était déjà dans l'eau. Mue par une soudaine pulsion, Emily poussa un cri d'assaut et courut vers la partie du bassin où l'ourse pataugeait paisiblement. Elle plongea juste devant son nez et l'arrosa copieusement.

— Yeaaah! hurla-t-elle en riant aux éclats sous le regard d'Erevan, qui se mit à rire en chœur.

D'abord abasourdie, Callisto revint rapidement de sa surprise et lui rendit la pareille en se servant de ses pattes arrière pour lui éclabousser la figure.

S'ensuivit une bataille d'eau qui agita tout le bassin, faisant fuir une vieille dame qui s'adonnait jusque-là tranquillement à la brasse et leur jeta un regard indigné.

— Hé les deux folles! intervint Erevan qui venait de s'immerger à son tour. Nous ne sommes pas là pour nous amuser. N'oublions pas ce qui nous amène ici! Tâchez de rester près de moi et surtout ne me perdez pas de vue, ajouta-t-il en reprenant son sérieux.

Elles se rendirent jusqu'à l'embouchure devant servir de point de départ, puis se lâchèrent à son signal. Le flot qui les emporta ne tarda pas à gagner en puissance, mais sa force resta raisonnable. Tous trois filèrent vers l'est à bonne allure en se laissant flotter le long des courbes sinueuses du cours d'eau. Bien qu'ils dussent garder un œil sur la rive au cas où ils seraient repérés, l'expérience se révéla loin d'être désagréable.

La première fois que la rivière se divisa en deux, Emily bifurqua de justesse et remarqua au passage des panneaux de direction.

— C'est encore loin? cria-t-elle au jeune homme qui la précédait. Où sortirons-nous?

— Pas où, mais quand ! répondit ce dernier. Dès que l'étoile du Berger apparaîtra, nous nous arrêterons. Attention, nous approchons d'une cascade !

Peu après, ils se firent projeter dans les airs puis atterrirent en contrebas et poursuivirent leur course. Dès lors, les embranchements et les cascades se multiplièrent. La rivière, qui s'était élargie, formait à présent un petit torrent tumultueux qui gagnait en rapidité et leur demanda une attention plus soutenue. La fatigue imposée par ce rythme ne tarda pas à se faire ressentir et ils durent bientôt lutter contre les crampes et le froid. Par chance, les sacs qu'ils portaient les aidèrent à tenir le coup et Callisto, qui faisait preuve d'une endurance remarquable, les laissa s'accrocher à elle pendant un moment.

Au crépuscule, Erevan leur fit enfin signe de s'arrêter.

— Vénus commence à poindre ! cria-t-il pour couvrir le bruit du torrent. Nous pouvons sortir maintenant !

Ils s'agrippèrent à de solides branches et émergèrent de l'eau. Transis de froid, les trois compagnons se séchèrent rapidement et purent se rhabiller, appréciant d'être au sec.

Courbaturée de partout, Emily ne sentait plus ses membres et tout son organisme protestait avec fureur contre le traitement qu'il venait de subir. Elle s'aperçut qu'une faim de loup la tenaillait quand son estomac commença à gargouiller, mais renonça à fouiller dans son sac, souhaitant pour le moment se reposer un peu. Une multitude d'oiseaux s'envola et passa au-dessus de leurs têtes dans un foisonnement de battements d'ailes, avant de disparaître dans le soleil couchant.

— J'avoue que je ne suis pas mécontent d'être arrivé, fit Erevan qui paraissait aussi fatigué. Il aurait été pénible de tenir plus longtemps…

Tout à coup, Callisto dressa l'oreille, émit un grognement inquiet et huma l'air avec méfiance.

— Quelque chose ne va pas, murmura le jeune homme. Princesse flaire une présence et ce silence est de mauvais augure…

L'aventurière remarqua alors que, depuis le vol des oiseaux, nul bruit de la nature ne leur était parvenu. Le lieu était excessivement calme.

— Tu vois ces ruines en haut du champ ? demanda le guerrier. C'est là que nous devons nous rendre. S'il se passe quoi que ce soit, cours t'y réfugier et surtout ne te retourne pas ! Nous t'y rejoindrons.

— Ne penses-tu pas que je devrais plutôt rester à vos côtés ? demanda-t-elle avec inquiétude. Ce serait peut-être plus prudent…

— Non ! coupa-t-il fermement. Écoute, c'est important ! ajouta-t-il d'un ton pressant. Tu dois absolument y parvenir ! Si on se fait attaquer, fuis vers ces ruines ! Et si tu es suivie, fie-toi à ton instinct. Imagine les choses les plus folles et elles se réaliseront, je te le promets. Me fais-tu confiance ?

Elle ne comprenait rien à cette histoire d'instinct et d'imagination, mais, devant le regard insistant de son ami, finit par acquiescer d'un signe de tête et se leva sans plus tarder.

Ils gravirent le pré pour rejoindre les ruines qui se trouvaient encore à bonne distance. Elles étaient en si mauvais état qu'il était impossible de deviner ce que le site avait abrité autrefois. Une église ? Ou un manoir peut-être ?

Le silence se fit de plus en plus oppressant. Quelque chose dans l'air rendait l'atmosphère pesante.

À mi-chemin, d'épaisses ténèbres envahirent les lieux et, en quelques secondes, un vent brutal et glacial se leva, giflant les trois compagnons de plein fouet. Ils se mirent à courir, mais les rafales devinrent d'une telle violence que ce fut peine perdue.

Soudain, une voix diabolique résonna dans les ténèbres, porteuse d'une telle noirceur que les arbres à proximité immédiate moururent sur-le-champ. L'aventurière resta plantée là, figée, le cœur battant. La panique et l'angoisse qui l'étreignaient lui avaient comme scié les jambes ! L'instant d'après, une main d'une froideur terrible surgit de nulle part et s'abattit sur elle dans un sifflement suraigu ! Une terreur sans nom s'empara d'elle, la tétanisant de la tête aux pieds.

Sans perdre une seconde, Callisto se rua sur la chose informe qui venait d'apparaître et l'envoya rouler à terre ! La seconde d'après, une lame lancée par Erevan dévia une fléchette empoisonnée qui venait de sortir d'on ne sait où.

— Fuis ! cria-t-il à Emily.

La jeune fille voulut obtempérer quand quelque chose d'impensable se produisit : quatre points rouges lumineux apparurent sur le pelage de la queue de l'ourse, suivis de quatre autres sur son flanc et de treize autres encore. Croyant l'ourse blessée, l'aventurière voulut se porter à son secours, mais se rendit rapidement compte qu'il n'en était rien.

Ces points lumineux à l'aspect de lave en fusion émanaient du corps même de Callisto ! Elle regarda mieux et n'en crut pas ses yeux. C'était à peine imaginable ! Ils étaient la représentation parfaite des étoiles de la constellation de la Grande Ourse !

Après que les points eurent encore gagné en intensité, l'ourse parut un instant sur le point d'exploser. À cet instant, un nuage dense et lumineux, d'une énergie phénoménale, s'échappa de tout son corps, frappant l'adversaire avec un déchaînement inouï !

— Qu'attends-tu ? Cours ! hurla Erevan à l'adresse d'Emily qui restait pétrifiée par le spectacle.

Au moment même, Arcturus apparut derrière le guerrier et lui fit une clé de bras tout en essayant de décocher une autre flèche à Callisto qui se battait contre ce qu'Emily supposait être Eraser. Le jeune homme réagit en une fraction de seconde et dévia le tir ! Puis il sortit son épée et commença à se battre contre son ennemi dans un combat inégal. En effet, Arcturus ne perdit pas un instant et revêtit une forme à demi-éthérée qui empêcha la lame de le toucher. Mais le guerrier continua à le harceler furieusement, empêchant le sbire de reprendre sa forme matérielle et de s'attaquer à Callisto ou à Emily.

Tandis que le combat continuait, une sorte d'immonde magma se matérialisa devant la jeune fille, puis, de cette masse informe, émergea la tête d'Algol. Elle le regarda avec un mélange d'horreur et d'incrédulité, mais fut incapable d'esquisser le moindre geste. De la chose où le visage était apparu, des membres se mirent à pousser avec une rapidité effarante en de longs tentacules dégoulinants de mucus puant.

Dans un effort démesuré, Emily parvint enfin à réagir ! Elle fit un bond de côté et se mit à courir au moment où l'un des tentacules la frôlait. Elle eut alors la sensation que du plomb coulait dans ses jambes. Plus elle tenta d'accélérer, plus ses mouvements prirent une lenteur inversement proportionnelle.

Elle rassembla toute l'énergie dont elle disposait, mais continua malgré tout d'avancer au ralenti, comme dans un cauchemar.

Plus loin, Erevan s'acharnait toujours contre Arcturus tandis que Callisto déchaînait tout son pouvoir sur Eraser, lequel était si terrifiant qu'Emily n'aurait su le décrire autrement que comme un trou noir.

L'aventurière continua de fuir, mais Algol n'eut aucun mal à la rattraper. Il la devança et tendit vers elle ses bras tentaculaires en lui jetant un regard débordant de malveillance. Les paroles d'Erevan lui revinrent alors en tête : *« imagine les choses les plus folles et elles se réaliseront »*. Elle décida donc de tenter le tout pour le tout ! Prise d'une idée à la fois subite et insensée, elle sauta contre son ennemi et, priant pour que cela fonctionne, souhaita ardemment disparaître sous terre. L'instant d'après, les tentacules d'Algol se refermèrent dans le vide. Elle s'était enfoncée dans le sol avec une facilité déconcertante et se trouvait à présent hors de portée !

Le monstrueux personnage déploya du sommet de son crâne une longue excroissance qui palpa l'air avec avidité.

— Tu ne m'échapperas pas ! hurla-t-il. Où que tu ailles je te retrouverai !

La voyageuse, qui avait rejailli du sol un peu plus loin, n'attendit pas de le vérifier et se remit à plonger sous terre pour s'éloigner au maximum.

Une fois tirée d'affaire, elle tenta de repérer ses amis en contrebas d'où les rumeurs du combat continuaient à retentir, mais les épaisses ténèbres l'empêchèrent de les voir. Toujours à sa recherche, l'antenne monstrueuse au sommet du crâne d'Algol continuait de se déployer pour tenter de la détecter.

Elle hésita, puis décida de suivre les ordres du guerrier et se précipita vers les ruines.

Lorsqu'elle en franchit la première pierre, Algol ne put plus la sentir. Son excroissance, devenue inutile, se rétracta, suivie de ses immondes tentacules. Poussant un cri de rage, il se rua en direction de son maître pour lui venir en aide.

En arrivant dans les vestiges, Emily se retrouva sans transition dans une grande armurerie illuminée par un gigantesque lustre et une myriade de candélabres. De somptueux tapis d'Orient en recouvraient le parterre et les nombreuses étagères qui s'y trouvaient abritaient des armes de toutes sortes. Elle se saisit d'un long poignard effilé, se retourna et constata que son ennemi ne la poursuivait plus.

Où était-elle ? Il s'agissait certainement de magie puisque nulle habitation ne se dressait sur la colline l'instant d'auparavant. Se pouvait-il que les ruines désertiques soient un genre d'illusion destiné à protéger cette demeure ? Que faisait-elle ici ? Avait-elle bien fait d'obéir ? Elle était morte d'inquiétude pour ses amis restés à l'extérieur. Erevan connaissait-il l'existence de cette forteresse ?

Sa réflexion fut interrompue par un bruit de cliquetis métallique venant du couloir attenant. Quelqu'un approchait ! Elle se plaqua dos au mur et guetta les pas qui se dirigeaient dans sa direction, en espérant ne pas tomber sur un partisan d'Eraser.

Elle resserra sa main sur la garde de son arme et attendit avec anxiété. C'est alors qu'un homme, vêtu d'une lourde armure et arborant une grande épée à la lame aiguisée, déboucha dans l'entrée. Emily, qui n'avait pas imaginé pouvoir tomber sur un tel adversaire, tourna les talons et partit en courant.

— Eh attendez ! l'apostropha le chevalier. Vous n'avez rien à craindre !

N'y croyant pas un seul instant, la jeune fille s'engouffra dans le premier couloir venu et continua de courir aussi vite que possible. Après avoir monté un escalier, elle prit une direction au hasard, passa plusieurs portes, et se retrouva piégée dans une petite pièce sans issue. Elle repéra le mobilier et alla se cacher dans une armoire.

Peu après, la porte s'ouvrit et l'homme entra, mais ne trouva personne.

Quand ses pas s'éloignèrent, l'aventurière se risqua hors de sa cachette et chercha un moyen de sortir de la forteresse. Elle s'enfonça dans tout un dédale de corridors, poussant des portes qui menaient soit à des chambres aux fenêtres grillagées, soit sur d'autres galeries, et finit par se perdre. Après plus d'une heure d'errance, elle poussa une énième porte et se retrouva nez à nez avec le chevalier.

—Je vous préviens, menaça-t-elle en brandissant son poignard tout en se mettant à reculer. Ne m'approchez pas !

— Du calme, vous ne craignez rien ! fit l'homme redoutable en levant les mains au-dessus de sa tête comme pour prouver sa bonne foi. Vous avez des ennuis et nous vous attendions.

Se campant sur ses gardes, elle tenta de distinguer les traits du bonhomme sous son casque d'acier.

— Si vous dites vrai, jetez votre épée à terre et enlevez votre heaume !

Le grand gaillard s'exécuta sans faire d'histoire.

— Désolé, je ne voulais pas vous faire peur, fit-il en montrant un visage sympathique. Vous savez, nous avons rarement l'occasion d'accueillir des visiteurs…

— Eh bien si vous les recevez avec cape et épée, j'imagine qu'ils ne doivent pas se presser au portillon.

— C'est que je ne suis que simple garde, répondit avec embarras l'homme qu'elle avait pris pour un chevalier. C'est la tenue réglementaire. Mon maître m'a envoyé vous chercher, il savait que vous deviez venir. Voulez-vous bien me suivre ? Voyez, je suis désarmé à présent.

Emily accepta. Toutefois, elle s'abstint prudemment de mentionner ses deux amis. Elle ne savait pas encore ce que lui voulait le propriétaire de la forteresse et, même si c'était Erevan qui l'avait envoyée dans les ruines, elle ne pouvait pas être sûre qu'il connaisse le secret de ces lieux. De plus, rien ne lui prouvait que la personne qu'elle allait rencontrer ne soit pas malintentionnée. Tant qu'elle n'en aurait pas le cœur net, elle resterait vigilante.

Ils montèrent un long escalier en colimaçon, traversèrent tout un dédale de couloirs et passèrent devant des dizaines de pièces aux portes closes. Il n'y avait rien d'étonnant à ce qu'elle se soit perdue au cœur d'un tel labyrinthe ! Enfin, le garde s'arrêta devant une grande porte de bois sculpté, richement ornée.

— Nous sommes arrivés, dit-il en inclinant la tête.

Il poussa les battants de l'immense porte massive, lui fit signe d'entrer et s'en retourna d'un claquement de talons.

Devant elle s'étendait une salle aux proportions gigantesques au centre de laquelle trônait une table d'une longueur respectable. Le haut plafond, bardé de moulures dorées mises en valeur avec finesse, soutenait un lustre monumental qui retombait en cascades cristallines jusqu'à mi-hauteur du sol. Emily fit quelques pas et distingua les contours d'un large dossier à l'autre bout de la table.

— Y a quelqu'un? demanda-t-elle d'une voix qui résonna en écho.

— Oui je suis là ! répondit une voix claire et enfantine s'élevant du fauteuil. Approche !

Toujours tenaillée par l'angoisse au sujet de Callisto et d'Erevan, la voyageuse s'exécuta et se rendit près du grand siège de cuir.

— Bonjour, salua-t-elle avec impatience. Qui es-tu?

— Te plairait-il que je me retourne? fit la voix aux tonalités espiègles.

— Eh bien je crois que ce serait plus poli, non ?

Le jeune inconnu éclata de rire et fit volte-face.

— Salut ! dit-il simplement.

En face d'elle se trouvait le petit garçon de la clairière qui l'avait emmenée dans le donjon aux serpents.

— Voyons ne fais pas cette tête ! s'esclaffa-t-il, amusé. On dirait que tu as vu un fantôme !

— Que fais-tu ici ? coupa-t-elle.

— Si c'est tout ce que tu trouves à dire, je vais me vexer, répondit le gamin.

Malgré son stress, elle essaya de garder son calme.

— Écoute, ce n'est pas que je ne suis pas contente de te revoir, mais mes amis risquent leurs vies dehors ! Où est le maître des lieux ? Es-tu son fils ?

Le petit garçon eut une petite moue comique.

— C'est moi le maître, pardi ! Tu es ici chez moi.

Alors tout se mit en place dans sa tête.

— Serais-tu donc l'enfant protecteur dont tout le monde parle ? demanda-t-elle avec un regain d'espoir.

— Si l'on parle de moi en ces termes, alors je suppose que oui ! répondit-il en souriant, l'air ravi. J'imagine que tu dois être affamée...

Comme s'il ne l'avait écoutée qu'à moitié, il claqua des doigts et un solide festin apparut devant eux sur la table.

— Voilà, le repas est servi ! ajouta-t-il nonchalamment.

Apparemment, il était doué de dons hors du commun, ce qui expliquait sans doute que les gens le considéraient comme un protecteur. Comment avait-il fait pour se métamorphoser, se volatiliser, et à présent faire apparaître tout un repas ?

Mais alors que ces questions fusaient dans l'esprit d'Emily déjà tourmenté par le sort d'Erevan et de Callisto, l'absence de réaction de l'enfant l'irrita.

— Ne serais-tu pas du genre un peu vantard ? Ton tour de passe-passe est tout à fait convaincant, mais le temps presse !

— Et pourquoi donc ? fit le gamin sans se départir de son sourire. Un estomac qui gargouille ne devrait-il pas être une raison suffisante pour perdre du temps ?

Son sourire se figea devant la colère de la jeune fille.

— M'entends-tu lorsque je te dis que mes amis sont en danger ? Si tu es le protecteur, tu dois m'aider ! Il faut partir sur-le-champ !

Un éclair de compréhension illumina le visage du petit hôte.

— Je vois, tu parles d'Erevan et de Callisto. Rassure-toi, ils sont ici. Ils sont arrivés il y a une vingtaine de minutes, pendant que mon garde Louis te courait après dans tout le château.

— Quoi ? fit-elle en bondissant. Pourquoi ne me l'as-tu pas dit tout de suite ? Je dois les voir !

Mais l'enfant s'y opposa et proposa, visiblement embarrassé, d'attendre le lendemain pour le faire.

— Attendre demain ?! Hors de question. Qu'est-ce que tu me caches ?

Piqué au vif, le garçon feignit de ne pas avoir compris.

— Je ne te cache rien ! Tu dois me croire, si je te dis qu'ils sont ici !

— Dans ce cas, pourquoi tiens-tu tant à m'empêcher de les voir ?

— Parce qu'ils sont fatigués, répondit fermement l'enfant. Fais-moi un peu confiance quand même !

— Et au nom de quoi je te prie ?

— Au nom de notre amitié !

— Ben voyons, on se connaît à peine…

Le garçon perdit patience.

— Si c'est comme ça, pense ce que tu veux ! Ils ont besoin de se reposer et nous ne les dérangerons pas, que ça te plaise ou non.

— Très bien. Puisque tu le prends comme ça, je vais retourner toute cette fichue baraque jusqu'à ce que je les retrouve !

Sur ce, elle s'éloigna d'un pas énergique.

— Mais quelle tête de mule ! s'écria l'enfant en se levant pour la rattraper. C'est bon, je vais t'y emmener ! Mais on ne restera pas longtemps. D'accord ?

— Ça, ce sera à moi d'en décider !

— Non, mais tu parles d'un caractère… soupira le gamin.

Ils traversèrent la forteresse sur toute sa longueur, puis parvinrent à un petit escalier qui menait sous des combles.

— Je te le répète, fit l'enfant d'une voix grave. Ils sont très fatigués…

— Ouvre donc cette porte plutôt que de jacasser !

Il lui jeta un regard noir, frappa à la porte, puis la fit entrer dans une petite pièce où un feu de cheminée crépitait. Sur des lits aux draps tachés de sang, Callisto et Erevan reposaient sous l'attention d'une servante qui s'employait à panser leurs plaies.

Emily se précipita vers eux.

— Te voilà, fit Erevan d'une voix lasse. Je suis heureux de te voir. Je te savais bien arrivée, mais je restais inquiet…

— Oh Erevan ! fit-elle en prenant sa main qu'elle pressa contre sa joue. J'ai cru ne jamais te revoir. Pourquoi Callisto ne bouge-t-elle pas ? Est-ce que c'est grave ?

— Ne t'inquiète pas, répondit le jeune homme en effleurant sa joue du bout de ses doigts. Ce ne sont que des égratignures. Et puis, nous avons l'habitude, n'est-ce pas Princesse ?

L'ourse émit un petit grognement endormi.

— Elle dit que demain il n'y paraîtra plus ! intervint leur petit hôte dont elle avait presque oublié la présence.

À part elle, tout le monde comprenait-il donc Callisto ?

— Jeune maître, je ne vous avais pas vu…

— Économisez vos forces Erevan ! fit le gamin en se fendant d'un large sourire.

La jeune fille lui jeta un regard furibond.

— Ben quoi ? poursuivit-il avec insolence. Ils ne sont pas morts, mais fatigués. Pas besoin de parler à voix basse ni de prendre cet air désespéré !

— C'est vrai, ça va aller, renchérit le jeune homme en la regardant d'un air indéchiffrable qui fit bondir son cœur. Nous avons juste besoin de nous reposer un peu…

Elle réalisa soudain combien elle s'était attachée à lui en si peu de temps. À demi rassurée, elle rendit les armes et ébaucha enfin un sourire.

# CHAPITRE V

## VOL au-delà des cimes

Quelques jours s'étaient écoulés au château. Après avoir quitté Erevan et Callisto, Emily avait présenté des excuses au petit garçon. Elle avait conscience de s'être comportée de façon odieuse et le regrettait à présent. L'enfant, qui s'appelait Pierre-de-Lune, lui pardonna volontiers et comprit qu'elle avait agi de la sorte sous le coup de l'inquiétude.

Il l'avait ensuite emmenée prendre un repas dans la salle commune en expliquant que le jour où il l'avait rencontrée dans la clairière il n'avait pas voulu lui faire peur, mais qu'il savait qu'elle avait déjà sans doute été repérée par Eraser et qu'il avait voulu la mettre à l'abri. Il lui apprit que ce dernier pouvait sentir toute âme nouvelle et que, dès qu'une occasion se présentait, il se mettait en chasse.

— Si je comprends bien, tu as accompli un miracle ce jour-là, dit-elle avec un respect tout neuf. C'est toi qui as ouvert cette brèche dans le ciel alors que je croyais que tu t'adonnais à une sorte de rituel aussi inutile que dangereux. Quand j'ai vu que les étoiles se déplaçaient selon la trajectoire que tu leur dictais, j'ai pensé que c'était de la folie ! J'ai cru que tu ne savais pas ce que tu faisais et que ça allait déclencher une catastrophe…

— Je ne t'en veux pas, fit Pierre-de-Lune soulagé qu'elle ait changé d'opinion envers lui. Tu ne pouvais pas savoir…

Le garçon lui avait ensuite expliqué qu'une fois arrivé au donjon, il n'avait pas eu l'intention de la laisser seule, mais n'avait pas eu d'autre choix. Il lui arrivait fréquemment de disparaître sans pouvoir rien y faire et cela se traduisait par l'aspect étrange que sa peau prenait et qu'elle avait pu voir.

— Une chose m'étonne, reprit l'aventurière. Pourquoi avoir choisi de m'emmener dans cet endroit grouillant de serpents ? C'était tout de même risqué…

— Je l'ai fait parce que c'était le lieu le plus proche de chez Erevan. Je ne pouvais pas t'amener directement chez lui, car je savais qu'il avait des ennuis. Je pensais avoir encore le temps d'aller l'aider avant de disparaître, mais je me suis trompé. La suite, tu la connais…

La jeune fille regretta de l'avoir mal jugé et se promit de se rattraper. En dépit de son jeune âge, c'était à l'évidence un magicien de talent qui méritait que l'on se fie à lui.

En fin de soirée, il la fit raccompagner à sa chambre par le garde Louis et elle put enfin se reposer.

Elle sombra dans un sommeil sans rêve tandis que la même phrase qu'elle avait entendue lorsqu'elle s'était évanouie se mettait à résonner dans sa tête, l'enjoignant de retrouver son chemin.

Bien que ce ne fût pas la première fois que cette phrase surgissait dans son esprit, elle choisit de ne pas y prêter attention lorsqu'elle se réveilla le lendemain…

Emily alla retrouver ses amis qui, ainsi qu'ils le lui avaient promis, paraissaient déjà en meilleure forme. Ils lui expliquèrent ne pas avoir réussi à se débarrasser d'Eraser et de ses sbires, lesquels avaient fui dès que le combat avait commencé à tourner à leur désavantage.

Après quelques jours seulement, Callisto fut totalement guérie et ne tarda dès lors plus à tenir en place. Erevan quant à lui, avait été touché à la cuisse par Eraser et avait récolté une vilaine plaie qui s'était infectée. Il continuait à se remettre de sa blessure en s'occupant à sculpter de petits objets de bois au coin du feu, ne manquant jamais de sourire à la jeune fille quand elle passait près de lui. Elle allait alors s'asseoir à ses côtés et ils entamaient de longues discussions jusqu'à ce que l'ourse ou Pierre-de-Lune viennent les interrompre.

Elle profita de l'une de ces conversations pour le questionner sur les mystérieux amis auxquels il avait laissé un message le jour de leur départ et lui demanda dans la foulée ce dont il avait bien pu parler avec la conseillère du village, avant de partir par la rivière. Le jeune homme resta évasif concernant ses amis, lui expliquant que, tout comme Pierre-de-Lune, et pour des raisons qui les concernaient, ils n'aimaient pas que l'on parle d'eux sans avoir été présentés. Il avait confiance en Emily, mais avait donné sa parole à ce sujet et entendait la respecter.

Pour ce qui était de son échange avec la conseillère, il n'y avait rien d'extraordinaire. Elle lui avait tout simplement retransmis les instructions de Pierre-de-Lune sur les embranchements à emprunter et le moment où ils pourraient sortir de l'eau pour rejoindre la forteresse qui possédait un enchantement lui permettant de se trouver chaque jour en un lieu différent. Mais comme Eraser avait des oreilles partout, elle avait préféré les lui chuchoter afin de s'assurer que nul ne puisse saisir ses propos. Il avait toutefois été contrarié que la femme lui coupe la parole lorsqu'il avait voulu traduire les propos de Callisto qu'elle n'avait absolument pas compris. L'ourse en avait d'ailleurs été particulièrement vexée. Cette information mit du baume au cœur de la jeune fille qui se sentit alors de très bonne humeur pour le restant de la journée. Si cette femme se permettait d'interpréter les paroles de l'ourse, elle aurait beau faire toutes les œillades imaginables à Erevan, ses charmes n'y feraient rien.

Les jours suivants, la voyageuse eut tout loisir d'explorer la forteresse de fond en comble.

Elle constata ainsi, en arpentant les remparts, que chaque matin un nouveau décor l'accueillait. Tantôt le château se trouvait sur une île, le jour d'après au sommet d'une montagne enneigée, ou encore dans une plaine fleurie. Elle ne se lassait pas de découvrir ce spectacle et, lorsque le guerrier presque guéri put l'accompagner, tout lui parut encore plus beau. Bientôt, elle connut la demeure jusque dans ses moindres recoins et découvrit des endroits dont Pierre-de-Lune lui-même avait oublié l'existence.

Son amitié pour l'enfant ne cessait de grandir, même s'il lui tenait à tout moment des propos étranges. Il agissait comme s'il la connaissait depuis toujours et affirmait qu'ils étaient liés, mais refusait ensuite d'en dire plus à ce sujet. Ce petit jeu avait tendance à agacer l'aventurière, mais elle devait toutefois reconnaître que le garçon lui donnait parfois l'impression de la connaître mieux qu'elle ne se connaissait elle-même.

Elle découvrit aussi un peu plus l'univers fabuleux qui habitait Callisto en s'entraînant à communiquer avec elle, mais ne réussit toujours pas à établir un dialogue digne de ce nom et, même si elle aimait particulièrement passer du temps en sa compagnie, c'est d'Erevan qu'elle se rapprocha chaque jour davantage.

De nature passionnée, le jeune homme faisait montre d'une intelligence hors du commun et semblait avoir réfléchi en profondeur à toutes les questions de la vie. Attentionné et l'esprit vif, il la comprenait mieux que quiconque et n'était lui-même pas insensible à sa présence.

Un soir, alors qu'ils se promenaient le long d'un rempart donnant sur une plaine enneigée, elle sentit avec délices le bras de son ami entourer son épaule. Ils restèrent ainsi un long moment, ne souhaitant ni l'un ni l'autre rompre la magie de l'instant, perdus dans la contemplation d'un horizon où il n'y avait finalement rien à voir.

Un autre jour, la jeune fille avait glissé sur une dalle de pierre gelée et s'était raccrochée à lui, l'entraînant dans sa chute. Ils s'étaient alors retrouvés face à face dans les bras l'un de l'autre, mais le charme avait cessé d'opérer lorsque l'éternel cliquetis métallique de l'armure de Louis faisant sa ronde avait retenti. À l'apparition du garde, ils s'étaient relevés, légèrement confus, en riant un peu bêtement.

Parfois elle avait l'impression de ne vivre que pour ces moments volés et y repensait jusque tard dans la nuit, une agréable sensation de chaleur nichée au creux du ventre. La douceur, la force et le charisme impressionnant d'Erevan ne cessaient de hanter son esprit et, quand elle finissait par s'endormir enfin, sa dernière pensée était pour lui.

Ce bonheur simple n'était cependant pas fait pour durer.

Un soir, alors qu'ils étaient tous réunis à table, elle ressentit une tension palpable. Callisto ne cessait de grogner, le nez dans son assiette, Pierre-de-Lune tripotait nerveusement ses couverts et le guerrier, muet comme une tombe, gardait obstinément les yeux perdus dans le vague. Elle tenta malgré tout de faire quelques plaisanteries, mais toutes retombèrent à plat.

— Mais enfin, s'écria-t-elle finalement en posant son verre sur la table. Qu'avez-vous ?

D'un ton peu convaincant, ils lui affirmèrent que tout allait bien.

— Allons, vous mentez très mal !

Ses amis se concertèrent du regard, manifestement ennuyés, puis Erevan se décida à parler.

— Nous avons une mauvaise nouvelle à t'annoncer, dit-il avec une lueur de tristesse dans le regard qu'elle ne lui connaissait pas. Il y a des choses que nous devons savoir…

Emily sentit une boule d'angoisse nouer sa gorge et tritura son bracelet.

— Je ne comprends pas. De quoi parles-tu ?

— Inutile de tourner autour du pot, intervint Pierre-de-Lune en voyant le jeune homme hésiter. Nous nous demandons si tu as déjà entendu des voix en étant fatiguée ou dans ton sommeil, c'est important.

— Qu'est-ce que cette question ? Me croyez-vous folle ?

— Absolument pas, répondit Erevan avec douceur. Nous avons de bonnes raisons de te le demander, n'en doute pas. S'il te plaît, réfléchis bien. Comme le dit Pierre-de-Lune, c'est capital.

Callisto poussa un grognement rauque.

— Princesse dit que si tu as entendu quoi que ce soit ce n'était pas une hallucination et insiste pour que tu essaies de te souvenir, ajouta-t-il gravement.

L'aventurière se remémora les paroles qu'elle avait entendues après la traversée du ravin et qui étaient revenues la harceler lors de la première nuit qu'elle avait passée au château. Elle avait refusé d'y accorder de l'importance et, malgré l'insistance de ses amis, n'avait aucune envie d'en discuter. Cette voix, qui la pressait de retrouver son chemin, n'avait aucun sens ! Et elle préférait éviter d'y penser, redoutant que cela ne favorise son apparition. Si elle pouvait éviter de mettre ça sur le tapis, la voix finirait bien par disparaître et il n'y aurait alors plus de problème.

— Je ne me souviens de rien, répondit-elle en espérant couper court à la conversation. Vous voilà rassurés j'espère ?

Mais la réaction de Pierre-de-Lune la détrompa.

— Au contraire, si ce que tu dis est vrai alors la situation est encore plus grave que nous ne l'imaginions. Emily, je suis contraint de te dire que tu ne peux pas rester ici. Eraser a plus de raisons de vouloir te retrouver que nous ne le supposions. Tu n'es pas à ta place, même si nous aurions aimé te dire le contraire. Ma façon de l'annoncer peut te paraître brutale, mais ce serait te tuer que de te garder avec nous. Je l'ai toujours su, mais j'espérais que tu t'en rendrais compte par toi-même. Or plus le temps passe, plus tu te perds. La décision que nous avons prise est la bonne : il faut que tu partes. C'est ce que nous avions à te dire.

Complètement sous le choc, elle sentit ses yeux s'embuer.

— Je ne comprends rien à ce que tu dis, répondit-elle. Je ne vois pas en quoi je me perds ni pourquoi je ne serais pas à ma place ici ! Cet endroit est ma seule maison et vous ma seule famille…

— Malheureusement non, fit le guerrier tristement. Et je refuse de te faire courir un danger en te laissant rester.

— Emily, reprit Pierre-de-Lune. Il est normal que tout cela te paraisse obscur pour le moment. Il y a des réponses que tu dois découvrir par toi-même. Toi seule peux retrouver ton chemin. Nous autres ne pouvons que nous relayer dans la mesure du possible pour veiller sur toi…

La jeune fille tressaillit. Que savait-il ? Quelle était donc cette histoire de chemin qui ne cessait de la poursuivre ? À l'évidence, elle avait eu tort d'ignorer ces paroles et les fuir ne servirait à rien.

— Je dois vous avouer quelque chose, dit-elle après avoir réfléchi. Je n'ai pas été tout à fait honnête avec vous. Il m'est en effet arrivé d'entendre une voix qui me tenait les mêmes propos. Elle ne cessait de me dire de retrouver mon chemin…

Tous parurent soulagés.

— Alors tout n'est pas perdu ! fit le gamin avec un sourire. Il m'est impossible de t'en révéler plus, car cela fait partie des questions que tu dois résoudre seule et il serait dangereux pour toi que je t'en apprenne davantage. Mais je peux te rassurer sur un point : entendre ces voix est bon signe. Malgré cela, il faut quand même que tu partes.

— Mais pourquoi donc, si c'est bon signe ? Il n'y a plus aucun motif pour que je m'en aille, non ?

— Si, cela vaut tout de même mieux. Ici, tu ne trouveras aucune réponse, je le sens, je le sais.

Elle s'apprêta à lui demander comment il pouvait en être aussi certain, mais alors Callisto intervint d'un petit grondement.

— Princesse dit que tu dois nous faire confiance et poursuivre ta quête sans poser de questions, traduisit Erevan. Tout comme Pierre-de-Lune, elle pense que tu sauras ce que tu as à savoir en temps voulu, mais qu'il est préférable que tu n'en saches pas plus pour l'instant. Quant à moi, je partage leur avis, même si ce n'est pas de gaité de cœur…

La jeune fille analysa la situation. Pourquoi ses amis lui mentiraient-ils ? Ils paraissaient sincèrement s'inquiéter pour elle, même si elle en ignorait encore la raison. Sans oublier que les dons mystérieux de Pierre-de-Lune laissaient à penser qu'il avait peut-être accès à des intuitions ou à des informations qui échappaient au commun des mortels.

Mettre sa parole en doute n'avait aucun fondement ! De plus, elle venait de découvrir que cette phrase qu'elle entendait était plus importante que ce qu'elle avait pu croire… Il fallait qu'elle se raisonne.

— Je ne comprends pas tout, dit-elle finalement. Mais je vous connais suffisamment pour accepter vos conseils. Ne m'en voulez pas de vous avoir menti au sujet de la voix…

Ils lui assurèrent qu'il n'en était rien et voyant qu'elle ne le prenait pas trop mal, se détendirent.

Ils lui parlèrent de son départ qui devrait se faire au plus tôt et la pressèrent de ne pas attendre plus longtemps.

— Pourquoi aussi vite ? s'étonna l'aventurière qui pensait avoir encore un peu de temps. Il fera bientôt nuit et nous devrons camper aux portes du château…

— Qui parle de camper ? déclara le guerrier en se rapprochant d'elle. Tu voyageras de nuit. Pierre-de-Lune partira avec toi, ajouta-t-il avec un regret non dissimulé.

Cette révélation lui donna l'impression que son cœur allait se déchirer. Elle n'avait pas envisagé une minute que l'ourse et le jeune homme ne l'accompagneraient pas, au moins pour le départ.

— Pourquoi ne venez-vous pas ? demanda-t-elle, la gorge serrée.

— Parce qu'il faut que je trouve un moyen d'immuniser Princesse contre les poisons avant de quitter la sécurité de cet endroit. Lors de la dernière embuscade, nous avons eu une chance qui ne se représentera peut-être pas. Callisto a déjà failli mourir par trois fois et il n'y a que moi qui puisse trouver un remède. Mais crois-moi, Pierre-de-Lune saura tout aussi bien te protéger que moi s'il se passe quoi que ce soit en route…

— Je comprends, répondit-elle, toute chamboulée, en prenant brutalement conscience du danger que courrait l'ourse si elle quittait la forteresse. Fais de ton mieux, trouve vite ce remède et rejoignez-moi.

Elle se tourna vers Callisto.

— Oh ma douce, je serai tellement rassurée quand tu ne risqueras plus rien !

L'ourse la poussa du bout du museau.

— Princesse veut que tu saches combien elle regrette de ne pouvoir venir.

— Ce n'est pas grave ma grande, l'essentiel est que tu prennes soin de toi et qu'Erevan puisse trouver une solution à ton problème, fit-elle en la prenant dans ses bras. Tu vas beaucoup me manquer ! Surtout, ne sors pas d'ici tant que ce ne sera pas réglé. Tu me le promets ?

L'ourse appuya sa tête contre elle et lui projeta des images rassurantes par la pensée.

— Puis-je te parler seul à seule ? lui demanda le jeune homme.

Emily acquiesça et il l'entraîna à l'écart, près d'une fenêtre. Ils regardèrent un moment au-dehors sans savoir comment se dire adieu, puis, au moment où elle se décida à dire quelque chose, Erevan l'attira contre lui et l'embrassa.

— Je te jure que nous nous retrouverons très vite, souffla-t-il alors. Je ne saurais vivre une éternité sans toi…

Ils restèrent enlacés un moment, puis se résignèrent à se séparer.

Après avoir terminé d'emballer leurs affaires, Pierre-de-Lune et Emily se retrouvèrent à l'armurerie puis sortirent de la forteresse en passant à travers le mur par lequel elle était arrivée le premier soir. Elle jeta un regard en arrière pour apercevoir une dernière fois le château, mais ne vit qu'un tas de ruines misérables entouré de mauvaises herbes. Ils descendirent près de la rivière qu'ils longèrent jusqu'à une croisée de chemins.

Le cœur serré elle pensa à sa belle Callisto qui l'avait tant de fois émerveillée par les scènes féeriques qu'elle projetait dans son esprit et à toute sa richesse intérieure.

Elle revit Erevan, l'entourant de sa présence chaleureuse et rassurante, sa façon de lui sourire, cette fameuse mèche rebelle qui avait le don de l'agacer, mais qu'il se refusait pourtant à couper, et se demanda comment elle allait pouvoir supporter son absence. *Je ne saurais vivre une éternité sans toi,* avait-il dit. Cette pensée la réconforta. Elle non plus n'attendrait pas l'éternité pour le retrouver…

C'est alors que Pierre-de-Lune, dont la peau s'était mise à luire de manière étrange, la tira sans s'en apercevoir de ses pensées en la prenant par la main.

— Voilà. Ici, c'est parfait, déclara-t-il. Nous n'allons pas nous traîner comme des escargots ! Il y a des choses que je dois t'apprendre. Désormais, plus question de marcher.

— Si tu veux, fit la jeune fille, revenue de sa rêverie. Nous allons prendre des chevaux ?

— Mais non voyons ! répondit-il en riant comme s'il trouvait l'idée tout à fait grotesque. Je vais te montrer. Prends ma main et ne la lâche pas. Tu es prête ?

— Euh oui je crois… répondit-elle, vaguement inquiète, en se demandant ce qui allait lui passer par la tête.

— Dans ce cas, c'est parti ! s'écria-t-il avec enthousiasme.

Il l'empoigna par le bras et sauta sans élan à une hauteur incroyable, en l'entraînant dans son sillage. Emily poussa un cri de surprise et eut l'impression que son épaule allait se déboîter sous le choc !

Ils atterrirent au sommet d'un arbre, mais le garçon ne lui laissa pas l'occasion de souffler et s'empressa de sauter une nouvelle fois, encore plus haut. Bientôt, ils prirent une vitesse phénoménale et parvinrent à l'orée d'un bois.

La jeune fille vit alors les arbres se succéder à toute allure ! Elle avait l'impression de se trouver dans un flipper géant et ne tarda pas à se sentir au bord du malaise.

Mais son jeune compagnon n'y prêta pas attention et continua à l'entraîner dans sa course sans ménagement.

Traverser la forêt aurait dû prendre au moins deux jours, mais par ce moyen ils la franchirent en un rien de temps.

Enfin, le garçon s'arrêta et posa Emily sur une branche.

— Alors, que dis-tu de ça ? demanda-t-il fièrement en prenant place à ses côtés. La balade t'a plu ?

Encore toute retournée, l'aventurière pensa qu'elle aurait mieux fait de se fier à sa première impression: ce gamin était définitivement fou !

— Vu ta tête, je dirais que non, conclut-il, un peu déçu. Tu as eu peur ?

— Juste un peu, répondit-elle avec une mauvaise foi absolue. Mais tu aurais quand même pu me prévenir ! J'ai le vertige, tu sais ?

Elle se cramponna à sa branche près du tronc.

— Oui je sais, répondit Pierre-de-Lune. Mais si je t'avais prévenue de mon intention, tu n'aurais jamais voulu me suivre. Et puis il faut que ça te passe. Si tu continues à être sujette au vertige, tu risques d'avoir de mauvaises surprises sur la route.

— Pourquoi ça ?

— Parce que bien des dangers te guettent et qu'il vaudrait mieux que tu arrives à faire comme moi en cas de besoin.

— Mais tu seras avec moi, non ?

— J'aimerais bien, mais comme tu le sais je suis susceptible de disparaître à tout moment. La meilleure solution que je puisse offrir pour te protéger est de t'enseigner mes connaissances pour que tu puisses te défendre !

— Mais je ne suis pas magicienne moi. Ce que tu demandes est impossible !

— Je ne suis pas magicien non plus, répondit-il. Reposons-nous un moment et je vais t'expliquer, ajouta-t-il devant l'air surpris d'Emily.

— D'accord. Laisse-moi simplement le temps de reprendre mes esprits.

Ils admirèrent le ciel, dégagé de tout nuage. Si les branches en dessous d'elle atténuaient son vertige, Emily sentait tout de même sa tête tourner légèrement. Pierre-de-Lune lui conseilla d'éviter de regarder en bas et d'essayer de se concentrer sur ce qu'elle voyait.

La lune ronde et pleine faisait ressortir l'écrin bleuté de l'univers que des millions d'étoiles venaient parer d'un éclat froid et scintillant.

À l'autre bout de la vallée endormie se détachaient les formes arrondies des collines environnantes. Cette tranquillité, que seul le hululement d'un hibou venait troubler de temps à autre, accentuait la beauté des herbes folles qui ployaient sous le vent.

La jeune fille commençait tout juste à s'habituer à la hauteur lorsque, tout à coup, quelque chose remua dans les branches. Un vieil écureuil au pelage clairsemé en surgit, tenant avec un air de défi une noisette entre ses minuscules pattes avant. Il les scruta effrontément, puis disparut dans la végétation avec une agilité remarquable. Pierre-de-Lune rompit le silence.

— Te souviens-tu du jour où tu es arrivée chez moi ? Tu m'as raconté que tu t'étais enfoncée sous terre pour fuir Algol…

— Oui, fit Emily. Je n'ai toujours pas compris comment ça a pu marcher. Plutôt bizarre, non ?

— Eh bien non. Justement, ça ne l'est pas, répondit-il. Tu penses que je suis un magicien, mais il n'en est rien. Ce soir-là, tu as employé sans y penser la même méthode que celle que j'applique pour sauter ou encore faire apparaître un repas sur une table. En fait, entre ça ou s'enfoncer dans le sol il n'y a aucune différence.

—J'avoue que je ne te suis pas tout à fait, dit-elle. Tu veux dire que tout ce que tu fais je serais capable de le réaliser moi-même ? Ça me paraît impensable !

— Détrompe-toi, tu en as tout à fait le potentiel. Je ne dis pas que ce soit le cas pour tout le monde. Peu y parviennent, car ce don est plutôt rare, mais quand quelqu'un le possède, ça se ressent. Erevan en a lui-même une étincelle, mais trop ténue pour que cela lui serve réellement. Pour compenser, il a développé des aptitudes qui lui sont propres que ce soit en matière de combat, en alchimie ou tout simplement pour l'herboristerie. Lorsque vous vous êtes rencontrés, il avait été pris en traître par la menace de mort qui pesait sur Callisto, sans quoi il s'en serait probablement sorti sans aide. Quant à Callisto, c'est un cas tout à fait à part. Elle recèle une puissance mystérieuse qui n'a rien en commun avec la nôtre. Malheureusement, tu n'es pas sans savoir qu'elle n'est plus à l'abri et représente même désormais le point faible d'Erevan. Enfin bref, tout ça pour dire que ton don est semblable au mien. Il faut que tu saches que c'est aussi pour cette raison qu'Eraser s'intéresse particulièrement à toi. C'est le genre de délicatesse qu'il adore absorber en dévorant une âme. Il n'est encore jamais parvenu à le faire sur les rares personnes qui savent comment utiliser ce don, mais si tu ignores ce pouvoir en toi, tu deviendras une proie facile.

Cela faisait beaucoup d'informations à digérer. Comment pouvait-elle posséder de telles capacités sans en avoir conscience ? Pire encore, ce don la mettrait en danger tant qu'elle ne saurait pas le maîtriser.

— Mais comment m'en servir ? demanda-t-elle. Tu dis que le soir où j'ai réussi à m'enfoncer sous terre j'ai utilisé une certaine méthode sans y penser.

C'est là tout le problème : je ne sais absolument pas comment j'ai fait…

— Tu l'as provoqué par l'instinct et l'imagination. Si tu imagines pouvoir faire quelque chose et que tu y crois, cela se produira. Ce n'est pas plus compliqué que ça. La seule difficulté réside dans le fait d'y croire réellement et d'y penser lorsque cela s'avère nécessaire, car dans les moments de stress on a tendance à être victime des circonstances.

— Mais je n'ai pas la moindre imagination ! Alors pour le reste… Ce fameux soir, c'était un coup de chance, rien de plus.

— On parie ? La chance n'a rien à voir là-dedans. Quand tu veux, tu peux ! Si c'est le terme « imagination » qui te pose un problème, utilise alors plutôt celui de « volonté ». Je vais t'en faire une démonstration. Disons que je veuille voler…

Il se mit debout sur la branche et poursuivit :

— Je me persuade que comme je le veux, cela ne pourra que se produire. Regarde !

Il se jeta dans le vide en faisant de petits moulinets avec les bras, puis décrivit un large cercle en volant et alla atterrir en douceur vingt mètres plus bas.

— Tu vois, conclut-il une fois de retour auprès d'elle. Ça n'a rien de compliqué !

— Pour toi peut-être, répondit la jeune fille en jetant un coup d'œil craintif vers le sol. Moi, je ne suis pas sûre d'être suffisamment forte pour réussir à y croire et donc que ça marche. De plus, j'ai toujours le vertige et je viens à peine de m'habituer à cette hauteur. C'est déjà pas mal pour aujourd'hui tu ne crois pas ?

— Hum, fit le garçon. Justement, ce serait dommage de s'arrêter en si bonne voie. Il faut que tu essaies ! Imagine par exemple que tu es dans l'eau et que tu nages, ça ne devrait pas être très difficile, même si tu dis avoir peu d'imagination. Personnellement je ne crois pas que ce soit ça le souci. Je pense surtout que tu manques de confiance en toi.

— Ce n'est pas impossible, admit-elle, même si cela ne me convainc pas vraiment. Je pense que ce n'est que pure folie, mais comme je t'ai vu le faire je veux bien essayer. Mais uniquement si tu me garantis que tu pourras me rattraper si ça se passe mal, d'accord ?

Il le lui promit et l'aventureuse s'avança sur la branche noueuse. Lorsque celle-ci se mit à ployer, elle prit son courage à deux mains et s'élança dans les airs.

Elle commença par tomber, mais entreprit de se concentrer pour se visualiser dans l'eau. *Voler c'est comme nager. Je peux le faire !* tenta-t-elle de se persuader. Aussitôt elle se stabilisa, mais cela la surprit tellement qu'elle perdit sa concentration et se remit à chuter.

Elle se reprit aussi vite que possible et, sous les encouragements de Pierre-de-Lune, parvint à s'immobiliser à nouveau.

Quelle sensation étrange que de se retrouver en suspension dans les airs ! Il fallait à présent qu'elle essaie de se diriger. Elle s'employa à faire des mouvements de brasse et y réussit sans trop de mal.

Reprenant de l'altitude, elle retourna près de l'arbre et alla se poser sur une branche en face de Pierre-de-Lune.

— Fantastique ! s'écria ce dernier, admiratif. Je n'ai jamais vu de premier vol aussi réussi !

— Merci ! répondit-elle, toute tremblante, mais ravie. C'était incroyable !

— Ça, je le confirme. Tu étais si réticente au départ que je craignais que cela ne fonctionne pas. Je suis bluffé !

— Allons, n'exagère pas non plus. Je vais finir par croire que tu te moques de moi.

— Mais non, je suis tout à fait sérieux ! Maintenant, n'oublie pas que ce que tu viens de faire s'applique à tout. Il faudra que tu t'entraînes, car le plus difficile sera peut-être de t'en souvenir une fois le moment venu.

— Et pourquoi donc ? s'étonna-t-elle. Je ne vois pas comment je pourrais oublier une telle expérience. Je suis même tentée d'essayer d'autres choses.

— Détrompe-toi ! insista-t-il. Je comprends tout à fait que ce que je te dis puisse n'avoir aucun sens pour toi pour l'instant, mais, crois-moi, ce qui te paraît tout à fait logique, normal et naturel aujourd'hui, ne te le paraîtra plus forcément demain.

— Que voilà des paroles pleines de mystère, répondit-elle, habituée aux propos énigmatiques du garçon. Mais je te promets d'en tenir compte et de tâcher de ne pas les oublier.

Satisfait de sa réponse, Pierre-de-Lune se détendit.

— Une chose encore, reprit-il. Évite les transports publics dans ces contrées.

— Et pour quelle raison ?

— Parce que c'est dangereux !

Cette fois, l'aventurière éclata de rire puis, ayant repris son sérieux, constata que le grésillement noir et blanc venait de faire son apparition sur la peau de l'enfant.

— Pierre-de-Lune, ça recommence, annonça-t-elle. Je crois que tu ne vas pas tarder à disparaître.

— En effet, l'heure de la séparation approche. Je suis sincèrement désolé. Comme je te l'ai déjà dit, c'est un phénomène que je ne contrôle pas.

— Je sais, c'est terrible…

— Pas tant que ça, la rassura-t-il avec un haussement d'épaules. On s'y fait, je t'assure… Mais une chose est sûre, c'est que depuis que tu es ici je fais tout mon possible pour être présent au maximum. Ta situation m'inquiète beaucoup. S'il n'en tenait qu'à moi, je resterais constamment à tes côtés. Hélas, cela m'est impossible. C'est aussi pour ça que j'ai tant insisté pour que tu tentes l'expérience de tout à l'heure. Le temps que tout s'arrange, tu dois savoir te débrouiller par toi-même et, surtout, te protéger. Erevan ne te l'a pas dit, mais même s'il sait de quoi je suis capable il a eu du mal à me laisser t'accompagner sans venir lui-même, car il savait que cela arriverait tôt ou tard et que c'était un phénomène imprévisible. Je lui ai expliqué que toi et moi étions faits de la même étoffe et que je comptais t'apprendre à user de tes pouvoirs. Après l'avoir convaincu que ce serait de cette manière que tu serais le plus en sécurité, il a accepté de te laisser partir avec moi, mais je sais qu'il n'est tout de même pas rassuré…

— Je comprends, répondit-elle. Mais je pense que tu as raison : je ne pourrai pas toujours compter sur les autres et il faut que j'apprenne à me débrouiller par moi-même. Je l'ai vu lorsque nous nous sommes fait attaquer : j'étais plus un boulet qu'autre chose… Sans compter que c'est à cause de moi que tout est arrivé.

— Non, rectifia le garçon. Ce n'était pas ta faute. N'oublie pas qu'ils en voulaient aussi à Callisto !

— C'est vrai, admit-elle. Mais cela ne change rien à la donne. Je veux être forte, pas un maillon faible…

— Et cela sera ! fit-il avec un sourire. Tu en as les capacités ! Pour ça, il te suffit de toujours te rappeler que ce que je t'ai appris est applicable à n'importe quelle situation.

— Je le ferai et ne t'en remercierai jamais assez, répondit-elle. Toutefois, est-ce que je peux te poser une question ? ajouta-t-elle en regardant la peau de Pierre-de-Lune qui se couvrait à présent d'une multitude de petits points noirs et blancs scintillants.

— Demande toujours, on verra…

— Que t'arrive-t-il lorsque tu disparais ?

Il hésita, puis répondit :

— Disons que je me retrouve ailleurs, que j'ai une autre vie… mais le temps presse ! abrégea-t-il, ne semblant visiblement pas être prêt à en révéler plus. Je vais bientôt partir, cela ne devrait plus tarder à se produire… Alors encore un dernier conseil. Ne reste jamais au même endroit plus de deux jours. Eraser te retrouverait beaucoup trop facilement.

— J'y veillerai, promit-elle, sans se formaliser de sa brève réponse. Et toi, je te reverrai bientôt ? Comment vas-tu me retrouver ?

— J'ai mes astuces et même si pour le moment tu ne le comprends pas, toi et moi sommes liés.

Une fois de plus, elle renonça à l'interroger davantage. Il avait maintes fois fait allusion à ce lien au cours de son séjour au château, mais refusait obstinément de lui fournir plus d'explications à ce sujet.

## CHAPITRE VI

# La ville maudite

Lorsque Pierre-de-Lune eut disparu, Emily quitta la forêt et traversa une grande vallée restée à l'état sauvage. Nul champ cultivé ou village ne se profilaient à l'horizon de ces terres préservées où l'aube dessinait des reliefs aux nuances colorées.

Elle s'arrêta pour resserrer les bretelles de son sac à dos imperméable puis se décida à jeter un coup d'œil à l'intérieur. Avant leur départ de la forteresse, Pierre-de-Lune y avait apposé son sceptre en murmurant une brève incantation qui devait permettre à ses amis de lui faire parvenir lettres et colis en cas de besoin. Il y avait également ajouté un enchantement pour que le poids du sac ne varie jamais afin qu'elle puisse y engouffrer ce qu'elle voulait.

La jeune fille tira sur la fermeture Éclair, écarta le joint d'étanchéité et fouilla à l'intérieur du compartiment principal. Là se trouvaient une cape, des vivres, une petite bourse et d'autres effets personnels qu'elle avait soigneusement rangés avant son départ. Tout était en place. Elle ouvrit le second compartiment destiné au courrier et y trouva ce qu'elle cherchait: un message lui avait été envoyé. Elle prit l'enveloppe et en tira une lettre portant l'écriture d'Erevan qu'elle lut avidement.

Le jeune homme lui annonçait qu'il avait débuté ses recherches afin de mettre au point une protection antipoison pour Callisto tout de suite après son départ, mais que, malgré toute l'énergie qu'il y consacrait, elle lui manquait déjà. Il regrettait qu'elle ait dû partir aussi vite, et même s'il savait que c'était nécessaire, il aurait aimé pouvoir rester auprès elle. Il leur restait tant de choses à se dire ! Et, bien qu'il connaisse les capacités extraordinaires de Pierre-de-Lune, il aurait tout de même été plus rassuré d'être là pour veiller sur elle.

Erevan s'inquiétait ensuite de savoir si elle était toujours avec le garçon ou s'il avait déjà dû la quitter, la laissant seule. Quoi qu'il en soit, il lui demandait de rester prudente en toutes circonstances.

Il lui avait également transmis un message de Callisto qui se désolait d'être coincée au château et terminait la lettre en promettant à nouveau qu'ils se retrouveraient aussi vite que possible, qu'il lui faisait confiance et espérait que tout se passerait bien.

En se remémorant son regard magnifique, sa prestance, ses gestes et tout ce qu'il dégageait, elle repensa à leurs longues conversations, à leurs balades sur les remparts et à l'émotion qu'il suscitait en elle par sa simple présence. Emily se sentait irrésistiblement attirée par sa personnalité hors du commun. Doté d'un esprit tout en finesse, Erevan était un puits de connaissances doublé d'un homme courageux qui savait réagir face au danger. Il était fier, mais plein de douceur et savait prendre soin de ceux qu'il aimait. Elle ferait tout pour ne pas le décevoir et lui prouverait qu'elle saurait se débrouiller seule ! En aucun cas elle ne voulait qu'il passe sa vie à s'inquiéter pour elle ni qu'il se mette sans cesse en danger pour la protéger.

Sans plus tarder, elle prit une plume et entreprit de lui répondre. Elle écrivit longuement, lui parla de son premier vol et le rassura au mieux. Après avoir terminé et glissé un second mot pour Callisto, elle referma le compartiment puis le rouvrit pour s'assurer que l'enchantement avait bien fonctionné. Constatant que la lettre avait disparu, elle rendossa son sac puis reprit la route en direction d'une grande colline au détour de laquelle elle espérait trouver quelques habitations.

Même si Eraser avait pour l'instant perdu sa trace, elle renonça à emprunter les chemins qui serpentaient entre les hautes herbes. Malgré son don tout neuf ainsi que le long poignard accroché à sa ceinture, elle était seule, inexpérimentée, aussi préféra-t-elle faire en sorte d'éviter toute mauvaise rencontre.

Elle hésita à voler pour avancer plus vite, mais savait, de par sa première expérience, que cela lui demanderait beaucoup d'énergie. Elle décida donc finalement de garder ses forces en réserve pour l'instant. Elle aurait tout le loisir de s'exercer un peu plus tard, d'autant plus que ce genre de lieux solitaires constituait un endroit rêvé pour des brigands guettant le voyageur et qu'une horde de partisans d'Eraser pouvait tout à fait rôder dans le coin.

Après de longues heures de marche, elle parvint au sommet de la colline et aperçut dans le lointain une immense ville qui s'étendait à perte de vue !

Il lui faudrait sans doute encore une bonne journée pour la rejoindre, mais cette découverte tombait à point.

À moins que ce ne fût le reflet de quelques toits lointains, Emily aurait juré voir briller l'océan par-delà le dédale des habitations. Une fois qu'elle y serait parvenue, elle pourrait trouver un hôtel où se reposer et se mettrait en quête d'une carte qui lui servirait à déterminer sa prochaine destination. Elle ne savait pas ce qu'elle cherchait exactement, mais peut-être que la bonne fortune lui sourirait et qu'elle trouverait une piste. Une cité d'une telle dimension ne pouvait qu'offrir une étendue incroyable de possibilités. C'était l'endroit idéal pour commencer son périple.

Certes, elle devrait toujours rester sur ses gardes, mais l'idée de rejoindre une ville peuplée, un lieu animé, la réjouissait.

Elle avança dans cette direction toute la journée du lendemain en s'entraînant à voler sur de petites distances, mais n'atteignit pas l'agglomération qui se révéla plus éloignée qu'elle ne l'avait pensé.

Le soir venu, elle vola jusqu'au milieu de hautes herbes pour ne laisser aucune trace de son passage, puis s'enroula dans la grande cape qu'elle avait emportée afin de dormir un peu.

Au petit matin, elle reprit la route en direction de la ville, puis, au bout de quelques heures, arriva à hauteur des premiers bâtiments. Elle constata alors que l'entrée avait été condamnée. D'imposants grillages barbelés, surmontés de piques métalliques recourbées, se dressaient entre les habitations et la campagne, coupant tout accès.

Quel était cet endroit et de quoi les habitants se protégeaient-ils ? Se pouvait-il que les abords de la ville ne soient pas sûrs ? Intriguée, elle longea la cité sur quelques kilomètres, puis aperçut une petite dépression formant une tranchée sous la barricade. Décidant de s'y glisser pour pénétrer dans la ville, elle se baissa, rampa sur une dizaine de mètres, et parvint sans encombre de l'autre côté. Elle se releva avec un petit soupir de satisfaction, s'épousseta, puis s'engouffra dans la première artère venue.

Au début, la tranquillité des lieux ne la dérangea pas. Les rues désertes laissaient à penser qu'elle se trouvait dans quelque quartier désaffecté. Elle se dit qu'avec un peu de chance elle pourrait économiser le prix d'une chambre d'hôtel en trouvant un coin pas trop mal dans l'un des grands bâtiments abandonnés, mais, pour finir, changea d'avis. Pierre-de-Lune lui avait laissé une bourse suffisamment pleine pour parer à toute éventualité et l'endroit était peut-être mal fréquenté.

Elle continua donc à avancer en tâchant de ne pas tourner en rond.

Au bout d'un certain temps, les rues se firent plus étroites. Les façades des maisons, noires de saleté et de poussière, dégageaient un sentiment d'oppression malsaine. Ni la pollution ni l'abandon ne suffisaient à expliquer leur aspect lugubre. Les trottoirs, que le vent venait balayer de temps à autre, étaient jonchés de détritus à un stade tel de décomposition que leur origine demeurait indéterminable. Les poubelles débordaient dans une infecte puanteur, mais, plus encore, on sentait dans l'air comme un danger latent.

Emily songea un instant à survoler les tours afin d'avoir une vue dégagée du coin, mais y renonça : elle ne se sentait pas encore prête à s'élever à une telle altitude – dépassant de loin celle des arbres où Pierre-de-Lune l'avait emmenée deux jours auparavant – et redoutait de perdre sa concentration alors qu'elle serait déjà montée trop haut. Elle pressa le pas, mal à l'aise, en espérant déboucher dans un quartier plus accueillant.

Elle erra ainsi pendant des heures, aspirant vainement à tomber sur quelqu'un qui pourrait la renseigner sur la direction à prendre, mais elle dut se rendre à l'évidence : il n'y avait là pas âme qui vive.

La cité tout entière, rongée d'obscurité, dégageait une ombre menaçante.

Emily accéléra davantage en espérant quitter rapidement les allées aux pavés accidentés quand un objet posé sur un container attira son attention. À première vue, il ne s'agissait que d'un petit bout de torchon dont la couleur d'origine devait avoir été le mauve. Sans savoir pourquoi, elle se sentit irrésistiblement attirée par lui et alla le ramasser.

Ce n'était pas un morceau de chiffon comme elle l'avait tout d'abord cru, mais un vieux lapin en peluche tout élimé qui éveilla en elle une sensation des plus étranges. Du bout de la manche, elle essuya la crasse qui le recouvrait, découvrant un petit museau noir et des yeux cousus en boutons. C'est alors qu'une émotion intense la submergea ! Du plus profond de sa mémoire jaillirent les effluves d'un parfum oublié depuis longtemps et la mélodie d'une voix douce qui fredonnait une chanson familière.

Une grosse boule lui noua la gorge. Les larmes affluèrent à ses yeux. *Maman…* fit-elle dans un murmure. Elle s'effondra sur le sol froid, envahie par une tristesse sans nom. La tête entre les mains, elle pleura longuement. Des flots de souvenirs refoulés depuis des années remontaient brusquement à la surface de son esprit, la tourmentant avec une violence que seules de grandes douleurs peuvent engendrer.

*Mais comment ai-je pu oublier ça ?* se demanda-t-elle avec stupeur. Tout lui revenait : la maison, le jardin avec les balançoires, l'odeur des draps frais pendus sur le séchoir, les nuits d'été à la belle étoile, sa mère lui souriant tendrement et puis la maladie qui l'avait frappée, l'hôpital, le signe de tête impuissant du médecin et, pour finir, le cimetière, anonyme, sous le jet diluvien de la pluie. Elle se revit poser son vieux doudou mauve trempé sur la pierre froide de la tombe pour tenir compagnie à sa mère dans son long voyage vers l'éternité…

*Je t'en supplie, retrouve ton chemin !* lui intima soudain une voix puissante surgie de nulle part. Emily bondit, les nerfs à vif.

La voix qui venait de retentir avait résonné avec une netteté incroyable ! Pour la première fois, elle l'avait entendue clairement et elle lui paraissait étrangement familière. D'où pouvait-elle venir ? Qu'était-elle et que lui voulait-elle ? Si ses amis ne lui en avaient pas parlé, elle aurait été persuadée d'avoir des hallucinations. Elle sécha hâtivement ses larmes et mit le doudou dans son sac. Si elle trouvait la source de la voix, elle comprendrait enfin le but de sa quête.

À ce moment, un volet claqua dans un immeuble voisin, lui arrachant un petit cri de surprise. Décidément, elle devenait de plus en plus nerveuse. Elle s'aperçut que le soleil brillait haut dans le ciel. Il devait être midi, tout au plus. Alors pourquoi cette luminosité ne parvenait-elle pas à dissiper l'obscurité menaçante qui régnait dans la ville ? Les souvenirs, qui pourtant l'avaient accablée avec férocité, s'évaporèrent en un instant.

Tout à coup, elle entendit comme une rumeur s'élever progressivement à quelques pâtés de maisons de là. Le bruit s'intensifia, lui donnant l'impression qu'une foule en colère était en train de se former. Renvoyé par un écho, le claquement d'une porte retentit au loin. Un signal d'alarme s'alluma dans son esprit. Ce n'était pas normal. Les sens en alerte, elle se tint sur ses gardes.

Se sentant soudainement observée, Emily leva les yeux vers un immeuble sur sa droite. Un jeune garçon au teint anormalement pâle la fixait d'un air troublant par l'ouverture d'une fenêtre. C'est alors qu'une dizaine d'autres fenêtres s'ouvrirent les unes après les autres, laissant apparaître des têtes inquiétantes dont les regards convergèrent aussitôt vers elle dans une attitude horrifique. Il fallait fuir ! Mais pour aller où ? Au loin, la rumeur prit de l'ampleur comme si la foule se rapprochait d'elle.

Une porte s'ouvrit sur sa gauche et un homme vêtu d'un manteau en lambeaux surgit sur le seuil. Il pointa un doigt en direction d'Emily. Ses yeux injectés de sang la dévorèrent avec une férocité implacable. Que faisaient ici des partisans d'Eraser ? Et en si grand nombre ? Cette ville était-elle tombée sous sa coupe ?

Une autre porte claqua et des centaines de bruits de pas précipités retentirent dans les cages d'escaliers des immeubles environnants. Il n'y avait pas un instant à perdre ! Elle se mit à courir.

Mais le raffut causé par la foule alerta tout le quartier. Où qu'elle aille, de nouvelles fenêtres s'ouvraient sur son passage et le même scénario se répétait. Derrière elle, la horde de partisans s'étoffait à une vitesse effarante jusqu'à constituer une véritable marée de monstres humanoïdes !

Elle finit par se retrouver acculée dans une impasse sans la moindre issue en vue et fut rapidement encerclée. Jamais elle n'avait vu tant de malveillance sur le visage d'êtres humains. Femmes, hommes, enfants, vieillards, tous semblaient n'avoir qu'un seul but : s'emparer d'elle pour la lyncher. Le teint maladif, les yeux injectés de sang, ils reniflaient à présent l'odeur de sa peur avec une avidité presque animale.

N'ayant plus le choix, l'aventurière replia les genoux et sauta aussi haut qu'elle le put ! Elle atterrit sur le toit d'un bâtiment et reprit son souffle. S'armant de courage, elle se dirigea ensuite vers le bord et jeta un coup d'œil dans la rue. En bas, la foule la regardait d'un air de dépit mêlé de rage impuissante.

— Bande de rats ! murmura-t-elle pour elle-même en tâtonnant son bracelet. Vous ne m'aurez pas !

Elle bondit alors d'immeuble en immeuble jusqu'à se retrouver au sommet de la plus grande tour. De là, elle scruta l'horizon. À des kilomètres à la ronde, les bâtiments sinistres se ressemblaient tous. Un affreux magma noir les recouvrait comme une seconde couche et, depuis qu'elle avait pris de l'altitude, l'air stagnant était devenu à peine respirable. Impossible de voler plus haut dans ces conditions. Comment quitter cet endroit ? Rien ne permettait de s'orienter, aucune voie n'était parallèle et, où que se portât son regard, les rues se perdaient jusque dans le lointain.

Elle se remit à sauter de toit en toit au gré du hasard et remarqua enfin un détail qui la frappa. À l'horizon se dessinait une sorte de ligne qui semblait diviser la ville en deux parties.

Elle décida de s'en rapprocher et constata en arrivant plus près qu'il s'agissait d'une frontière. Mieux encore, l'autre partie de la ville ne conservait pas cette noirceur épouvantable, mais révélait une éclatante couleur vermeille sous le soleil. Elle préféra ne pas s'en réjouir trop vite, mais au moins elle savait désormais qu'elle n'avait pas tourné en rond.

Tout à sa réflexion, la jeune fille ne remarqua pas qu'elle avait à nouveau été repérée. Elle s'apprêta à bondir une nouvelle fois lorsqu'une main se referma sur sa cheville avec brutalité. Sous le choc, elle vit un affreux personnage aux yeux pourpres s'accrocher à elle comme une sangsue. Une abondante sueur collait ses longs cheveux gras contre ses tempes, son regard fou affichait une détermination sans faille. La bave aux lèvres, il raffermit sa prise et serra avec force l'articulation d'Emily qui craqua sous la pression.

Elle essaya de se dégager en le frappant à la tête avec son pied libre, mais cela ne parut pas lui faire le moindre effet. Elle s'échina donc à tirer et à ramper en l'entraînant avec elle en direction du bord du toit sur lequel il l'avait plaquée. Si elle se jetait dans le vide, il la lâcherait et elle repartirait alors sur le toit voisin en volant! Mais l'assaillant poussa des cris stridents qui rameutèrent tous les habitants à la ronde, en un rien de temps.

Déjà les portes claquaient et des bruits de pas se mettaient à retentir dans les cages d'escaliers. Emily redoubla d'efforts, mais ne parvint pas à avancer plus vite.

Tandis qu'elle se débattait, un grondement sourd se fit entendre. Elle tourna la tête et vit, tout droit sorti de l'enfer, un chien aux babines retroussées sur de longues dents acérées qui se précipita sur eux! Cette fois, elle crut que c'était fini. Elle n'avait plus aucune chance de s'en sortir. Mais le chien l'ignora et fondit sur son agresseur tous crocs dehors. L'aventurière en profita pour extirper son poignard qui était resté coincé dans sa ceinture et enfonça sa lame dans l'épaule de l'individu.

Malgré le sang noir qui s'était mis à couler en abondance le long de son torse, ce dernier, tenace, continua à s'agripper avec force à sa cheville tout en se servant de sa main libre pour repousser le chien. C'est alors qu'un pigeon arriva et entreprit lui aussi de l'attaquer en lui donnant de violents coups de bec ! Et puis, comme si toutes les bêtes du quartier s'étaient donné le mot, un chat au poil hérissé surgit de la porte entrouverte du toit. Feulant et crachant, il sauta sur le sinistre personnage et lui lacéra le dos et la nuque de ses griffes ! Cette fois-ci, le partisan d'Eraser fut contraint de la lâcher.

Elle s'empressa de bondir par-dessus la haute barricade barbelée qui délimitait la partie sombre de la ville et atterrit, haletante, au sommet d'une tour de briques rouges.

Au loin, le chien, le chat et le pigeon continuaient à se battre contre l'immonde personnage lorsque, de la porte ouverte du toit, se déversa une foule écumante. Une seconde de plus, et elle était fichue !

— Hé toi !

Tendue à bloc, la jeune fille se retourna vivement et vit un clochard aux dents éparses lui faire signe d'approcher.

— Viens vite par ici ! fit-il avec hâte. Ne t'inquiète pas, ils s'en sortiront ! ajouta-t-il en désignant les animaux qui l'avaient, sans doute involontairement, secourue.

Emily jeta un dernier coup d'œil à la bagarre et courut le rejoindre.

— Suis-moi ! fit le vieillard en entrant dans l'immeuble.

Il lui indiqua la cage d'escalier qu'elle commença à dévaler quatre à quatre.

— Non, pas comme ça ! intima le vieil homme. Fais comme moi !

Il sauta par-dessus la rambarde et atteignit directement l'étage du dessous.

— Ça va aller ? demanda-t-il en levant la tête vers elle.

Pour toute réponse, la jeune fille l'imita et le rejoignit en enjambant l'obstacle avec aisance.

— Alors grouillons-nous !

Délaissant les marches, ils sautèrent par-dessus les rampes et descendirent les niveaux à toute allure.

— Plus vite ! la pressa l'inconnu sans qu'elle comprenne pourquoi, vu qu'ils n'étaient pas poursuivis.

Ils accélérèrent encore et arrivèrent près d'une lourde porte que l'homme poussa avec une facilité déconcertante.

— Entre ! souffla-t-il précipitamment.

À peine la porte fut-elle refermée qu'il repartit de plus belle.

— Cours !

Ils détalèrent entre les étroits couloirs de lattes claires de l'abri antiatomique dans lequel ils avaient pénétré. Puis, tout à coup, le clochard empoigna d'une main Emily et la tira vers la gauche.

— Là ! dit-il en ouvrant une trappe dans un mur.

Ils se glissèrent à l'intérieur à quatre pattes.

— Par ici ! ajouta-t-il en ouvrant une deuxième trappe, plus loin dans le conduit.

Ils se hâtèrent d'y entrer et franchirent encore un bon nombre d'ouvertures. Après avoir cheminé au cœur d'un véritable labyrinthe, ils débouchèrent dans une petite pièce défraîchie aux allures de squat.

Un lit de camp était disposé le long d'un mur, une couverture rêche et grise pliée à son pied. Une table basse, jonchée de livres et de vieux journaux, un réchaud à gaz, ainsi qu'une étagère vétuste sur laquelle trônaient d'innombrables boîtes de conserve, faisaient office de mobilier. Malgré la modestie des lieux, l'endroit était propre et bien entretenu. On devinait que le ménage y était fait régulièrement et que le balai avait été passé récemment.

— Bienvenue chez moi ! fit le clodo en verrouillant les multiples cadenas de l'entrée. Ici, personne ne nous trouvera.

— Merci, répondit Emily, à bout de souffle.

— J'ai été très étonné que tu me suives aussi facilement. Ça t'arrive souvent de faire confiance à des inconnus ? dit-il d'un ton bourru. Si c'est le cas, je dirais que tu as eu de la chance de tomber sur moi. C'est une mauvaise habitude, et dangereuse avec ça !

— Vous m'avez prise au dépourvu, se justifia-t-elle. J'étais complètement paniquée. Mais dès que je vous ai vu, j'ai su que je pouvais vous faire confiance.

Le clochard partit d'un grand rire.

— Ben ça alors ! C'est bien la première fois que j'entends ça ! Mais même si je suis le premier à dire qu'il ne faut pas se fier aux apparences, peut-être que la prochaine fois tu auras moins de chance alors que tu tomberas sur quelqu'un qui présentera mieux que moi. Enfin bref, je m'appelle Jonas, pour te servir.

Il s'inclina d'une manière éduquée qui jura avec son accoutrement.

— Emily, répondit-elle encore sous le choc de tout ce qui s'était produit.

Une question lui brûlait les lèvres :

— Quelle est cette ville ? Pourquoi vivez-vous ici ? Les partisans d'Eraser sont partout !

— Pas dans cette partie d'Ardin, répondit le mendiant.

— Ardin ?

— Oui, c'est le nom de notre ville. D'ailleurs je te retourne la question : qu'est-ce que tu fichais là ? T'as pas vu que l'entrée était mise à ban ?

— Eh bien disons plutôt que je n'ai rien vu interdisant formellement d'y entrer.

— Ah tiens ? Il me semble pourtant que les grillages qui la condamnent forment un avertissement suffisamment clair !

— C'est que j'ai pensé qu'ils servaient à protéger la ville des dangers de l'extérieur.

— Voyez-vous ça ! s'exclama-t-il, incrédule. Enfin, si tu le dis, j'imagine que c'est vrai. Il faut être soit fou, soit inconscient pour aller se fourrer dans ce guêpier de son plein gré. Pourtant mon petit doigt me dit que même si tu avais vu que l'accès était interdit tu serais quand même entrée. Je me trompe ?

Un brin embarrassée par cette question qu'elle prenait un peu comme une remontrance, la jeune fille dévisagea Jonas, mais s'aperçut vite que ce dernier n'affichait aucun jugement. Au contraire, au-delà de ses mots, son air effarouché semblait l'amuser jusqu'à un certain point.

— Non, mentit-elle finalement, préférant tout de même éviter qu'il ne la sermonne comme il l'avait fait deux minutes plus tôt en lui reprochant de l'avoir suivi tête baissée. En général, je fais attention.

— J'aime mieux ça ! s'exclama le vieil homme. Parce que ne pas faire gaffe aux interdictions c'est le truc pour s'attirer des ennuis. La preuve ! Tu as vu ce que ça a donné tout à l'heure. Jamais tu n'aurais dû te trouver là et si des amis bienveillants ne s'étaient pas débrouillés pour te tirer d'affaire, je n'ose même pas imaginer ce qui te serait arrivé.

— Des amis ? Quels amis ?

— Les animaux bien sûr ! Fussent-ils un chien, un chat, un pigeon ou peu importe, comment appellerais-tu autrement les trois héros qui te sont venus en aide ?

— C'est vrai, approuva-t-elle, un peu troublée. Ils méritent bien ce titre.

— Et bien plus encore que tu ne l'imagines ! fit le clochard en continuant sur sa lancée. Il y a une loi que je connais par cœur et qui dit que, je cite, « quiconque entre dans la partie noire de la ville, accepte implicitement d'en devenir membre et de n'en sortir sous aucun prétexte. Tout contrevenant sera immédiatement signalé à la police et reconduit de force dans ses nouveaux quartiers. Il fera l'objet d'une étroite surveillance et sera passible de la peine de mort le cas échéant ». Et cette loi est placardée partout en ville ! Voilà en gros ce à quoi tu as échappé ! Sans parler de cette masse de fous furieux qui l'habitent…

— Mais pourquoi ? s'étonna-t-elle. Je veux dire… comment font ceux qui y entrent sans faire exprès ? Et d'abord, je ne comprends pas pourquoi une partie de la ville accueille des partisans d'Eraser ! Quelle est donc cette folie ?

— La ville ne les accueille pas : ceux qui s'y trouvent y ont été conduits. Le lieu d'où tu viens n'est ni plus ni moins qu'une prison géante. D'ailleurs, pour répondre à ta question, personne n'y entre sans faire « exprès » ou n'y va tout court ! Ce sont des gens dangereux, des âmes maudites au service de ce monstre de voleur d'âme. Ils feraient tout pour le servir et pour entraîner un maximum de gens avec eux dans leur chute. Ils ont soif de pouvoir ! Même cloîtrés, ils ne renoncent pas. Ils sont persuadés qu'Eraser viendra les chercher et punira ceux qui ont osé les enfermer. C'est ça qui les empêche de guérir.

— De guérir ? Mais de quoi ? Devenir partisan d'Eraser est un choix, certainement pas une maladie ! Et puis, si personne n'y va de son propre chef, pourquoi instaurer une loi aussi répressive ?

— Pour dissuader les éventuels curieux. On ne sait jamais! Les lois ne sont pas toutes faites pour nous ennuyer. Il en existe de bien utiles… même s'il me coûte de l'admettre. Tu vois, ces gens ne sont pas seulement dangereux. Ils sont aussi contagieux! Le mal les dévore. Leur choix s'est commué en maladie. Comment? Je ne sais pas. Toujours est-il que leur contact peut transformer le plus doux des agneaux en monstre sanguinaire et lui faire perdre son âme de manière définitive. C'est pour ça que chaque tentative d'évasion est sévèrement punie. Toute contamination pourrait avoir de terribles répercussions. Les conséquences seraient catastrophiques!

— L'un d'entre eux m'a touchée…

— J'ai vu ta cheville. Il n'y a pas trace de contact. Sans doute parce que celui-ci n'a pas été prolongé. Si tu étais malade, cela se verrait déjà. Et tes yeux sont normaux. C'est bon signe.

— Suis-je donc libre?

— Malheureusement non. La loi c'est la loi et il ne faudrait pas que les gens pensent que l'on puisse impunément la violer. Cela minimiserait le danger! Si elles te retrouvent, les autorités voudront faire de toi un exemple. Et ce d'autant plus que tu es une étrangère: tu ne connais personne ici qui plaiderait ta cause. Les habitants verraient même probablement d'un bon œil que l'on t'exécute afin de calmer la volonté des plus intrépides de leurs enfants ou amis.

— Mais c'est injuste puisque je vais bien !

— Peut-être ! Mais si cela peut éviter que d'autres innocents aillent se fourrer dans ce piège, un sacrifice en vaut un autre. Pas d'exception quelle qu'elle soit, tel est leur credo. D'ailleurs, à l'heure qu'il est la milice est déjà sûrement sur l'affaire. C'est pour ça que je t'ai fait courir tout à l'heure. Elle devait déjà être en route ! Elle est aussi certainement en train de chercher par où tu es entrée dans la prison puisque tu n'es pas passée par la porte. Les autorités doivent déjà avoir interrogé les gardes qui patrouillent près de l'entrée au centre-ville. Ceux-ci leur auront certainement appris n'avoir trouvé aucune trace d'effraction. Or c'est une faille que la milice ne peut pas se permettre de négliger. Demain, je t'emmènerai à l'autre bout d'Ardin. Nous passerons par les sous-sols. Ensuite, nous ferons un dernier petit bout de route et tu t'en iras par la mer. Ailleurs, ils te retrouveraient trop facilement et si tu passais par les toits, tu te ferais prendre également. Ils sont très bien organisés, et rapides comme l'éclair avec ça !

— Pourquoi faites-vous tout cela pour moi ? demanda la jeune fille, en prenant soudain conscience des responsabilités qu'il endossait en l'aidant. Je ne veux pas vous paraître ingrate, mais vous prenez beaucoup de risques !

— Eh bien disons que… dès que j'ai vu ta tête, j'ai su que je pouvais te faire confiance !

Ils rirent de concert.

— Bon, quoi qu'il en soit pour l'instant, Mademoiselle Emily, rends-moi service et laisse tomber ce stupide vouvoiement : ça me donne de l'urticaire.

L'aventurière lui sourit.

— Entendu, si ça peut vous faire plaisir…

— Tu vois, tu recommences !

— C'est vrai, « excuse »-moi ! rectifia-t-elle, amusée.

— Excuses acceptées ! Et puisqu'on est coincés ici pour un moment, je vais nous préparer un p'tit quelque chose à manger et nous pourrons bavarder. Il serait plus sage de ne pas ressortir avant demain, même si je doute qu'ils tombent sur l'un de mes passages secrets en fouillant les sous-sols. Deux précautions valent mieux qu'une. Je te laisserai le lit pour cette nuit. Je dormirai par terre.

— Ce n'est pas la peine, fit la voyageuse, un peu gênée, qui réalisait encore à peine ce qui venait de lui arriver. Je peux tout à fait dormir sur le sol.

— Ah ça non ! Pas question ! Tu es mon « obligée » protesta-t-il d'une voix volontairement pompeuse.

— Très bien, alors j'accepte de bonne grâce, répondit-elle à l'identique. Voulez-vous… euh… veux-tu un coup de main pour le repas ?

— Non, ça va aller. Mais merci quand même.

Avec un rien, il réussit à concocter un délicieux ragoût de légumes, tandis qu'elle se remettait de ses émotions.

Ce sympathique bonhomme avait un talent certain pour la cuisine.

—C'est excellent, dit-elle un peu plus tard en se régalant. Tu es vraiment très doué !

—Je n'irais pas jusque-là. Si j'avais les ingrédients qu'il faut, je pourrais te faire un plat bien meilleur !

—Je n'en doute pas. Il suffit de voir ce que tu es capable de mitonner avec si peu, ça tient presque du miracle !

Flatté, son nouvel ami esquissa un sourire.

# CHAPITRE VII

## L'île creuse

Combien de temps avaient-ils passé à déambuler dans le dédale de souterrains de cette ville ? Emily n'en avait pas la moindre idée. Tout ce qu'elle savait, c'était qu'elle était épuisée et ne tiendrait plus très longtemps. Elle profita d'une halte pour boire à longs traits l'eau de la gourde qu'ils avaient emportée puis s'assit, le regard perdu dans le vide.

— Courage ! fit Jonas, compréhensif. On est presque arrivés. On se remet en route ?

Elle se releva à contrecœur et remit son sac sur ses épaules. Bientôt, ses jambes ne la porteraient plus. Elle sentait des ampoules se former sous la plante de ses pieds et se fit la remarque qu'en comparaison, ses précédents voyages avaient été des promenades de santé. Ici, chaque détour de couloir se ressemblait. Il n'y avait rien à voir, ce qui faisait paraître la marche d'autant plus longue. Jonas, qui connaissait les lieux comme sa poche, tenait la lampe torche et allumait parfois un interrupteur sur son passage quand il y en avait un, dévoilant invariablement des murs grisâtres ainsi que des portes de caves défraîchies.

Ils cheminèrent à nouveau un temps qui lui parut interminable pour finalement parvenir devant une porte métallique fermée par toute une rangée de cadenas. Le clochard s'acharna sur son trousseau pour trouver les bonnes clés, déverrouilla la porte, puis la fit entrer dans une petite pièce similaire à celle qu'ils avaient quittée, il lui semblait, une éternité auparavant.

— Encore une fois, bienvenue chez moi ! fit le vieil homme qui était habitué à cet environnement et ne paraissait pas trop fatigué. Tu vas pouvoir te reposer.

— Tu vis ici aussi ? lui demanda la jeune fille, intriguée.

— Oui. C'est l'une de mes résidences secondaires si on veut, répondit-il avec un clin d'œil. Il y a quand même quelques avantages à vivre de cette façon.

Exténuée, elle se laissa tomber sur le lit.

— Combien de temps avons-nous marché ?

— Je dirais environ vingt-huit heures…

— Quoi ?!

— Oui ! Et encore ! Nous avons pris les meilleurs raccourcis.

— Alors je suppose que nous sommes arrivés à destination ?

Nullement effrayé par la perspective, son compagnon lui fit un sourire édenté.

— Pas tout à fait.

— Comment ça, pas tout à fait ?

— Nous avons dû faire à peu près la moitié du chemin.

L'aventurière crut s'évanouir. Cette cité était-elle donc sans fin ?

— Ne t'en fais pas ! s'empressa-t-il de la rassurer. Après une bonne nuit de repos, ça ira mieux. Si tu l'as fait une fois, tu peux le refaire une deuxième. Et comme tu te seras déjà un peu habituée à la marche, ça te semblera moins pénible.

Emily ne demandait qu'à le croire, mais en doutait sérieusement. Elle ferma les yeux un bref instant, puis fut happée dans un profond sommeil.

Quand elle se réveilla, les effluves d'un repas lui chatouillèrent les narines.

— Salut ! fit Jonas qui s'affairait autour d'une petite gazinière d'appoint. Tu t'es endormie comme une masse. Tu te sens mieux ?

— Oui, merci, répondit-elle d'une voix un peu enrouée. J'ai dormi longtemps ?

— Oh ça oui ! Mais j'ai préféré ne pas te déranger. Il faudra être en forme pour repartir. Tu as faim ?

—Je crois que je pourrais dévorer un bœuf...

— Alors viens à table, ce sera bientôt prêt.

La voyageuse ne se fit pas prier et alla s'asseoir sur un petit tabouret bancal.

— Tu penses pouvoir te remettre en route directement après le repas ou tu voudras te reposer un peu plus ? demanda le vieil homme qui paraissait toujours aussi frais et dispos.

— Je ne sais pas. D'un côté je voudrais bien rester encore un peu, mais de l'autre je me dis que puisqu'il faudra bien repartir un jour, autant en finir.

— C'est pas faux, approuva Jonas. Et puis tu pourras toujours profiter de te reposer un peu plus en arrivant là-bas. J'y ai aussi une chambre.

Elle sourit, résignée.

Le repas terminé, ils repartirent donc à l'assaut de la ville. Le trajet lui parut aussi interminable que le précédent, mais elle garda le moral, car elle savait qu'au bout de la route l'attendraient un bon lit et probablement l'un de ces délicieux repas que concoctait Jonas.

Pour tromper l'ennui, son compagnon lui apprit quelques chansons de sa composition où il était question de monstres marins et de bateaux de pêche perdus en mer. Emily se demanda si le mendiant avait été matelot en son temps et pourquoi toutes ses chansons abordaient le même thème, mais l'écouta avec plaisir.

Lorsqu'ils arrivèrent au dernier repaire, il lui restait encore un peu d'énergie pour lui tenir compagnie.

— Je te laisse le lit cette fois ? proposa-t-elle gentiment.

— Pas question ! Je pourrai toujours y dormir après ton départ. Installe-toi bien et ne pense pas à moi.

L'aventurière s'exécuta avec reconnaissance, enleva ses chaussures et regarda dans le second compartiment de son sac en espérant y trouver une lettre. Elle tâtonna le fond de la sacoche et sentit sous ses doigts un petit paquet. Le cœur rempli de joie, elle l'attrapa et le déballa avec impatience. Il s'agissait d'une paire de chaussettes neuves accompagnées d'un courrier d'Erevan qui disait : « Voici un petit présent qui pourra peut-être te paraître étrange, mais je crois que tu pourrais en avoir besoin. » La jeune fille, à qui le début du message avait suffi à rendre de l'énergie, mit ses pieds malmenés au sec avec un petit soupir de satisfaction.

*Il doit avoir un sixième sens,* se dit-elle avec tendresse. Elle poursuivit sa lecture. « J'espère que tout va bien pour toi et que tu es en sécurité. Je sais que tu es désormais seule et, à ma connaissance, Pierre-de-Lune n'est toujours pas revenu. Je serais tellement plus tranquille de le savoir avec toi… Si tu savais comme je regrette de ne pas être là ! Mais ton précédent courrier m'a quelque peu rassuré. Surtout, poursuis bien ton entraînement ! Je suis certain que dès que tu maîtriseras un peu mieux ton don, tu seras déjà nettement moins vulnérable. De mon côté, les recherches n'avancent pas tout à fait comme je le voudrais. Il me manque pas mal d'ingrédients qu'il faudra que j'aille chercher et cela risque de prendre un certain temps. Il n'y a pas un instant où je ne pense à toi. Que ne donnerais-je pas pour te rejoindre ?!

Tu manques aussi à Callisto. Elle se morfond depuis que tu es partie et je crois que l'inaction lui pèse. Où es-tu à présent ? Tout se passe bien ? Si tu as besoin de quoi que ce soit, écris-moi. Je reste persuadé que nous nous retrouverons bientôt et ferai tout ce qui est en mon pouvoir pour venir auprès de toi le plus vite possible. Je le dirai toujours : je ne saurais vivre une éternité sans toi… Encore une fois, fais très attention et n'oublie pas de poursuivre l'entraînement que tu as commencé avec Pierre-de-Lune. Un jour nous serons ensemble à nouveau et rien ne pourra jamais plus nous atteindre... »

Elle relut la lettre plusieurs fois avec émotion et se promit de lui répondre dès que le repas serait terminé.

Peu après, elle alla s'attabler près de Jonas et ils entamèrent une longue discussion au sujet d'Eraser. L'aventurière expliqua à son ami que ce dernier la recherchait activement et qu'elle devait éviter de rester plus de deux jours au même endroit.

Elle redoutait d'attirer son attention sur lui et se demandait s'ils ne devraient pas repartir le soir même ou tout simplement se séparer avant la fin de la route.

Mais le clochard lui assura qu'à part lui nul ne connaissait les dédales secrets des souterrains d'Ardin et que, comme ils demeuraient constamment en mouvement, cela réglait la question du délai de deux jours. Courageux, il tenait à rester avec elle jusqu'au bout du chemin, afin de s'assurer qu'elle puisse partir sans encombre.

Le lendemain, le vieil homme lui prépara un petit déjeuner consistant composé de pains toastés, de beurre, de confiture, de tapenade et de fruits séchés.

Après l'avoir englouti avec appétit, Jonas lui fit part de son plan pour qu'elle puisse quitter la ville.

— Dans un petit moment, dit-il, je vais te conduire sur le toit d'un immeuble près de la plage. Nous n'avons pas de port, mais toutes les quinzaines une grande vague s'abat sur le front de mer. Tu verras, elle est impressionnante, mais pas dangereuse du tout, et l'avantage est que ces jours-là le quartier est évacué. Tu devrais donc passer inaperçue.

— Pourquoi le quartier est-il évacué si elle n'est pas dangereuse ?

— Par pure précaution. Cette vague submerge une bonne partie des premières maisons qui sont conçues pour résister aux infiltrations d'eau, mais si une fenêtre venait à être mal fermée, l'habitant finirait noyé dans son propre appartement. Et puis ça donne un bon prétexte aux gens pour aller faire un peu la fête ailleurs.

La jeune fille avait du mal à s'imaginer que l'on puisse faire la fête dans cette ville, encore moins lorsqu'un raz-de-marée menaçait son habitation, mais s'abstint de le lui faire remarquer. Après tout, Jonas vivait ici.

— Je vois, dit-elle simplement. Je profiterai de l'occasion pour m'en aller. Tu penses que j'aurai le temps de quitter Ardin avant que la vague arrive ? Parce que d'après ce que tu me dis, il ne doit pas y avoir de bateau non plus et donc, en fin de compte, je ne pourrai pas partir par la mer.

Son ami se fendit d'un large sourire.

— Au contraire ! Tu t'en iras vraiment par la mer. Tu devras simplement attendre que la vague arrive et quand elle sera là, tu plongeras dedans. Pendant ce temps j'irai me cacher pour ne pas me faire emporter moi aussi.

— Sans vouloir te vexer, ce plan ne me plaît pas trop, fit-elle, perplexe. Je n'aime pas du tout cette idée. Ne pourrais-je pas tout bonnement partir en suivant la côte ?

— Impossible ! Comme tu es en cavale, toute la campagne environnante doit être surveillée. Ça peut te paraître excessif, mais ils ne te lâcheront pas si facilement. Crois-moi, je les connais bien. Emprunter cette vague est le seul moyen de t'échapper. Et puis je ne t'enverrais pas à la mort, tu peux me faire confiance quand je te dis que ce n'est pas très risqué.

— D'accord, dit-elle finalement. Mais je persiste à penser qu'il y aurait certainement d'autres solutions…

— Si tu étais prête à attendre quelques mois pour que l'histoire se tasse, alors oui, tu aurais peut-être une chance. Mais ce n'est pas le cas.

— Tu as raison, concéda-t-elle en se rendant à l'évidence. Je prendrai donc cette vague. J'espère tout de même qu'on se reverra un jour…

— Mais j'y compte bien ma petite! répondit-il en affichant son sourire édenté. Pour l'heure, je souhaite te donner un dernier conseil. Te souviens-tu des chansons que je t'ai chantées?

— Bien sûr, elles étaient très belles d'ailleurs. Pourquoi ça?

— Parce que les paroles sont toutes inspirées d'une histoire qui m'est vraiment arrivée. Un jour, alors que je naviguais, une tempête éclata et mon navire fut pris par le fond. Je suis resté accroché à une planche pendant si longtemps que je ne saurais te dire le nombre d'heures que j'ai passé ainsi, assoiffé, en pleine mer, sous un soleil de plomb. J'ai fini par perdre connaissance et lorsque je me suis réveillé, j'étais dans le ventre d'une baleine.

— Tu plaisantes? coupa-t-elle sans savoir si elle devait le prendre au sérieux.

— Une plaisanterie? J'aimerais bien pouvoir te dire que oui! Mais malheureusement non, répondit-il d'un ton sans appel. Par contre j'ai eu de la chance dans mon malheur. L'animal avait aussi avalé une partie de la cargaison qui avait résisté au naufrage. Principalement des vivres et de l'eau potable. C'est ce qui m'a permis de survivre. Je n'ai compris ce qui m'était arrivé que lorsque la baleine m'a recraché, malade et puant, non loin d'une plage.

— C'est étrange. On dirait que ton histoire est tirée de la Bible, fit-elle sans se souvenir d'où elle tenait cette information.

— Et pourtant c'est la mienne !

— Admettons. Mais pourquoi me racontes-tu tout ça ? Quel est le rapport avec moi ?

— Eh bien c'est pour te dire de rester prudente. Si tu croises l'un de ces maudits animaux, tiens-toi à distance.

— Je te le promets, répondit-elle avec sérieux. Je ne crois pas que l'aventure me tente…

Ils parlèrent encore un moment, puis Jonas l'emmena au sommet d'une tour du front de mer. Le temps étant compté, il lui fit ses adieux et prit rapidement congé afin de se mettre à l'abri.

Emily s'assit sur un petit parapet et, n'étant plus sujette au vertige depuis ses récentes mésaventures, laissa pendre ses jambes dans le vide. Face à elle, la mer, placide, s'étendait en une immensité d'un bleu profond, dépourvue d'écume. Il n'y avait pas un souffle d'air. La voyageuse peinait à croire qu'une vague géante se formerait d'une minute à l'autre.

Au pied de l'immeuble, quelques citoyens attardés remontaient l'avenue en courant. La minuscule silhouette qu'elle formait au-dessus d'eux n'attirerait pas leur attention.

Son regard se reporta sur la ligne d'horizon. Il lui semblait à présent que le niveau de l'eau s'était légèrement élevé. Une douce brise se leva et effleura son visage, lui laissant un petit goût salé au coin des lèvres… La mer se mit dès lors à s'agiter.

Elle commença d'abord par se retirer, puis, la minuscule vaguelette que l'on devinait en train de s'ébaucher au loin, prit peu à peu de l'ampleur. Malgré un petit sentiment d'anxiété, l'aventurière ne broncha pas et continua à l'observer calmement en tripotant son bracelet. L'instant d'après, la vague gonfla encore jusqu'à atteindre la taille d'une petite maison, puis elle devint rapidement gigantesque et la rumeur lointaine des eaux en mouvement se précisa. La lame de fond atteignit finalement près d'une quarantaine de mètres de haut et se transforma en un véritable raz-de-marée ! Lorsqu'elle arriva à proximité de l'habitation où Emily se tenait, la jeune fille s'aperçut avec étonnement qu'elle était d'une finesse extrême en regard de sa taille et qu'on pouvait presque voir à travers.

Subitement, la pointe de la vague s'inclina, piqua pour former un rouleau d'une grandeur démesurée ! Elle fondit sur les immeubles, rasant de près le toit sur lequel la voyageuse se trouvait, et poursuivit sa course, inondant tout sur son passage. Emily attendit que la vague commence à se retirer, puis elle prit de l'élan, sauta par-dessus, et se laissa glisser de l'autre côté.

Le phénomène avait remué pas mal de déchets et d'objets en tous genres qui flottaient désormais à ses côtés. Elle fit face à la côte et s'amusa de cette sensation trompeuse qui donnait l'impression que c'était la ville qui s'éloignait d'elle et non l'inverse. Le courant était puissant ! Mais son sac à dos, gorgé d'air, lui évita de gaspiller des forces et la maintint à la surface sans qu'elle n'ait besoin de faire d'effort. Peu importait la direction qu'elle prendrait, à condition qu'elle arrive quelque part.

Elle ferma les yeux pour pallier l'éblouissement du soleil dont les rayons se reflétaient sur l'eau puis, au bout d'un certain temps, s'assoupit légèrement. Le temps s'écoula avec une lenteur accablante et elle eut bientôt soif. Cela faisait toute une journée qu'elle dérivait et, malheureusement, elle avait laissé sa bouteille d'eau à l'intérieur du sac.

Comme elle ne voulait pas risquer de le perdre ou que de l'eau s'infiltre à l'intérieur, il était hors de question qu'elle l'enlève de son dos, sauf en cas d'ultime recours. Pourvu que le courant la mène bientôt en vue d'une terre !

Un petit sourire ironique se dessina sur ses lèvres. Ce serait tout de même un comble de mourir de soif, plongée dans l'eau jusqu'au cou. Elle repensa à Jonas qui avait vécu cette cruelle expérience avant de finir dans le ventre de la baleine…

Après avoir dérivé encore des heures durant et alors que le soleil se couchait, ses pieds heurtèrent un récif. Elle tourna sur elle-même et vit au loin une petite île de type volcanique qu'un mont unique, aux formes arrondies, occupait en son centre. Emily nagea avec vigueur dans sa direction puis toucha enfin la terre ferme. Après être sortie de l'eau, elle se défit de son sac et se jeta avidement sur la bouteille d'eau. Elle étendit ensuite ses habits pour les faire sécher.

La crique de sable fin où elle se trouvait formait une petite anse fermée, bordée par une végétation dense et luxuriante dont le vert éclatant, qui n'était pas sans lui rappeler les yeux d'Erevan, rivalisait avec les couleurs chatoyantes des fleurs, fruits et autres baies qui y poussaient en abondance. Survivre ici quelques jours n'aurait rien de compliqué. Ce qui l'inquiétait un peu plus était de trouver un moyen de repartir.

Quand elle se fut restaurée et changée, elle entreprit de se construire un abri pour la nuit avec la méthode qu'Erevan lui avait enseignée. Grâce à cela, elle put terminer avant que le soleil n'ait complètement disparu puis se coucha, la tête pleine de pensées pour lui. Cette nuit-là, elle n'entendit aucune voix et dormit d'une seule traite.

Le lendemain, elle décida de rejoindre le centre de l'île et de gravir le mont. Une fois là-haut, peut-être apercevrait-elle un village ou encore une île relativement proche de la sienne? Tout ce qu'elle espérait était de ne pas avoir à repartir en mer sans but précis. Ceci d'autant plus que la fameuse vague qu'elle avait empruntée pour arriver sur l'île n'apparaîtrait pas avant une quinzaine de jours – à en croire ce que le mendiant lui avait raconté – et que, coincée sur une île, elle ferait une proie facile pour Eraser.

Elle rassembla les habits qu'elle avait mis à sécher la veille, but les quelques gorgées d'eau qui restaient dans sa bouteille, et rangea le tout dans son sac. Si elle trouvait un ruisseau, elle pourrait toujours la remplir. Dans le cas contraire, les fruits juteux de l'île feraient l'affaire.

Elle quitta la petite crique et pénétra dans la jungle. Le soleil tapait déjà depuis très tôt le matin, mais ici la chaleur était plus supportable, malgré l'humidité de l'air qui laissait une sensation de moiteur désagréable sur sa peau. Des cris d'oiseaux exotiques retentissaient de toutes parts et, où que son regard se posât, l'endroit regorgeait de vie.

En s'enfonçant au cœur de la forêt, l'aventurière prit soin de regarder où elle mettait les pieds. Si les cobras du fortin lui avaient causé un effroi monstrueux, Dieu sait quelles sortes de serpents et autres araignées pouvaient se trouver ici ! Elle tâta la garde de son poignard pour se rassurer et continua de se frayer un chemin dans la végétation dense.

Soudain, quelque chose lui percuta douloureusement le crâne !

Elle se massa la tête et vit une noix de belle taille rouler sur le sol. Un drôle de cri retentit alors et, levant les yeux, elle aperçut un petit singe espiègle qui la regardait d'un air moqueur.

Amusée, la voyageuse s'élança d'un bond prodigieux dans les airs et le poursuivit en riant, semant involontairement la pagaille au sein d'une population d'oiseaux nichée sur les arbres. Puis le petit singe se rebiffa. Il attrapa un fruit et le lança sur Emily qui parvint de justesse à l'esquiver. Sans doute devait-elle l'effrayer, alors elle cueillit une orange puis la lui tendit en signe de paix. D'abord méfiant, le jeune mammifère resta agrippé à sa branche en la guettant d'un air farouche. Emily tenta de s'en approcher progressivement, avec des gestes apaisants. L'intelligent petit animal l'observa encore avec attention et, au bout d'un moment, parut comprendre qu'il n'y avait pas de danger. Il prit le fruit qu'elle lui offrait, le mangea en se laissant caresser du bout des doigts, puis la gratifia d'une grimace comique en jetant la pelure avant de s'enfuir.

Du haut de son perchoir, la jeune fille repéra l'entrée d'une grotte. L'explorer était tentant, d'autant plus qu'elle trouverait peut-être de l'eau douce à l'intérieur. Elle descendit de son promontoire, se démena entre feuilles et lianes pour se frayer un chemin et, après quelque temps, entra dans la cavité.

Les parois scintillaient de mille éclats, réfléchissant la lumière comme en plein jour. C'était magnifique ! Elle découvrit une faille étroite et s'y glissa sans hésiter. L'intérieur n'était pas bien sombre de telle sorte qu'elle pouvait aisément voir où elle mettait les pieds.

L'aventurière déboucha sur une salle dont les nombreuses stalactites et stalagmites devaient constituer un refuge de premier choix pour une population de chauves-souris. Au loin, le murmure d'une petite cascade se faisait entendre. Il y avait une source quelque part !

Elle continua d'avancer, repassa par un couloir et, après avoir parcouru la caverne sur une centaine de mètres, arriva dans une autre galerie qui abritait un grand point d'eau où une barque à l'abandon était amarrée. Appartenait-elle encore à quelqu'un ? Elle en doutait. En revanche, le petit lac souterrain devait bien mener quelque part. Elle sauta donc dans l'embarcation et commença à ramer.

Une demi-heure plus tard, elle aboutit dans une vaste salle à l'extrémité de laquelle jaillissait une chute d'eau tumultueuse. Les murs luisants, tapissés d'une épaisse mousse phosphorescente aux reflets vert pâle, se reflétaient doucement sur le lac naturel où le bateau de la voyageuse évoluait silencieusement. Non loin de là émergeait un petit îlot de roche blanche sur lequel trônait un objet dont elle ne distinguait pas bien le contour.

L'aventurière continua de manœuvrer sur la surface plane de l'eau, soulevant à son passage des nuées de lucioles bourdonnantes dérangées par cette intrusion. Peu après, elle débarqua et vit un coffre délicatement ouvragé dont le fermoir rouillé n'avait manifestement pas été ouvert depuis longtemps.

Que faisait-il en un tel endroit ? Elle l'ouvrit et y découvrit un contenu des plus hétéroclites.

— Ça alors ! s'exclama-t-elle en trouvant une petite gourde d'aluminium toute bosselée. Mais c'est la mienne !

Elle la retira du coffre et l'examina. Aucun doute possible, c'était bien la sienne. Les initiales gravées au dos de la bouteille étaient parfaitement reconnaissables. Cette gourde l'avait accompagnée en vacances, en voyage scolaire et…

— Voleuse ! Voleuse ! l'invectivait-on depuis la rive.

Le souvenir fugace lui fut arraché. Surgissant de toutes parts, des dizaines d'arcs la menacèrent.

— Voleuse ! Monte dans cette barque et rends-toi ! cria un homme d'une voix colérique.

— Mais je n'ai rien volé ! se défendit-elle, abasourdie.

— Ne mens pas, nous t'avons vue ! Tu tiens encore ton butin à la main !

— Mais ce n'est pas un butin ! C'est ma gourde, expliqua-t-elle. Regardez !

Elle la brandit pour prouver sa bonne foi, mais cela ne fit qu'empirer les choses.

— C'est un sacrilège ! cria un autre archer avec indignation. Tu as souillé cet objet ! Rends-toi immédiatement ou nous tirons !

Elle s'empressa d'obtempérer en entendant quelques flèches siffler autour d'elle, glissa la gourde dans son sac et reprit les commandes de la petite embarcation.

Lorsqu'elle atteignit le rivage, elle fut arrêtée et ligotée sur-le-champ.

— Ne t'avise pas de te moquer de nous ! fit l'un de ses geôliers en lui bandant les yeux. Et maintenant, avance ! ajouta-t-il en la poussant sans ménagement de la pointe de sa lance.

Aveugle et entravée, Emily tâcha d'obéir au mieux. Les reliefs du sol la firent trébucher, mais on la releva brusquement en lui assenant des coups derrière la tête. Où l'emmenait-on ? Cette marche forcée était un supplice et les coups répétés qu'elle recevait ne l'aidaient pas à avancer. Après un temps interminable, on lui ôta le bandeau. Son sac et son arme lui furent retirés et elle fut jetée au cachot.

À l'intérieur il faisait nuit noire. Des insectes qu'elle ne pouvait voir grimpaient le long de ses jambes, ce qui manqua de la rendre folle. Elle pensa ne pas pouvoir supporter ça très longtemps et se demanda ce qui était le pire : le cachot moisi ou l'injustice dont elle était victime.

Après avoir tenté de s'en débarrasser en sautillant et en balayant son corps de ses mains elle abdiqua, comprenant que c'était peine perdue. Heureusement, son attente fut de courte durée. Bientôt la porte de la cellule s'ouvrit, laissant apparaître un rayon de lumière bienvenu. Certainement allait-on comprendre qu'il s'agissait d'un malentendu !

Elle fut conduite sous un gigantesque dôme envahi de plantes grimpantes abritant des huttes de terre battue et de palmes. Malgré les mauvais traitements qu'elle subissait, elle ne put s'empêcher d'admirer la beauté des lieux.

Du haut de cette grotte naturelle, une ouverture circulaire laissait passer les rayons du soleil qui illuminaient le village tout entier d'une lumière féerique. Des ruisseaux couraient le long des rues, reliées entre elles par une multitude de petits ponts de bois arqués. De splendides cascades alimentaient un grand lagon cristallin entouré de tout un foisonnement de fleurs exotiques dont les pistils, chargés de pollen, ployaient sous l'attaque incessante des colibris. Enfin, les gardes s'immobilisèrent devant une modeste cabane où pendouillait une pancarte à demi effacée.

— Entre ! dit sèchement l'un d'eux. Voici le tribunal !

La jeune fille obéit et se retrouva dans une petite pièce circulaire richement ornée. Parée comme une reine, une petite fille de neuf ou dix ans, d'une laideur peu commune, siégeait sur un trône aux dimensions démesurées.

— Bonjour petite, fit Emily un peu surprise d'y trouver une enfant. Où sont tes parents ? Ce sont eux que nous attendons ?

Un coup porté dans son dos lui coupa la respiration.

— Ne sois pas impertinente, c'est notre chef! gronda l'un des gardes, menaçant.

— Laisse, laisse! fit la gamine avec autorité. Tu peux disposer. Et vous autres aussi.

Les gardes s'inclinèrent et se retirèrent. La gamine promena un regard hautain sur la voyageuse.

— Dis-moi ton nom! ordonna-t-elle d'une voix haut perchée.

— Je m'appelle Emily…

— C'est immonde! coupa-t-elle, visiblement très contrariée. Tu t'appelleras Mily désormais.

— Enfin, c'est ridicule! s'exclama la jeune fille avec colère.

— Je t'interdis de me couper la parole! Ici nous n'aimons pas les voleurs. Tu vas devoir assumer tes actes.

Cette fois, c'en était trop. Après tout ce qu'elle venait de subir, sa patience était à bout. Elle n'allait tout de même pas se laisser faire par une morveuse!

— Tu vas te taire et m'écouter, dit-elle avec autorité. Pour commencer, sache que je n'ai rien volé et que je ne te permets pas de me parler sur ce ton!

Un petit sourire narquois se dessina sur le visage de l'enfant.

— Je te parlerai sur le ton qui me plaira et si tu ne veux pas collaborer, tant pis. Un petit séjour en prison te sera des plus bénéfiques.

— Ne me menace pas! Il me semble que nous sommes dans un tribunal et que je suis là pour m'expliquer. Alors si toi et ta tribu êtes incapables de vous comporter comme des personnes civilisées, je te préviens, je n'aurai aucun mal à m'évader.

Un étonnement fugace passa dans le regard de la petite. Manifestement, elle ne s'attendait pas à cette résistance.

— Tu refuses le nom que je te donne et tu remets en cause ma souveraineté ? Je pense pourtant que tu es mal placée pour donner des leçons.

— Quelle arrogance ! Je pense bien au contraire que j'aurais des leçons à donner à une petite fille impolie. En plus, cet objet m'appartient, ajouta-t-elle en brandissant la gourde.

— Ça, il va falloir le prouver, décréta l'enfant sans relever l'insulte. Mais quand bien même y arriverais-tu que cela ne changerait rien au problème.

— Mais c'est absurde ! Si je prouve que cette gourde est à moi, ce n'est plus du vol, non ?

— Si ! Car tu l'as prise dans un coffre qui ne t'appartient pas et nos lois sont très claires à ce sujet.

— Eh bien je ne pensais pas à mal. Comment aurais-je pu deviner ? Et puis même si j'étais coupable, cela justifierait-il le traitement dont je viens d'être victime ?

La fillette prit le temps d'une courte réflexion et dit :

— Tu as du caractère. C'est une qualité rare par ici et ça me plaît. Je suis encline à te croire. Il en ressort malgré tout que tu as profané un coffre sacré.

Je ne retiendrai donc pas le chef d'accusation de vol contre toi et te condamne à cent soixante heures de travail. Tu peux t'estimer heureuse, c'est une peine légère. Tu seras bien traitée et quand tu en auras terminé tu viendras vivre avec moi.

— Comment ça, cent soixante heures? s'indigna l'aventurière. Je refuse.

— Tu oses rejeter mon jugement? fit la gamine sèchement.

— Non seulement je le rejette, mais en plus je m'en vais de ce pas et gare à qui osera me barrer la route! Sans compter que je suis recherchée par des personnes dangereuses qui ne se gêneront pas pour vous massacrer tous autant que vous êtes en même temps que moi si elles me retrouvent.

— Si tu crois m'impressionner avec des fadaises tu t'adresses à la mauvaise personne, fit l'enfant. D'une part j'ai les moyens de te retenir et d'autre part tu ne me feras pas croire que la paix de mon village pourrait se retrouver compromise par ta simple présence. Des personnes dangereuses dis-tu? À d'autres!

— Je suis recherchée par Eraser en personne!

Une lueur amusée passa dans les yeux de la fillette.

— Eraser? Une superstition sans fondement. Il n'existe pas. Mais je vois que tu y crois. Il va falloir que tu changes ça, affirma-t-elle d'un ton sans réplique. Gardes!

Les hommes armés de lances réapparurent.

— Emmenez la voleuse dans le quartier des invités. Qu'un lit soit préparé, mais qu'elle soit surveillée jour et nuit. Elle ne doit surtout pas s'enfuir !

Ils s'emparèrent brutalement de la jeune fille.

— Arrêtez ! cria la petite reine. Nous ne sommes pas des sauvages. Traitez-la convenablement.

Puis elle ajouta à l'adresse d'Emily :

— Demain, je viendrai te chercher moi-même pour te montrer le travail qui t'attend. Et ne crois pas que si tu te sauves nous ne te retrouverons pas : sans passer par nous, il n'y a aucun moyen de quitter l'île !

D'un geste désinvolte, elle les congédia.

# CHAPITRE VIII

# Travaux forcés

Le lendemain, la petite reine, flanquée de deux gardes, fit irruption dans la chambre où Emily était détenue.

— Suis-moi, tu as du travail, annonça-t-elle sans préambule.

— Bonjour quand même ! fit sèchement la prisonnière qui n'était encore pas levée.

— N'ouvre pas la bouche pour rien ! Habille-toi et viens.

Quand Emily fut prête, elle lui fit traverser le village puis l'emmena dans une galerie creusée à même la roche, où était entreposé un gigantesque tas de coton.

— Je t'explique, commença la jeune reine. Nous sommes ici dans une réserve de moutons et ce que tu vois là ce sont des moutons.

Elle désigna du doigt le grand tas de coton.

— Mais ce ne sont pas des moutons, c'est du coton !

— Tais-toi ! Ce sont des moutons ! Tu vas devoir les compter et ne pas t'endormir.

— Enfin, c'est ridicule !

— Attention, ton attitude me déplaît Mily. Je ne le répéterai pas deux fois !

Un garde pointa sa lance contre sa poitrine.

— Oh, ça va, ça va ! se rebella-t-elle, de mauvaise humeur.

— Tu as le choix. C'est ça ou le cachot ! ajouta sévèrement la petite.

La jeune fille lui jeta un regard noir, mais s'abstint de répondre.

— Bien, fit la fillette, apparemment satisfaite. Je vais t'expliquer ce que tu dois faire. Comme je le disais, tu as là tout un tas de moutons. Ces moutons doivent sauter la barrière et passer dans ce tunnel.

Elle lui montra une ouverture sur le mur, d'environ dix centimètres de circonférence, devant laquelle était posée la réplique miniature d'une barre de saut d'obstacles.

— Ton rôle est de les compter et de les surveiller. Ils ne doivent pas passer à plusieurs, sinon le tunnel se bouchera.

*Non, mais j'hallucine !* pensa Emily. *Me voilà chez les fous. Il ne manquait plus que ça…* Préférant toutefois éviter de contrarier l'enfant à nouveau, elle garda cette pensée pour elle.

— Bon, admettons, lâcha-t-elle de mauvaise grâce. Et puis-je savoir à quoi ça sert ?

— C'est pourtant évident ! fit la jeune reine, agacée. Quand les moutons s'élèvent dans le ciel, ils se regroupent pour former des nuages et cela donne de l'orage. Quand la foudre tombe sur les piques que nous avons disposées tout autour de la montagne pour l'attirer, nous avons du feu. Même un bébé saurait ça !

Elle la toisa d'un air soupçonneux puis, constatant qu'Emily ne se moquait pas d'elle, se radoucit un peu.

— Si tu ne savais même pas ça, tu peux me remercier.

L'aventurière tombait des nues.

— Te remercier de quoi ? De me raconter des bêtises plus grosses que toi ? Ne pousse pas le bouchon trop loin non plus.

— Bien, s'énerva à nouveau la gamine. Puisque tu ne veux rien connaître ni apprendre, tant pis pour toi. Mais tu as intérêt à faire ton boulot correctement et à ne pas t'endormir, sinon je sévirai !

Elle claqua des doigts.

— Gardes ! Je me retire. Montrez-lui vous-mêmes le travail.

Et elle s'en retourna dignement.

Lorsqu'elle eut disparu, les gardes firent s'asseoir Emily par terre.

— Quand nous fermerons la porte, nous mettrons de la musique, dit froidement l'un d'eux. Les moutons vont se réveiller et voudront sortir. Alors tu les compteras en prenant garde de ne pas les laisser passer à plusieurs dans le tunnel. Il y a un bouton contre le mur. À chaque centaine tu l'activeras pour refermer le passage et mettras une coche sur l'ardoise que je vais te fournir. Ton travail sera terminé quand seize-mille moutons seront sortis. Après ça, nous te donnerons un autre travail. Compris ?

— Non, moi rien comprendre, ironisa-t-elle en adoptant une expression idiote.

— Inutile de rire ! gronda le garde. Ne te trompe pas dans tes comptes. Les moutons sont difficiles à capturer et le tas que tu vois là a nécessité trois mois entiers de travail pour constituer la réserve de l'année. Ce sera seize mille, le minimum pour un orage, et pas un de plus !

Quand les gardes furent sortis, elle prit une boule de coton entre les mains et l'examina sous toutes les coutures. *C'est vraiment n'importe quoi !* pensa-t-elle, exaspérée.

Mais lorsque la première note de musique retentit, le gros tas de coton commença à remuer. Puis des milliers de petites pattes noires en émergèrent çà et là en se tortillant. Comment était-ce possible ?

— Aïe ! s'exclama-t-elle subitement.

Elle lâcha brusquement la boule de coton qu'elle tenait dans la main et qui venait de la mordre ! Un mince filet de sang coula le long de son index tandis que la musique gagnait en intensité. Emily porta son doigt à sa bouche puis déchira une fine lanière de son tee-shirt pour se faire un pansement improvisé. Elle l'enroula autour de la coupure, la noua, puis constata que l'entrée du petit tunnel était complètement bouchée par un petit tas de coton en train de s'agiter vainement dans les airs.

Elle referma vivement la trappe et les petites boules de coton se dispersèrent. En les observant plus en détail, elle distingua de petits museaux noirs qui dépassaient des pelotes blanches et ouateuses. À l'évidence il s'agissait bien de moutons. Des moutons miniatures avec des corps en coton, certes, mais des moutons tout de même.

À présent, la musique jouait à un rythme soutenu. Les moutons se mirent à sauter en tous sens, comme des grains de pop-corn dans une poêle, et elle dut reconnaître avoir eu tort de ne pas croire la gamine.

D'un geste hésitant, elle ouvrit à nouveau le tunnel en espérant que les minuscules bestiaux n'allaient pas s'y ruer tous en même temps.

— Allez les moucons! fit-elle à voix haute, le mot lui étant venu naturellement. En rang!

Contre toute attente les bestioles retrouvèrent un semblant de discipline et formèrent une petite file. Puis l'un d'eux s'élança avec grâce dans l'étroit boyau en sautant par-dessus la barrière. Les suivants l'imitèrent et la prisonnière commença son décompte.

Au bout d'une centaine à peine, elle se mit à bâiller. Il ne fallait pas qu'elle s'endorme, sans quoi elle passerait certainement la nuit suivante au cachot. Elle lutta bravement contre le sommeil et continua aussi courageusement que possible ce travail assommant, sans avoir une seule seconde l'idée de s'échapper en faisant appel à son don. De plus, si elle partait, où irait-elle ? Comme l'avait dit la petite reine, il n'y avait nul moyen de quitter l'île sans son aide…

De temps à autre, certains moutons refusaient d'avancer, impatientant les suivants qui se mettaient à forcer le passage et manquaient de le boucher par la même occasion. Elle refermait alors la trappe et les repoussait en douceur pour éviter de se faire mordre. Une fois que l'ordre était revenu au sein du groupe, elle poursuivait sa besogne patiemment. Ces moutons étaient vraiment stupides ! Le surnom qu'elle leur avait trouvé était tout à fait approprié. Des moucons… rien n'aurait pu mieux les décrire. Mais même s'ils étaient aussi bêtes qu'indisciplinés, cela avait au moins le mérite de rompre la monotonie de la tâche.

Les heures passèrent avec une lenteur désespérante, mais « Mily » tint le coup. Elle voyait que les moutons étaient bien réels, toutefois, elle doutait encore qu'ils puissent réellement provoquer un orage.

Comme elle se sentait observée et ne voulait pas être punie une seconde fois pour une faute imaginaire, elle cacha le mieux possible sa fatigue et puisa en elle la force d'aller jusqu'au bout. Elle ne sut pas vraiment combien de temps dura l'exercice, mais cela lui sembla être une éternité.

Une fois le seize millième « moucon » sorti, elle referma le tunnel et cocha l'ardoise.

À l'instant même où les moutons restants eurent fini de retourner à leur place, la musique s'arrêta et la porte s'ouvrit en grand sur la petite reine et ses gardes. Réprimant sa colère, Emily tendit l'ardoise, puis réalisa que l'attitude de la gamine avait changé du tout au tout. Elle rayonnait littéralement ! Un franc sourire éclairait son visage, parvenant presque à le rendre joli. Ses yeux brillants étaient remplis d'admiration.

— Alors là, bravo ! s'exclama cette dernière en l'applaudissant. Tu as été incroyable ! Je m'en doutais au fond de moi, car je ne me trompe jamais sur les gens, mais tu t'en es tirée de façon exemplaire ! Même si tu es loin d'avoir terminé ta peine, ta condamnation est levée dès à présent !

Toute trace d'hostilité avait également disparu du visage des deux gardes qui la dévisageaient désormais avec un respect déconcertant.

La prisonnière, qui ne comprenait rien à ce revirement, la regarda avec stupeur.

— Ne fais pas cette tête ! fit la gamine en jubilant. Suis-moi plutôt !

Joignant le geste à la parole, elle la saisit par la main et l'entraîna en courant à travers tout un enchevêtrement de couloirs sinueux, suivie de ses deux sbires.

— Vite ! intima-t-elle.

Elles finirent par déboucher sur un promontoire haut perché qui surplombait l'impressionnant dôme caverneux au fond duquel se trouvait le village.

— Regarde ! fit la jeune souveraine en pointant un doigt en l'air.

La voyageuse leva les yeux et vit une immense colonne blanche s'élevant vers le ciel, formée par des milliers de petites boules de coton galopant dans les airs.

— Tu es vraiment rapide et douée ! s'exclama la petite reine avec un émerveillement non feint.

Emily ne trouva rien à répondre et continua à observer le ciel, les yeux écarquillés. Les moutons étaient en train de se rassembler en un gigantesque nuage gris et les premières gouttes de pluie commencèrent à tomber.

— C'est un spectacle fabuleux, n'est-ce pas ? fit l'enfant avec enthousiasme. Tu as largement mérité de le voir.

Le nuage s'épaissit et prit une teinte violacée que quelques éclairs zébrèrent en éclairant furtivement la roche mouillée.

Enfin, les derniers moutons rejoignirent la nuée et un roulement de tonnerre retentit.

— C'est incroyable ! On dirait bien que ça marche, s'étonna la jeune fille qui n'en croyait toujours pas ses yeux.

— Bien sûr que ça marche ! répondit la gamine. Mais nous devrions rentrer. Ça risque de devenir dangereux maintenant. Les piques que nous avons plantées sont très proches de nous et la foudre ne devrait plus tarder à tomber.

Le chemin inverse se fit cette fois sans bousculade.

Les gardes et la petite reine se montraient amicaux, voire chaleureux. Peut-être la laisseraient-ils s'en aller et lui fourniraient-ils même un moyen pour partir de l'île ?

De retour au village, le petit groupe fut accueilli par les acclamations de tous les habitants qui s'étaient réunis sur la place principale.

— Je vois que tu es très populaire, fit Emily à l'enfant en pensant que c'était une chose habituelle. Les gens semblent beaucoup t'apprécier !

— Ce n'est pas moi qu'ils applaudissent ; c'est toi ! Tu as réalisé un exploit.

— Que veux-tu dire ? Serais-tu donc en train de m'avouer qu'il n'y avait jamais eu d'orage avant moi ? demanda-t-elle en fronçant les sourcils.

— Mais non ! L'orage vient toujours, je te l'ai déjà dit. S'ils t'acclament de la sorte c'est parce que tu es notre nouvelle championne.

— Je ne comprends pas…

— Eh bien en réalité nous ne pensions pas vraiment te faire compter seize mille moutons, normalement c'est impossible. Nous voulions juste t'effrayer. Tout le monde finit par s'endormir en faisant ce travail et nous devons nous relayer. Notre plus gros record est de mille moutons.

C'est pour ça que quand quelqu'un compte il y a toujours quelqu'un d'autre pour surveiller. Quand le compteur s'endort, l'alarme est donnée. On vient alors le remplacer jusqu'à ce que nous ayons atteint seize mille moutons. Tu comprends mieux ?

À cet instant, la voyageuse réalisa à quel point son statut venait de changer.

Elle n'était plus prisonnière, mais championne !

Dès lors, sans doute pourrait-elle repartir quand elle le voudrait. Elle en ressentit un vif soulagement.

Au-dessus du dôme assombri, la tempête que l'on voyait par l'impressionnante ouverture faisait rage. La petite reine la guida à travers le village et la mena jusqu'à une case où elle la fit entrer.

Joliment meublée et éclairée de chandelles, elle était très agréable. Un large cercle, creusé à même le sol, abritait un feu ainsi qu'une grande hotte centrale autour desquels on pouvait s'installer sur une multitude de coussins de soie aux reflets mordorés.

Sous la hotte de bambous tressés, une vieille femme s'affairait à préparer un plateau de nourriture.

— Voici Nanou, fit la gamine à l'adresse de son invitée en désignant la dame du regard. C'est ma nourrice. Bonsoir Nanou ! dit-elle un peu plus fort.

— Bonjour ma chérie, répondit la vieille femme avec bienveillance sans lever les yeux de son plateau. Tu as passé une bonne journée ?

— Oui, merci. Pas de plaintes particulières, aucun jugement à rendre. C'était le calme plat.

— Tant mieux, fit la bonne femme, satisfaite. Je trouve que tu travailles beaucoup trop.

Elle remarqua soudain la présence d'Emily.

— Que fait cette voleuse ici ? demanda-t-elle sèchement. Tu ne l'as tout de même pas invitée ?!

— Comment Nanou, tu n'es pas au courant ? s'enthousiasma la petite. Tu n'as plus devant toi une voleuse, mais notre nouvelle championne !

— Ah oui ? fit Nanou, les poings sur les hanches. Et je peux savoir combien de moutons elle a comptés ?

— Tu ne vas pas le croire. Elle les a tous comptés ! Seize mille moutons !

La nourrice fit un bond.

— Quoi ?! C'est impossible ! Elle a certainement triché ! Ne te fie pas à sa parole, c'est une voleuse, ne l'oublie pas.

Cette insulte eut le don d'irriter Emily.

— Qu'insinuez-vous ? intervint-elle. Je ne suis ni une voleuse ni une tricheuse !

En parfaite diplomate, la jeune souveraine se hâta d'apaiser le conflit.

— Nanou, tu as déjà compté les moutons et tu connais le travail. Quand quelqu'un s'endort, l'alarme est sonnée, non ? Alors comment aurait-elle fait pour tricher ?

La vieille femme parut réfléchir puis se calma un peu.

— C'est vrai, admit-elle finalement. Je suis bien forcée de le reconnaître. Je présente mes excuses à cette voleuse, ajouta-t-elle en toisant la jeune fille d'un air méprisant.

L'aventurière sentit une nouvelle bouffée de colère l'envahir.

— Bon, ça suffit maintenant! trancha la gamine en voyant que toutes deux recommençaient à s'énerver. Allons nous asseoir. Nanou, sois gentille avec notre invitée.

La nourrice hocha la tête à contrecœur puis retourna à ses affaires en marmonnant.

— Ne lui en veux pas, dit la petite. Elle fait ça pour me protéger. Elle a toujours eu tendance à me couver.

— Oui, mais je commence à en avoir marre d'être traitée de voleuse. J'aimerais bien que l'on me croie quand je dis que je n'avais pas l'intention de voler quoi que ce soit.

— Mais tu as volé quand même, répondit-elle, intransigeante. Attends, ne te vexe pas! s'empressa-t-elle d'ajouter devant son regard furieux. Je veux bien te croire lorsque tu dis que telle n'était pas ton intention. D'ailleurs j'ai levé cette accusation de vol pour ne retenir que la profanation du coffre, même si pour nous profaner revient à voler. Mais n'en parlons plus. Je dirai à Nanou de t'appeler Mily à l'avenir.

Cela semblait un compromis plus acceptable que le qualificatif de voleuse. Aussi, la jeune fille changea de sujet.

— Avec ça je ne connais toujours pas ton nom. Comment tu t'appelles ?

La petite reine eut à la fois l'air surprise et ravie.

— Ça, personne n'avait jamais osé me le demander ! Tous m'appellent chef ou par d'autres titres. Ils ne trouvent pas convenable de m'appeler par un prénom et cela suscite chez eux une peur superstitieuse. Tu es courageuse et différente de tous ceux que je connais. Je m'appelle…

— Némésis, coupa la nourrice qui revenait chargée d'un lourd plateau encombré de fruits, légumes, salades et céréales à l'odeur appétissante.

— Non ! se renfrogna la fillette. Je ne m'appelle pas Némésis, c'est immonde ! Je m'appelle Némie.

— Il faudra bien que tu acceptes un jour ton prénom ! gronda Nanou. Tu es comme Némésis, tu as un sens profond de la justice. Considère ça comme un honneur !

— Tu sais bien que je le déteste ! s'entêta la gamine qui avait une certaine prédilection à changer les prénoms. Je m'appelle Némie ! Pourquoi es-tu aussi méchante ? ajouta-t-elle d'un ton bougon.

La vieille dame haussa les épaules en soupirant et disposa de longues perches pointues autour du feu.

— Nous allons pouvoir manger, annonça-t-elle, placide. Tu veux de la salade, la voleuse ?

— Elle ne s'appelle pas voleuse, dit Némésis. Elle s'appelle Mily !

La dispute allait-elle recommencer? Emily commençait à se sentir mal à l'aise. Heureusement, la nourrice évita de contredire à nouveau sa protégée et fit contre mauvaise fortune bon cœur.

— Mily, prendras-tu de la salade? rectifia-t-elle sur un ton le plus neutre possible.

— Volontiers, répondit poliment l'aventurière. Ça a l'air vraiment délicieux, poursuivit-elle en espérant l'adoucir.

— J'assaisonne tout avec des épices du lagon que je cultive moi-même, déclara la femme fièrement. Et attends d'avoir goûté, tu ne voudras plus jamais manger autre chose!

Bien que fragile, le drapeau blanc était hissé. Chaque convive empala un peu de nourriture au bout de sa pique et la fit griller au-dessus du feu.

— Voici des sauces de mon invention, fit la nounou en désignant des bols de terre cuite posés auprès d'elle. Tu m'en diras des nouvelles!

Emily se servit et trouva cela effectivement succulent. Elle lui en fit la remarque et le visage de la bonne femme s'éclaira brièvement sous le compliment. Avec une pensée pour Jonas, qui était lui-même excellent cuisinier, elle mangea avec appétit les mets qui lui furent présentés. Elle ne put toutefois s'empêcher d'éprouver du regret à ce qu'Erevan ne soit pas là pour partager ce repas avec elle.

Au cours du dîner, la conversation se voulut plus détendue. Némésis faisait preuve d'une intelligence et d'une maturité surprenantes pour son âge, qui contrastaient parfois curieusement avec son côté capricieux. Plus Emily l'observait, moins elle comprenait comment elle avait pu la trouver aussi laide de prime abord. Certes, elle n'était pas très jolie, mais il se dégageait d'elle un charme pétillant que certains devaient lui envier.

Sans doute que l'expression de son visage y était pour beaucoup et qu'elle faisait partie de ces gens dont les traits se transformaient selon leurs émotions et leurs humeurs.

Toujours est-il que, d'un naturel autoritaire, elle possédait une présence et une sorte de magnétisme qui imposaient le respect une fois qu'on la connaissait un peu mieux.

En regard des responsabilités qui pesaient déjà sur ses épaules malgré son jeune âge, ses petits travers n'étaient pas grand-chose. Forgée depuis toute petite à démêler des affaires plus ou moins compliquées, sa vie n'avait rien eu de facile.

Selon la coutume locale, les positions astrales particulières du jour de sa naissance avaient fait d'elle l'élue qui devait guider son peuple dans la vie de tous les jours. Elle avait commencé à parler bien avant de savoir marcher, révélant un esprit tellement rationnel qu'il n'était pas rare de voir les anciens s'incliner devant sa sagesse. De plus, elle savait parfaitement jauger et tester les gens qu'elle était amenée à rencontrer.

En grandissant, les choix qu'elle opéra furent toujours judicieux, confortant les villageois dans l'idée qu'elle était l'incarnation de la justice. Elle perdit ses parents très jeune et fut confiée aux bons soins de Maléna – qu'elle décida d'appeler Nanou – dont la famille était rattachée à la sienne depuis plusieurs générations par une sorte de contrat d'entraide réciproque, chose courante dans ce village où chaque famille allait par deux en se liant à une autre.

Elles passèrent la journée du lendemain à se détendre près des eaux turquoise du lagon et firent plus ample connaissance. Le surlendemain, après qu'elles eurent visité le village et aidé Maléna dans diverses tâches, Némésis fit une proposition à Emily :

— Vu que tu es notre championne et que personne n'est aussi doué que toi pour compter les moutons, tu pourrais rester avec nous. Nous les envoyons au ciel une fois par mois, mais comme nous sommes nombreux à devoir nous relayer pour le faire et que ça dure longtemps, c'est mauvais pour notre commerce. Nous pourrions t'installer dans l'une de nos plus belles cases et, en dehors des trois mois de récolte annuelle des moutons à laquelle nous participons tous, tu n'aurais pas à travailler. Qu'en dis-tu ?

Emily se rendait bien compte que c'était une proposition honnête, mais elle devait la décliner.

Elle allait devoir annoncer à Némésis qu'elle partirait dès le lendemain, car elle s'était déjà trop attardée. L'idée de voir Algol, Arcturus ou Eraser saccager la vie de la petite communauté lui faisait froid dans le dos.

— J'apprécie beaucoup ton offre Némie, mais je ne peux pas accepter, répondit-elle franchement. Il va falloir que je parte au plus vite.

— Pourquoi refuser ? Ici tu vivrais en paix et tu ne manquerais de rien.

— Je le sais bien, concéda la jeune fille. Mais même si tu ne le crois pas, je suis réellement recherchée par Eraser…

La petite fille secoua la tête, l'air désolé.

— Mily, je ne sais pas qui a inventé cette histoire à dormir debout pour te faire peur, lui dit-elle, mais si je l'avais sous la main, je le lui ferais regretter ! J'avoue que ta décision me chagrine…

— Si je vous apprends un autre moyen de faire du feu, vous me laisserez partir ? proposa Emily en souriant

— Tu n'es plus prisonnière, fit Némésis, vexée. Et puis, si tu n'aimes ni ce village ni ma compagnie, il n'est pas étonnant que tu sois si pressée de t'en aller, ajouta-t-elle avec une pointe de mauvaise foi.

Mais avant que la jeune fille ne puisse répondre, une petite larme roula sur sa joue et lui donna pour la première fois l'air d'une enfant de son âge. Touchée, la voyageuse prit la main de la petite reine entre les siennes et la serra.

— Oh Némie, ne crois surtout pas ça ! Je t'aime beaucoup et quand je m'en irai tu me manqueras !

— Elle a toujours voulu avoir une sœur, intervint Maléna qui venait d'arriver. Et elle pense que quand je ne serai plus là, elle se retrouvera seule. Elle s'est vite attachée à toi tu sais…

De fait, après leur première soirée la petite fille l'avait invitée à rester chez elle et y avait fait ramener ses affaires. Depuis, elle ne l'avait plus lâchée d'une semelle.

— Il ne faut pas voir les choses sous cet angle, fit Emily à la petite. Tu sais, Nanou n'est pas si vieille que ça et tu vas grandir. Tu trouveras un mari et tu auras des enfants ! Nanou sera même encore là pour les voir ainsi que sa famille. Tu ne dois pas te sentir seule.

La gamine renifla.

— Tu le penses vraiment ?

— Oui bien sûr, c'est la vie. Et puis je ne t'ai encore pas parlé de lui, mais je demanderai à Pierre-de-Lune de te rendre visite. Il te donnera de mes nouvelles. C'est mon meilleur ami et je pense qu'il te plaira beaucoup. Il sait faire plein de choses extraordinaires ! Il te les apprendra volontiers si tu le lui demandes. Quant à moi, je vous montrerai comment faire du feu sans vous fatiguer. Et je te promets également que je reviendrai un jour.

Elle décrocha son bracelet et le tendit à Némésis.

— Tiens, je te le donne. Comme ça, je serai toujours avec toi et tu ne m'oublieras pas. Ce n'est pas grand-chose, mais c'est tout ce que j'ai.

— Merci Mily, fit la petite qui eut l'air de se sentir un peu mieux. Tu me promets vraiment de revenir?

— Oui, je ferai tout mon possible. Et quand ça arrivera, je te jure que cette fois-ci je n'irai rien voler dans le coffre!

Ce trait d'humour fit renaître un sourire sur le visage de Némésis.

# CHAPITRE IX

## LE SECRET DU FEU

La jeune souveraine avait instauré un nouveau jour férié qui donnerait lieu à des festivités en mémoire de l'exploit d'Emily, et avait déclaré qu'elle avait choisi d'intégrer sa nouvelle amie à sa famille. C'était un grand honneur, car, de coutume, nul ne se liait jamais avec un étranger si ce n'était par le mariage.

Ainsi décida-t-elle d'organiser une fête au cours de laquelle elle souhaitait réunir les villageois pour marquer le coup et leur annoncer, par la même occasion, une nouvelle qu'elle leur dévoilerait une fois le moment venu.

De son côté, la championne s'était creusé la tête pour tenir sa promesse de leur trouver un moyen simple de faire du feu. Elle avait passé une bonne partie de la nuit à tester différentes techniques – notamment en frottant deux pierres l'une contre l'autre au-dessus d'herbes séchées – mais cela n'avait pas fonctionné. Quelle idée saugrenue avait-elle eu de leur promettre cela sans même savoir comment faire !

Finalement elle s'était décidée à écrire à Pierre-de-Lune pour lui demander de l'aide et en avait profité pour glisser au passage une lettre pour Erevan dont l'absence lui pesait chaque jour un peu plus.

Peu après, l'enfant lui répondit. Contente de le savoir de retour, elle espéra qu'il pourrait bientôt la rejoindre.

Elle trouva dans son sac un petit paquet contenant des boîtes d'allumettes ainsi qu'une missive où il disait qu'Erevan avait dû s'absenter, mais qu'il laisserait sa lettre à Callisto pour qu'elle puisse la lui transmettre. Il lui promettait de venir la retrouver au plus vite et ajoutait qu'il trouverait un moyen de faire parvenir régulièrement des allumettes au village. Le garçon concluait son message en lui recommandant encore de ne pas s'attarder trop longtemps au même endroit.

Malgré sa déception de n'avoir pas pu contacter Erevan, elle se réjouit à l'idée de revoir bientôt Pierre-de-Lune et de pouvoir à nouveau passer du temps en sa compagnie.

Le problème du feu étant réglé, elle s'octroya quelques heures de repos puis se rendit au petit matin dans la chambre de Némésis qui était déjà réveillée. Elles prirent le petit déjeuner, se préparèrent, puis se rendirent ensuite sur la place publique où une estrade avait été dressée pour l'occasion.

Elles y montèrent sous les applaudissements des villageois et, dès que Némésis se racla la gorge, un silence respectueux s'installa. Elle toisa un instant la foule avant de prendre la parole.

— Mes amis, fit-elle solennellement. Si je vous ai réunis aujourd'hui, c'est pour fêter un exploit dont on se souviendra génération après génération. Comme vous le savez, notre championne a réussi à compter seize mille moutons et ce record n'est pas prêt d'être battu.

Des vivats retentirent dans l'auditoire qui jeta en l'air des pétales de fleurs pour marquer le coup.

—Je vous ai dit à tous que nous aurions par la même occasion une nouvelle à vous annoncer, reprit-elle en faisant taire l'assemblée tumultueuse. Le moment est venu de le faire.

Elle balaya l'assistance du regard et attendit que tout murmure cesse pour reprendre la parole.

— Compter les moutons a toujours été une activité longue et fastidieuse qui nous a demandé beaucoup de temps.

Un murmure d'approbation sortit de la foule.

— Aussi, je suis heureuse de pouvoir vous dire que cette époque est révolue. Notre championne, Mily, va nous enseigner aujourd'hui même une façon plus simple de faire du feu.

Un murmure d'incrédulité s'éleva de l'assemblée, puis Némésis laissa la place à la jeune fille qui s'avança sur le devant de la scène en rougissant légèrement.

— Bonjour à tous ! fit-elle, gênée, en essayant par réflexe de se saisir de son bracelet. Je ne suis pas très douée pour parler en public, poursuivit-elle tandis que ses doigts se refermaient sur le vide, lui rappelant que ce dernier n'était plus à son poignet puisqu'elle l'avait offert à Némésis. Alors je vais éviter de me perdre en paroles inutiles et de vous faire attendre. Je vais vous montrer la manière la plus rapide de faire du feu.

Sous le regard attentif des gens, elle sortit une boîte d'allumettes de sa poche en tâchant d'être moins nerveuse.

— Ceci est une boîte d'allumettes. Sur le côté de cette boîte se trouve une petite bande brune. Vous la voyez ? Il suffit de prendre une allumette à l'intérieur et d'en frotter l'extrémité dessus. Et voilà ! ajouta-t-elle en joignant le geste à la parole. Comme vous pouvez le constater, ça n'a rien de compliqué.

Elle brandit la petite flamme devant la foule ébahie.

— C'est simple et pratique. Qui veut essayer ?

Mais l'assemblée, médusée, recula craintivement en la regardant d'un air superstitieux.

— Personne ne veut s'en servir ? s'étonna Emily qui ne s'attendait pas à une telle réaction.

Némésis soupira, exaspérée.

— Non, ils ont peur. Donne-la-moi, je vais le faire.

Elle tendit la boîte à la petite reine en se demandant en quoi ils pouvaient bien trouver cela effrayant. Némésis prit une allumette qu'elle fit craquer, sans résultat.

— Essaies-en une autre, lui dit la jeune fille.

La petite fille s'exécuta, mais n'obtint pas plus de succès.

— Je n'y comprends rien, s'excusa la championne. Peut-être que celles que tu as prises étaient fichues ?

— Non, rectifia Némésis. Ça ne marchera pas avec moi, voilà tout. Quelqu'un d'autre doit essayer. Toi ! fit-elle en désignant un homme qui tentait de s'éclipser discrètement. Viens par ici !

Le malheureux s'exécuta en tremblant et fit craquer une allumette à son tour, mais ne réussit pas à l'enflammer non plus.

Voyant que ce n'était pas dangereux en soi, d'autres candidats prirent courage et, petit à petit, les gens se succédèrent dans l'espoir d'être celui ou celle qui réussirait à faire jaillir la flamme, mais aucune tentative n'aboutit.

L'aventurière n'y comprenait rien. Pourtant, à chaque fois qu'elle essayait à son tour, l'allumette s'embrasait spontanément. Alors pourquoi les habitants du village n'y arrivaient-ils pas ?

À la fin, un profond silence s'installa. Chaque habitant se mit à dévisager l'étrangère d'une façon curieuse quand, soudain, un vieillard s'écria :

— Sorcière !

Un murmure d'approbation sortit de la foule qui scanda à sa suite :

— Sorcière ! Sorcière !

— Silence ! intervint Némésis d'une voix forte pour rappeler ses sujets à l'ordre, sous le regard effaré d'Emily qui ne savait plus où se mettre. J'en suis arrivée à la même conclusion que vous. Mily est une sorcière ! Mais pourquoi crier ainsi ?

Un homme se détacha d'un groupe pour prendre la parole.

— Si c'est une sorcière, elle doit rester avec nous ! Nous sommes la seule île qui n'en possède pas. Elle appartient au village ! C'est la loi. Chaque sorcière qui se rend sur l'archipel devient la propriété de l'île qui l'accueille, mais nous savons qu'elle a l'intention de filer.

— C'est vrai ! rugit un autre homme dans l'assemblée. Elle doit rester ! Nous ne la laisserons pas s'en aller !

Cette déclaration fut suivie d'une foule d'exclamations, provoquant l'agitation générale.

— Silence ! tonna à nouveau Némésis. Je ne tolérerai pas d'esclandre et jusqu'à nouvel avis c'est encore moi qui commande ! Nous ne retiendrons pas Mily contre son gré, ce sera à elle d'en décider.

Elle lui jeta discrètement un coup d'œil implorant, en prenant soin de ne pas se faire remarquer.

— Écoutez, dit alors la jeune fille en acceptant d'endosser le rôle qui lui avait été attribué pour aider la petite. Oui je l'avoue, je suis une sorcière ! Mais tout ce que je sais faire, c'est du feu. Aussi, vous ne pourrez jamais rien attendre d'autre de moi. Je n'ai pas l'intention de vous laisser tomber, mais quand ce sera fait, que je vous aurai appris à faire du feu, je devrai m'en aller. Alors je me propose de trouver une autre solution et m'engage à ne pas partir d'ici sans avoir accompli cette promesse. Cela vous paraît-il un bon arrangement ?

Les villageois se concertèrent un moment, puis une femme prit la parole.

— Nous acceptons. Vive notre championne !

— Vive notre championne ! reprirent en chœur les autres villageois.

Némésis gratifia Emily d'un sourire reconnaissant.

De retour dans la case de la jeune reine, la championne – nouvellement promue au rang de sorcière – se rendit dans sa chambre et écrivit un mot à Pierre-de-Lune. « Les allumettes n'ont pas marché avec eux. Je me demande ce qui se passe. Tout le village me prend maintenant pour une sorcière et je ne sais pas quoi faire. Aurais-tu une autre idée ? S'il te plaît, fais vite ! Emily. »

Elle dévora ensuite le plateau-repas que Maléna lui avait apporté en s'apercevant qu'elle mourait de faim.

Après un temps qui lui parut interminable, elle reçut une réponse de son ami. « Je crois que je sais d'où vient le problème, écrivait-il. Faire du feu c'est comme voler ! Un zeste d'imagination, un peu de folie pour y croire et le tour est joué ! Bonne chance et tâche de te dépêcher. »

Emily chiffonna le mot qu'elle jeta rageusement dans la pièce. Pourquoi ne l'aidait-il pas ?

Elle s'assit et voulut machinalement triturer son bracelet avant de se rendre compte une nouvelle fois qu'elle ne l'avait plus. Il fallait que cette mauvaise habitude lui passe ! Elle respira profondément et réfléchit. Si de simples allumettes n'avaient pas fait l'affaire, que pouvait-elle proposer d'autre ? Elle s'en voulait de s'être avancée un peu trop vite en faisant une promesse qu'elle ne pourrait pas tenir.

Et dire qu'elle était allée se fourrer d'elle-même dans ce guêpier ! Elle s'aperçut qu'elle comptait encore trop sur les autres et n'avait pas imaginé un seul instant que Pierre-de-Lune ne lui serait d'aucune utilité. Pourquoi lui avait-il répondu par une énigme ? Elle se leva et retourna chercher le petit mot qu'elle défroissa et relut plusieurs fois.

Enfin, l'évidence lui sauta aux yeux ! Les habitants du village avaient leurs propres croyances et il fallait sans doute faire appel à leur imagination pour que ça fonctionne.

Elle se remémora son premier vol et ce que son ami lui avait alors dit ce soir-là. Il fallait vouloir et croire. Or, en quoi les villageois croyaient-ils ? Aux moutons, bien sûr !

Il faudrait donc qu'ils fassent partie des ingrédients qu'elle utiliserait. Elle rassembla mentalement toutes les informations dont elle disposait sur ce peuple et qu'elle avait acquises lors de ses discussions avec Némésis. Ils croyaient notamment en des esprits ancestraux, inaccessibles, qui seraient dotés de grands pouvoirs et qu'ils redoutaient. Ils étaient aussi d'une grande superstition, ce qui les rendait peureux. Et comme ils pensaient qu'elle était une sorcière, ils refuseraient de toucher à tout ce qui leur ferait penser à de la magie. Il faudrait donc allier le tout en faisant en sorte que le résultat paraisse naturel. Elle réfléchit à la meilleure façon d'assembler ces données, puis la solution se dessina dans son esprit.

— Némie ! cria-t-elle finalement, triomphante.

La porte de la chambre s'ouvrit en coup de vent.

— Quoi ? fit la petite reine avec espoir en entrant.

— J'ai trouvé ! Convoque tous les habitants et fais-moi apporter des mouc… des moutons ! On se retrouve sur la place principale.

— Entendu ! répondit la gamine, les yeux brillants de joie. J'envoie mes hommes immédiatement.

La voyageuse fit une toilette rapide, arrangea ses cheveux, et se mit en route. Quand tout le monde fut à nouveau réuni devant la petite estrade, elle put commencer son discours.

— Ainsi que je vous l'ai promis ce matin, j'ai cherché une solution pour que vous puissiez faire du feu vous-mêmes sans avoir recours à la magie.

Elle sortit une allumette, l'alluma, puis la jeta sur le sol.

— Celle-ci est puissante. J'ai eu tort de vous la proposer. Parfois j'oublie un peu que je suis une sorcière…

Elle l'écrasa sous son talon et vit l'assistance pousser un soupir de soulagement.

— La bonne nouvelle, c'est que j'ai réussi à trouver une solution ! Mais avant de vous montrer le fruit de ma recherche, laissez-moi vous fournir quelques explications.

L'auditoire lui prêta toute son attention.

— Comme vous le savez, reprit-elle, une fois dans le ciel les moutons s'unissent et se frottent les uns aux autres pour provoquer de l'orage. Mais il en faut une bonne quantité pour que cela aboutisse ! Toujours est-il que si ça fonctionne c'est parce qu'ils ont en eux ce pouvoir naturel. J'ai donc pensé que c'était par là qu'il fallait commencer. Alors qu'est-ce qui déclenche la foudre ? En réfléchissant un peu, j'ai compris que c'était le fait de leurs frottements. Pour autant, le problème n'était pas totalement résolu et il m'est vite apparu que je ne trouverais pas de réponse sans aide. J'ai donc effectué une série de rituels pour consulter les esprits ancestraux. Même si mes chances d'y parvenir étaient maigres – comme je vous l'ai déjà dit, mes pouvoirs sont limités – j'ai toutefois fini par être entendue et les esprits me sont apparus.

Des murmures s'élevèrent dans l'assemblée que Némésis fit taire d'un geste de la main.

— Je sais que j'ai pris des risques, poursuivit la « sorcière ». Mais n'ayez crainte, je ne les ai pas offensés. J'ai plaidé en votre faveur et leur ai expliqué dans quelle misère vous vous trouviez pour obtenir un peu de feu. Ils ont été touchés et ont fini par me révéler quelques secrets afin que je puisse mener à bien ma mission. J'ai appris que les moutons n'avaient pas besoin d'être utilisés en si grande quantité pour provoquer une étincelle et que la friction qu'ils produisaient entre eux était minime en raison de l'épaisseur de leur fourrure. Il se trouve par contre que, frottés contre une peau humaine, les effets peuvent en être décuplés et que le feu produit de la sorte ne brûle pas la peau tant qu'il n'est pas entré en contact avec autre chose.

Elle claqua des doigts.

— Apportez-moi un moucon ! Euh, un mouton je voulais dire…

Les gardes s'exécutèrent et lui tendirent un petit sac rempli de coton.

— À présent, regardez bien ce qui va suivre, fit-elle en sortant une petite boule de coton. Vous prenez délicatement le mouton dans votre main et le serrez trois fois, très doucement. Le mouton ne doit pas avoir peur, sinon il vous mordra.

Elle le pressa légèrement avant de poursuivre sa démonstration.

— Ensuite, vous refermez votre autre main en rentrant votre pouce à l'intérieur. Vous commencez à frotter le mouton, toujours avec délicatesse, sur votre articulation afin qu'il se charge en électricité statique. Ensuite il faut l'encourager un peu par des vibrations, mais comme vous n'aurez pas toujours de musique avec vous, la meilleure sonorité que vous pourrez produire se trouve dans ces mots : « Mouton blanc, mouton bleu, mouton feu ! ». Cela ne paye pas de mine, mais c'est le plus efficace. Au moment où vous prononcerez cette phrase, vous devrez ressortir votre pouce !

— Oh ! fit la foule avec émerveillement.

En effet, une belle flamme rousse venait de jaillir du pouce de la jeune fille.

— C'est parfaitement indolore, précisa-t-elle. Vous pourrez garder cette flamme sur vous tant que vous en aurez besoin et quand vous en aurez terminé, il vous suffira de placer votre doigt à l'intérieur de votre bouche pour l'éteindre. Mais attention, un mouton ne doit pas être utilisé plus de dix fois ! Une fois qu'il aura moins d'énergie, il faudra le laisser s'envoler vers le ciel pour qu'il puisse y générer de la pluie et se reproduire. Tâchez de ne pas l'oublier. Maintenant, à vous de jouer !

Une véritable cohue s'ensuivit et, lorsque le calme fut revenu, Némésis pria les villageois d'aller se ranger en file. Enfin, un premier s'avança et frotta une boule de coton contre sa main.

— Mouton blanc, mouton bleu, mouton feu ! déclara-t-il sous le regard attentif des personnes rassemblées.

Une petite flamme sortit de son pouce avec éclat.
— Génial ! s'exclama-t-il, enthousiaste.

Némésis le félicita, la mine réjouie.

Le deuxième réitéra l'expérience avec succès ainsi que tous ceux qui suivirent. À la fin, Emily fut portée en triomphe à travers tout le village dans l'allégresse. Ce soir, la fête battrait son plein.

Un peu plus tard, Némésis l'emmena se rafraîchir sous l'une des grandes cascades d'eau douce de la coupole, puis elles retournèrent voir comment avançaient les préparatifs pour la soirée. En conversant avec les habitants, elles apprirent qu'un spectacle se montait en toute hâte, suite aux événements de l'après-midi, mais que la troupe qui s'en chargeait s'était mise à l'écart pour que personne ne devine ce qu'elle préparait. Elles rentrèrent ensuite chez Némésis où elles retrouvèrent Maléna qui avait disposé toutes sortes de vêtements sur le lit pour la soirée.

Ces habits étaient particulièrement beaux et, bien que n'étant pas spécialement coquette, la championne eut du mal à choisir. Elle tenait à faire honneur à ses hôtes et prit le temps d'essayer plusieurs tenues, optant finalement pour un ensemble bordeaux brodé de fils d'argent.

Une fois habillée, Maléna tenta de la coiffer en un tressage élaboré, mais la longueur de ses cheveux l'empêcha de faire exactement ce qu'elle voulait.

Pour finir, Némésis alla chercher un coffret à bijoux et sélectionna une magnifique parure, sertie d'opales et de diamants, qu'elle lui offrit et lui fit porter d'autorité. Lorsqu'elles eurent terminé de se préparer, elles se mirent en route pour le lagon.

De longues guirlandes lumineuses avaient été suspendues dans les arbres qui bordaient la plage souterraine. Toutes les lanternes du village avaient été allumées. Loin au-dessus du dôme, les derniers nuages se dissipaient et laissaient apparaître les premières étoiles du firmament.

Un gigantesque tas de bois ramassé pendant la journée avait été entassé sur le sol, promettant un feu qui perdurerait toute la nuit. Les musiciens jouaient avec entrain, tandis que les enfants s'amusaient sur le sable ou continuaient de s'ébattre dans l'eau. On installa Emily et Némésis sur une large couverture et, peu à peu, tout le monde prit place. Une femme entre deux âges se démarqua alors d'une troupe de jongleurs et prit la parole.

— Bonsoir tout le monde et bienvenue ! En ce jour particulier, nous sommes heureux de célébrer le record de notre championne en titre…

Quelques applaudissements retentirent.

— Mais les événements survenus cet après-midi nous ont appris qu'elle était bien plus qu'une championne. Elle n'a pas hésité à courir un grave danger pour consulter les esprits et changer ainsi notre destinée à tous. Le feu est désormais à notre portée et nous ne l'en remercierons jamais assez !

Cette fois, ce fut une véritable ovation et tous les regards se tournèrent vers la jeune fille.

— Aussi ma chère, se permit l'oratrice avec un grand sourire, sachez que vous êtes ici chez vous et que s'il vous prenait l'envie de voler à nouveau, tous nos biens vous seraient acquis, avec la bénédiction des esprits ! Nous vous devons bien ça.

Quelques rires fusèrent et Emily, sous le trait d'humour, rougit jusqu'aux oreilles.

— Trêve de plaisanteries, poursuivit-elle. Comme je le disais, cette journée est à marquer d'une pierre blanche et restera inscrite dans l'histoire. Jamais nous n'oublierons ce que notre sorcière a apporté à la communauté.

L'aventurière poussa Némésis du coude et lui chuchota :

— Dis, tu ne crois pas qu'ils pourraient m'appeler par mon prénom ? Parce que même si « sorcière » c'est toujours mieux que « voleuse » ça me gêne un peu…

— T'inquiète, fit la petite avec un clin d'œil complice, je devrais pouvoir arranger ça…

— … mais les actes valent toujours mieux que des mots. Aussi ne vais-je pas m'attarder plus longtemps et vous laisse profiter du spectacle. Nous espérons que la cérémonie du feu que nous avons préparée vous plaira. Bonne soirée à tous, et que la fête commence !

Sous un tonnerre d'applaudissements elle se retira, puis les lumières se tamisèrent. Un petit orchestre joua les premières notes d'une symphonie, tandis que danseurs et danseuses se mettaient en place autour du foyer encore éteint. Des moutons furent apportés sur de petits coussins de velours par une procession d'hommes et de femmes superbement costumés et furent distribués à chaque personne présente dans l'assistance.

Dans une somptueuse chorégraphie, les saltimbanques formèrent un cercle en jonglant habilement avec les moutons, puis ils frottèrent les petites boules de coton sur le dos de leurs mains en faisant jaillir de petites flammes de leurs pouces. Alors tout ne fut plus que lumière et enchantement ! Emily aurait voulu que Callisto, Pierre-de-Lune et Erevan puissent voir ça. Elle eut aussi une pensée pour Jonas. Que penserait-il d'un tel spectacle ? Si elle le revoyait un jour, il faudrait qu'elle lui en parle. Il se trouverait tellement mieux ici qu'à Ardin, sa sinistre ville…

Elle regarda Némésis. La jeune reine paraissait vraiment s'amuser. Elle applaudissait aussi fort qu'elle pouvait, les yeux fiévreux, brillants de joie. N'était-ce pas là la plus belle des récompenses ? Le fait qu'elle ait été privée de son enfance émouvait fortement la voyageuse. La gamine dut sentir son regard car elle se retourna dans l'instant, lui sourit avec tendresse et la prit par la main.

# CHAPITRE X

# Némésis

— Es-tu vraiment sûre de vouloir partir ? fit Némésis en accompagnant Emily hors du village après qu'elle eut fait ses adieux à la petite communauté. Ici tout le monde t'a adoptée et serait heureux que tu restes, moi la première.

La jeune fille soupira à regret.

— Tu sais bien que ça me plairait beaucoup. Mais je t'assure que je ne peux pas…

— Toujours cette maudite croyance au sujet d'Eraser, n'est-ce pas ?

— Ce n'est pas une croyance Némie, je l'ai vu de mes propres yeux !

La petite reine fixa sur elle un regard scrutateur.

— Je vois bien que tu ne mens pas. Mais peut-être que ce que tu as vu était tout autre chose ? Et cette chose ou cette personne ne me fait pas peur. Nous sommes bons guerriers tu sais, nous pourrions te protéger.

— Je te remercie, fit Emily, mais c'est un risque que je ne peux pas prendre et puis ce n'est pas tout… Je ne te l'ai encore jamais dit, mais j'entends sans cesse une voix qui me demande de retrouver mon chemin. Je pensais que c'était une sorte d'hallucination jusqu'à ce que mes amis me disent le contraire. Il semblerait que ce soit crucial et c'est pour ça que je voyage, pour retrouver la source de cette voix et comprendre ce qu'elle cherche à me dire. D'après Pierre-de-Lune je n'appartiendrais pas à ce monde. Je sais, ça paraît dingue ! Mais plus le temps passe, plus j'ai l'impression d'avoir oublié quelque chose… quelque chose d'important pour moi…

Némésis la regarda, pensive, et plongea dans une intense réflexion.

— Peut-être que tu as perdu la mémoire, dit-elle finalement. Je me suis souvent posé la question parce que, par exemple, tu ne m'as jamais parlé de ta famille…

Un éclair fugace traversa la poitrine de l'aventurière. La petite avait touché un point essentiel ! Qui était sa famille ? Elle fit des efforts, mais ne parvint pas à se souvenir. Elle ressentait comme un blocage…

— Et puis autre chose me chiffonne, reprit Némésis. Je ne sais pas si je fais bien de t'en parler ni si cela va pouvoir t'aider, mais j'ai peut-être une idée au sujet de ta quête…

— Laquelle ? Si tu en as une, il faut que tu me la dises !

— Oui, mais ne t'emballe pas, je ne sais pas ce que vaut ma théorie.

— Dis-la-moi quand même Némie, c'est peut-être une question de vie ou de mort !

— Eh bien d'accord, mais ne te réjouis pas trop vite, car ce que je vais t'expliquer ne va peut-être pas te plaire. Lorsque tu as volé cette fameuse gourde, nous étions très en colère. Non pas pour l'objet en lui-même, mais parce que tu l'avais prise dans un coffre que nous considérons comme sacré. En effet, il faut savoir que toutes les choses qui s'y trouvent y sont arrivées par un moyen que nous ignorons. Nous avons toujours cru que c'étaient les esprits eux-mêmes qui les y plaçaient ! C'est un véritable mystère et notre peuple, craignant de les offenser, s'est toujours fait un devoir de le protéger.

— Je comprends mieux votre réaction maintenant, fit Emily. Mais quel est le rapport avec moi ?

— En fait, je ne sais pas comment te le dire, mais depuis le début je sens comme une blessure en toi. Quelque chose de grave dont tu ne sembles même pas avoir conscience. C'est ce dont j'hésitais à te parler, parce que je t'aime et que je ne voyais pas l'utilité de remuer tout ça quand tu avais l'air de te porter plutôt bien. Ce qui m'a mis la puce à l'oreille, c'est l'acharnement avec lequel tu as soutenu que cette gourde était la tienne. Maintenant je pense y voir un peu plus clair, en tout cas ça m'a permis de développer une théorie : et si ce coffre n'appartenait pas aux esprits ? Imagine que les objets qui s'y trouvent soient comme des souvenirs perdus qui se seraient matérialisés ici…

Une sourde angoisse s'empara de la championne. Et si la petite, qui avait maintes fois prouvé sa sagesse, avait raison ?

— Avant d'arriver sur notre île, avais-tu déjà trouvé d'autres objets ? demanda Némésis. Parce que si ça se trouve, c'est exactement là ta quête : rassembler des souvenirs et une fois qu'ils seront tous réunis, les sortir de ce sac que tu emportes partout avec toi pour retrouver la mémoire !

Cette déclaration lui fit l'effet d'une gifle. L'aventurière savait qu'en dehors de la gourde il s'y trouvait un objet qui l'avait fait terriblement souffrir alors qu'elle errait dans la prison géante d'Ardin, et qu'elle n'avait aucune envie de revoir. Il se trouvait rangé dans un compartiment à part.

— Je ne peux pas l'ouvrir… murmura-t-elle. Je ne veux pas !

La jeune souveraine la regarda gravement, puis déclara :

— C'est peut-être encore trop tôt. Tu n'es sans doute pas prête. Mais un jour viendra où tu devras le faire. Ce jour-là, souviens-toi de ceci : nous avons tous des souffrances en nous, mais ne pas vouloir les regarder en face c'est refuser d'avancer. Les épreuves dont nous ressortons vainqueurs nous donnent de la force pour affronter la vie et prendre en main notre destin.

Une fois de plus, Emily fut stupéfaite par son discours. Comment une petite fille aussi jeune pouvait-elle avoir un raisonnement aussi profond et mature ? Toujours est-il que ses propos lui rendirent courage et qu'elle savait désormais ce qui lui restait à faire. Qu'elle rassemble ces objets était le souhait de la voix, elle en avait l'intime conviction.

Elles marchèrent à travers les galeries jusqu'au promontoire où elles avaient contemplé l'orage quelques jours auparavant.

— Voilà, nous y sommes, fit Némésis. Passe par l'échelle et une fois en bas, suis le chemin sur une centaine de mètres. Une barque t'y attend. Au nord, tu trouveras une île plus petite que la nôtre où se trouve une communauté de navigateurs avec lesquels nous commerçons. Dis-leur que tu viens de ma part, ils sauront te ramener sur le continent.

La petite reine frissonna.

—Je ne comprends pas, dit-elle en changeant soudain de sujet. J'ai froid… J'espère que je ne tombe pas malade.

— Non je ne crois pas, répondit Emily en sentant la chair de poule lui hérisser la peau à son tour, je commence à avoir froid moi aussi. C'est dans l'air…

Un vent glacé venait de se lever. La championne tendit l'oreille et scruta les alentours.

— Quel est ce silence ? On n'entend plus un bruit…

Soudain, elle comprit.

— Oh mon Dieu ! fit-elle, prise de panique. Némésis, va-t'en ! Va-t'en immédiatement !

— Mais qu'est-ce que tu dis ?!

— Fais ce que je te dis, je t'en supplie ! Pars ! Cours et ne te retourne pas ! Va-t'en tout de suite !

Mais la gamine refusa de bouger. Le ciel se couvrit alors d'un voile noir, puis une voix railleuse qu'Emily connaissait bien retentit.

— Eh bien, comme on se retrouve… On voulait disparaître dans la nature ? Ce n'est pas bien ça ! Mais ma parole, on a trouvé une petite copine. Je sens qu'on va bien s'amuser…

Un nuage sombre se matérialisa dans les airs et le visage d'Algol apparut.

— Laisse-la tranquille ! cracha Emily avec haine. C'est une affaire entre toi et moi !

Il commença à se déplacer autour de Némésis en flottant dans le vent.

— Comme Eraser va être ravi. Deux pour le prix d'une ! N'est-ce pas tout à fait merveilleux ?

Comprenant le danger, les deux gardes qui les avaient suivies l'attaquèrent sans plus attendre, mais ne parvinrent pas à le toucher.

— Hé ! Mais c'est que ça mordrait ces petits avortons… ironisa Algol en esquivant les coups des deux solides gaillards avec une rapidité fulgurante. Qui aurait imaginé que ces misérables vers de terre oseraient s'en prendre à moi ?

Puis son rictus se tordit en une affreuse grimace.

— Assez rigolé ! Il est temps de passer aux choses sérieuses.

D'une main, il s'empara des gardes l'un après l'autre et les jeta dans le vide.

— Voilà qui est mieux. Quelqu'un voit-il une objection ?

Des larmes coulèrent sur les joues de Némésis.

— Vous les avez tués !

— Eh oui ma petite, que veux-tu, c'est la vie ! Mais rassure-toi, tu n'auras pas à en souffrir trop longtemps puisque c'est ton tour.

— Ça tu vas le regretter ! hurla Emily folle de rage. Je vais te tuer !

Son esprit se mit en branle pour imaginer quelque chose qui le mettrait hors d'état de nuire, mais à cet instant la petite reine fut prise d'affreuses convulsions.

— Voilà que cette idiote nous fait une crise d'épilepsie, se moqua Algol. Dommage, j'aurais bien aimé l'entendre crier en tombant… Et toi, que vas-tu faire sans ton gentil toutou ? Oh, je vois, il est resté près de cette saleté d'ourse ! Tu n'es pas trop triste j'espère ?

Sans l'écouter, la jeune fille se précipita vers Némésis et la prit dans ses bras.

— Némie, Némie ! Tu m'entends ?

Mais les yeux de l'enfant se révulsèrent et ne furent bientôt plus que deux fentes blanches d'où jaillit une puissante lumière.

— Némie ! Que t'arrive-t-il ?

La jeune souveraine ne parut pas l'entendre. Elle cessa de se convulser, se redressa, la repoussa doucement puis, les cheveux comme soulevés par une force invisible, entra en lévitation et avança lentement vers Algol.

— Tu as pris deux vies à mon peuple et pour cela tu vas payer ! tonna-t-elle d'une voix métamorphosée, si forte que la montagne entière en fut secouée.

Un petit glaive apparut à sa ceinture et commença à grandir à vue d'œil jusqu'à atteindre une longueur disproportionnée au regard de sa taille.

Décontenancé, Algol recula d'un pas.

— Tu ne vas pas me faire croire que tu sais manier cette arme ! tança-t-il en cherchant à masquer sa surprise. De toute façon, je te déconseille d'essayer. Eraser sera bientôt là. Tu cours à ta perte !

Mais rien ne pouvait plus arrêter Némésis.

— Justice et vengeance ! cria-t-elle en tirant son épée.

Elle se rua sur lui et le pourfendit de sa lame, la lui enfonçant dans le ventre jusqu'à la garde !

Algol poussa un hurlement de douleur. Sous le tourbillon noir de son corps éthéré une plaie béante apparut, ruisselante d'un sang noir et épais.

Il chercha à battre en retraite, mais Némésis reprit son assaut, frappant sans répit de son arme acérée, avec une dextérité et une précision effarantes.

Algol tomba à genoux sur le sol.

— As-tu quelque chose à dire avant de mourir ? fit l'imposante voix qui sortait de Némésis.

— Je ne suis pas encore mort et je vais aller chercher le maître. Il vous massacrera tous jusqu'au dernier ! haleta-t-il. Tu n'aurais jamais dû…

— Qu'il ose approcher de mon peuple et je n'en ferai qu'une bouchée ! l'avertit-elle. Ton maître n'est qu'un insecte rampant, ajouta-t-elle froidement en le fixant de ses étranges yeux lumineux. Pauvre sot ! Stupide créature mortelle ! N'as-tu toujours pas compris qui je suis ?

Elle leva son épée pour lui porter le coup de grâce, mais au même moment Algol se dématérialisa.

— Cours dire à ton maître que je l'attends de pied ferme ! tonna la déesse en faisant trembler la montagne. Je me ferai un plaisir de débarrasser le monde de cette vermine !

Puis Algol disparut complètement.

— Ça va ? fit Némésis en se tournant vers Emily.

— Oui… enfin, je crois… bégaya la jeune fille, complètement retournée. Mais tes yeux, tes yeux… Ils sont… et tu parles comme…

— Oui, je sais, mais ne t'inquiète pas, ça passera. Ne dis à personne ce que tu as vu ici. Me le promets-tu ?

— Oui, je t'en fais le serment.

— Bien. Je vais te demander de rentrer à présent. On se retrouve chez moi.

— Mais Némie…

— Ne discute pas !

Emily s'empressa d'obéir et s'engouffra à l'intérieur de la cavité. Dehors, une pluie fine s'était mise à tomber et la température était redevenue clémente. Encore sous le choc, elle parcourut quelques mètres puis s'assit, hébétée. Elle regarda sans le voir un mouton qui passait devant elle en martelant l'air de ses petites pattes noires. Quelqu'un avait dû faire du feu…

Au bout d'un moment, Némésis réapparut dans l'entrée. Ses yeux brillaient toujours de deux éclats lumineux, mais la lueur qui les animait durant le combat s'était passablement estompée.

— Je croyais t'avoir demandé de rentrer ! fit-elle sur un ton colérique.

— Désolée Némie, vraiment désolée, s'excusa la jeune fille d'une voix pitoyable. Tout ça est ma faute…

La colère de Némésis retomba.

— Je ne suis pas fâchée contre toi Mily, mais je n'aime pas que tu me voies dans cet état… Laisse-moi le temps de retrouver un aspect humain. Nous en reparlerons après.

— Je ne peux pas retourner au village. Pas comme ça. J'ai deux morts sur la conscience…

— Non, tu ne dois pas te sentir fautive. Nul n'est responsable des actes commis par autrui. Maintenant pars, je ne tiens pas à t'effrayer davantage…

— Mais tu ne m'effraies pas du tout ! fit l'aventurière, surprise. C'est pour cela que tu tiens tant à ce que je m'en aille ?

Elle passa un bras autour du cou de sa jeune amie et la serra contre elle.

— Nous allons attendre ensemble que tout redevienne normal. Déesse ou non, tu restes ma Némie et je ne te vois pas différemment. Ça va aller, conclut-elle.

Elles restèrent ainsi enlacées, sans dire un mot.

Petit à petit, le contour des iris de Némésis se redessina, puis ses pupilles réapparurent. Emily prit le visage de l'enfant entre ses mains et l'examina.

— Alors ? Je suis comment ? demanda la petite reine.

— Tout est en ordre. Je crois que tu peux te montrer sans crainte. Mais je me demande pourquoi tu cherches à garder ce secret. Je comprends que tu puisses craindre d'en effrayer certains, mais je pense que tu devrais quand même le dire à tes soldats pour les y préparer au cas où ça viendrait à se reproduire. S'ils venaient à s'enfuir alors que tu tentes de les protéger, cela pourrait très mal tourner…

— Ne t'inquiète pas pour ça, je sais ce que je fais, fit la jeune reine sans donner plus d'explications. Je sais comment guider mon peuple et pour l'instant ils n'ont pas besoin de savoir ce que je deviens quand je m'énerve.

Le ton était sans appel. La jeune fille était impressionnée.

— Tu sais, quand je t'écoute parler j'ai toujours du mal à croire que tu n'as que neuf ans…

— Et demi ! rectifia Némésis avec une soudaine ingénuité.

Elles repartirent par les galeries et rentrèrent sous le dôme où elles furent accueillies par une cohorte de guerriers sur le qui-vive.

Maléna accourut, cheveux en bataille, mine défaite.

— Où étais-tu passée et pourquoi ne revenais-tu pas ? s'écria-t-elle. Nous avons eu un tremblement de terre ! Des hommes sont partis à ta recherche et… Oh Mily, tu es là toi aussi ?

— Oui, Mily est avec moi, répondit la fillette. Calme-toi Nanou ! Je t'expliquerai plus tard. Mais elle doit toujours partir et cela ne peut se faire comme prévu. Préviens la garde d'ouvrir la porte secrète et apporte-moi la bague de Télès.

La nourrice regarda sa protégée d'un air inquiet.

— Tu ne me dis pas tout. Que s'est-il passé ? Et pourquoi la bague de Télès ? Ça ne marchera pas, Emily n'est pas de ton sang.

— Mily sera de mon sang car j'en ai décidé ainsi ! Maintenant va et ne discute pas.

Maléna disparut au pas de course.

— Qu'est-ce que la bague de Télès ? demanda Emily.

— Un cadeau d'une alliée, Télès la Parfaite, une sirène…

— Et à quoi sert-elle ? s'enquit encore la championne en prenant subitement conscience qu'après tout ce qu'elle avait vu et vécu plus grand-chose ne l'étonnait.

— Ça tu le sauras bientôt. Ne perdons pas de temps et mettons-nous en route.

Elles se rendirent au lagon et embarquèrent à bord d'un petit bateau qui passa entre deux cascades avant de longer une large rivière souterraine. Elles furent bientôt rejointes par une deuxième embarcation où se tenaient Maléna et deux hommes de la garde.

Peu après, elles purent débarquer et descendirent le long d'un chemin pentu, creusé à même la roche. Elles rejoignirent ensuite une petite salle dont l'énorme bloc de pierre, qui en scellait l'entrée, fut roulé sur le côté.

— Où sommes-nous donc et qu'est-ce que ceci ? demanda l'aventurière en désignant une cavité naturelle remplie d'eau de mer où l'on devinait l'entrée d'un tunnel. Est-ce un passage secret ?

— Oui, fit Némésis. Et c'est par là que tu partiras.

— Le passage est-il long ? Je ne tiens pas très longtemps en apnée.

— Tu ne seras pas en apnée, j'ai tout prévu. Nanou, as-tu ramené la bague ?

La nourrice la lui donna et souhaita bonne chance à Emily pour son voyage en lui expliquant qu'elle et Némésis devraient être seules pour ce qu'elles allaient faire. Quand elle fut partie, la petite fille ouvrit l'écrin et en tira un anneau gris.

— Voici la bague de Télès, fit-elle en réponse au regard interrogateur de son amie. C'est un bijou d'une valeur inestimable. Elle permet de se transmettre de génération en génération le pouvoir de respirer sous l'eau. Quand un enfant vient au monde, nous venons ici et le laissons seul avec ses parents qui lui offrent ce don. Cela ne marche généralement qu'entre personnes de la même famille, mais j'ai bon espoir que ça fonctionne aussi avec toi. Après tout, je t'ai adoptée !

Elle tira une épingle de sa tignasse et l'enfonça dans une petite encoche presque invisible à l'intérieur de l'anneau, déclenchant un petit mécanisme qui fit apparaître une minuscule ouverture sur son contour.

— Choisis l'un de mes cheveux et arrache-le.

Emily s'exécuta, de plus en plus intriguée. Elle prit entre les doigts une petite mèche qu'elle sépara, puis tira d'un coup sec.

— Ça va comme ça ?

— Tu aurais pu en choisir un plus beau, mais il fera l'affaire. À présent, glisse-le dans l'anneau et rends-le-moi.

Après avoir pris soin de le refermer à l'aide de son épingle, elle se piqua le bout du doigt et étala un peu de sang sur son pourtour, puis le passa autour de l'annulaire de son amie et l'observa.

— Attendons de voir si la magie opère…

Elles patientèrent un peu, quand, tout à coup, l'anneau se fondit dans le doigt d'Emily qui eut un mouvement de recul. Constatant qu'elle ne ressentait aucune douleur, elle se détendit. À présent, il revêtait un aspect d'or en fusion sous le regard satisfait de la jeune souveraine. Enfin, il rougeoya une dernière fois avant de disparaître complètement sous sa peau.

Némésis poussa un cri de victoire ! Elle prit ensuite la main d'Emily et y traça un symbole complexe en murmurant des paroles rituelles. La bague réapparut alors.

— Ça a marché ! dit-elle, ravie. Tu vas pouvoir partir en toute sérénité. Ces infects personnages ne te retrouveront pas de sitôt ! Nous avons tracé des routes au fond de l'océan, il te suffira de les suivre pour arriver près du continent. Prends celle qui part vers l'ouest, en direction de Nyminthe, quand tu seras là-bas tu trouveras facilement un bateau. Sur cette route se trouve un courant qui pourra te faire gagner beaucoup de temps, mais avant d'y parvenir il te faudra nager quelque temps. Alors fais attention, ne t'éloigne pas de la route, sinon tu pourrais te faire emporter ailleurs.

Elle lui fit encore d'autres recommandations qui pourraient s'avérer utiles puis ce fut l'heure de se dire au revoir. La voyageuse vida l'air de son sac pour ne pas risquer d'être ramenée à la surface et vérifia une dernière fois le joint d'étanchéité.

— Au fait, comment dois-je m'y prendre pour respirer sous l'eau ? demanda-t-elle. Faut-il que j'ouvre la bouche ou plutôt que j'aspire par le nez ?

Némésis eut un petit sursaut horrifié.

— Ni l'un ni l'autre ! Je me suis mal exprimée en parlant de respirer sous l'eau. Si tu fais ça, tu risques de te noyer ! Non, garde la bouche bien fermée. Une fois dans l'eau, tu auras de petites branchies qui prendront le relais. Ça va aller ?

— Ma foi, on verra bien…

L'aventurière avait appris à voler quelques jours auparavant, respirer sous l'eau ne devrait pas être trop difficile.

# CHAPITRE XI

# SUR LA ROUTE D'ABYSSA

Emily plongea dans le bassin et s'engagea dans le tunnel. Elle nagea sur quelques dizaines de mètres en s'orientant grâce à la lumière du jour qui pointait à l'autre bout et se hâta de la rejoindre. Si le fait de respirer à l'aide de branchies ne lui paraissait pas aussi étrange qu'elle aurait pu l'imaginer, elle n'appréciait en revanche pas du tout le confinement de ce passage qui la rendait claustrophobe.

Après encore quelques mouvements de brasse, elle franchit la sortie et estima qu'elle devait se trouver à environ quinze mètres sous la surface de la mer, peu profonde à cet endroit. Elle s'aperçut qu'elle y voyait clair, comme si elle portait des lunettes de plongée. Vus sous cet angle, les rayons de soleil crevant l'eau étaient remarquablement beaux.

Une large route bordée de coraux s'étendait devant elle, traversée par de nombreuses espèces de poissons, écrevisses et autres crabes aux pinces tranchantes. Elle la suivit sur une bonne distance, en cherchant le panneau qui lui indiquerait la direction de Nyminthe.

Un peu plus loin, la route se divisa en trois embranchements qui partaient vers des horizons opposés. Complètement désorientée, elle ne sut laquelle emprunter. Quelle était celle qui menait vers l'ouest ? Elle dut se rendre à l'évidence, elle n'en avait pas la moindre idée. Pour couronner le tout, rien n'indiquait non plus la direction à prendre. Elle décida donc d'opter pour celle qui lui paraissait la plus récente et donc sans doute la plus fréquentée.

Elle nagea vigoureusement, s'émerveillant de la richesse des fonds marins, admirant les bancs de poissons qui se dispersaient sur son passage pour se reformer juste derrière. La route n'en finissait pas, mais elle se sentait totalement détendue pour la première fois depuis longtemps, sachant qu'Eraser n'aurait aucun moyen de la localiser pendant quelque temps du fait qu'elle était sous l'eau.

Quand les rayons du soleil eurent disparu, elle trouva refuge entre des roches sous-marines et s'y abrita pour la nuit. Elle en fit de même la nuit suivante, après avoir à nouveau suivi la route toute une journée, en espérant qu'elle arriverait bientôt dans le courant qui l'emporterait droit vers Nyminthe. Par chance, elle ne ressentait ni le froid, ni la faim, ni la soif. Sans doute était-ce lié au pouvoir que lui avait transmis Némésis.

Au cours du troisième jour, elle atteignit enfin un carrefour important. Mais Nyminthe ne figurait nulle part. Elle relut encore les panneaux. L'un indiquait « Chemin des Géants, 48 km, direction Arthador (200 km) et Syracuss (120 km) », l'autre « Chemin des Courants, 100 km, direction Abyssa (120 km) et Alessia (210 km) ». Sur le troisième, un peu en retrait, était inscrit « Chemin de l'Empire, direction Atlantide (800 km) ».

L'Atlantide, une cité légendaire ! Mais où en avait-elle déjà entendu parler ? Un hippocampe lui passa sous le nez, interrompant le cours de sa pensée. Il était plus que probable qu'elle soit partie de l'île dans la mauvaise direction, mais il lui restait toutefois un espoir. La route menant à Abyssa portait le nom de chemin des courants et, comme c'était justement un courant qui devait la conduire jusqu'à Nyminthe, c'était donc l'itinéraire le plus logique à emprunter. Avec un peu de chance, cette île était peut-être une destination secondaire, ce qui pourrait alors expliquer qu'elle ne soit pas déjà indiquée. Et dans le pire des cas, elle rejoindrait Abyssa qui était l'une des destinations les plus proches.

Elle s'engagea sur la route et se remit à nager. À présent, l'eau était beaucoup plus profonde et la lumière ne parvenait plus que de manière ténue. Après avoir parcouru quelques kilomètres, elle trouva, en bordure de la route, une petite bourse qu'elle glissa dans sa poche en décidant d'y jeter un œil plus tard. Elle s'apprêta à repartir, mais remarqua alors un coffret posé plus loin, le long du chemin.

Une étoile de mer avait élu domicile sur le petit coffre. Elle alla le prendre, délogea l'animal en décollant délicatement ses branches, puis l'ouvrit. L'intérieur était rempli de sable et de coquillages. Elle le reposa, tandis qu'un bernard-l'ermite s'empressait de s'y engouffrer, sans doute à la recherche d'une coquille neuve.

Reprenant sa route, elle croisa de petits courants qui devinrent de plus en plus nombreux au fil de sa progression, la forçant à redoubler d'efforts. La route portait bien son nom! Parcourir une centaine de kilomètres dans ces conditions ne serait pas de tout repos. Elle continua à avancer tant bien que mal, mais soudain, un puissant courant la prit par surprise, l'emportant comme un fétu de paille! Elle tenta de s'en dégager et se débattit, en vain.

La puissance des eaux en mouvement la retenait prisonnière comme dans un long siphon où tout allait beaucoup trop vite. En quelques secondes, la route fut loin derrière et elle dut renoncer à se battre.

Cependant, le pire était à venir! Le courant l'emportait tout droit vers la gueule grande ouverte du monstre le plus terrifiant qu'elle ait jamais vu. Cette chose innommable – que l'on aurait pu décrire comme un mélange de toutes les créatures abyssales réunies – était pourvue de dents démesurées, fines et pointues comme des aiguilles. Ses yeux, d'un blanc laiteux, ressortaient de leurs orbites et devaient bien faire un mètre de circonférence chacun! Elle était absolument gigantesque et ne paraissait pas soumise aux tumultes du courant.

Au moment où la gueule béante allait se refermer sur elle, quelque chose s'enroula autour de son bras et la retira du piège. Emily lutta de toutes ses forces pour ne pas hurler et réussir à maintenir sa bouche fermée!

À présent, une pieuvre géante la tenait dans ses tentacules! Le monstre abyssal s'empressa aussitôt de l'attaquer avec fureur pour récupérer son repas. Il manqua d'arracher une jambe à Emily en se battant contre la pieuvre.

L'aventurière devait réagir, et vite! De sa main libre, elle parvint à extirper son long poignard et essaya de trancher le tentacule qui l'entravait, mais réussit à peine à l'entamer. La seconde d'après, le monstre marin revint à la charge en fondant directement sur elle! La championne leva son arme et, quand il fut tout près, la lui planta dans l'œil. Un filet de mucus écœurant s'en échappa et partit se diluer le long du courant. La créature recula, blessée, puis se ravisa et recommença à attaquer.

C'est alors que, sous le regard abasourdi d'Emily, une raie passa au-dessus de lui et lui envoya une puissante décharge électrique! Tandis que le monstre se tordait de douleur, un grand requin blanc fonça droit sur lui et lui déchira le flanc. En moins de temps qu'il n'en faut pour le dire, il était mort.

Toujours maintenue prisonnière, la voyageuse fut tirée hors du courant par la pieuvre. Le grand requin entreprit de leur tourner autour et la raie se rapprocha. Mais ils n'avaient plus l'air agressifs pour l'instant et se contentèrent de suivre la pieuvre qui nageait rapidement en se faufilant avec habileté entre les récifs coralliens. La jeune fille n'était pas tirée d'affaire pour autant et, quand elle vit au loin le chemin des courants se profiler, elle ressentit une pointe de désespoir.

Le requin les devança ensuite, talonné de près par la raie, et ce fut la pieuvre qui se mit à les suivre. Emily fut surprise de constater qu'ils rejoignaient le chemin des courants. Dès lors, ils ne quittèrent plus la route. Ceci ne fut pas sans lui rappeler l'aide inattendue qu'elle avait déjà reçue par deux fois au travers d'animaux… Elle espéra qu'il en était à nouveau ainsi et que ces trois créatures ne lui feraient aucun mal.

Après avoir avalé plusieurs dizaines de kilo-mètres, les contours d'une cité engloutie aux fenêtres illuminées se dessinèrent, laissant à penser qu'elle était habitée. L'aventurière se demanda quels êtres pou-vaient bien vivre en un tel lieu. Peut-être s'agissait-il de sirènes, puisque Némésis en connaissait une.

Ils arrivèrent au niveau des premières habitations où une pancarte annonçait « Bienvenue à Abyssa » et entrèrent dans l'agglomération. Elle tenta de percer du regard les vitres arrondies des immeubles, mais n'y aperçut que des ombres. Après avoir déambulé entre des édifices d'une hauteur vertigineuse, le requin descendit vers les profondeurs en direction d'une grande place tapissée d'algues. En approchant, Emily vit avec stupeur à quoi ressemblaient les habitants de cette ville.

D'humain, ils n'avaient que les jambes et les bras. Leurs torses étaient tout en écailles, et leurs têtes s'apparentaient à celles de poissons à la bouche tombante qui leur conférait un air parfaitement stupide. De grandes nageoires dorsales remontaient jusqu'au sommet du crâne et de larges branchies se situaient à la place des oreilles.

L'apparition de la pieuvre, du requin et de la raie ne parut rien susciter en eux si ce n'est la plus totale indifférence. Seule une femelle – munie d'une poussette remplie d'œufs fraîchement éclos – leur jeta un coup d'œil offusqué quand l'un des tentacules de la pieuvre la bouscula, et s'éloigna en pressant le pas. Ils traversèrent un petit marché où un commerçant, dont la nageoire dorsale colorée était remplie de piercings, tenta de les alpaguer.

L'ignorant, ils quittèrent rapidement la place, remontèrent une longue avenue, parcoururent une ou deux rues, puis s'arrêtèrent dans une banlieue. Le grand requin s'éloigna et disparut un bon moment avant de revenir en tenant dans sa gueule une longue lame effilée qu'il déposa aux pieds d'Emily. Elle s'aperçut alors qu'elle avait perdu la sienne lors du combat contre la créature abyssale ! Cela confirma son intuition : ces animaux ne lui voulaient aucun mal. La pieuvre, la sentant enfin se détendre, lâcha son bras douloureux qu'elle s'empressa de masser avant de récupérer l'arme pour l'accrocher à sa ceinture. Puis la raie lui présenta son dos où elle grimpa en s'agrippant à ses ailes.

Ils ressortirent de la ville par un quartier désaffecté et s'enfoncèrent dans une zone obscure. Le requin, qui avait repris la tête de l'expédition, ne tarda pas à partir en reconnaissance en décrivant de larges cercles autour d'eux. Ses compagnons fendaient les eaux avec méfiance, lui donnant l'impression d'être sur le qui-vive. Ils nageaient rapidement, comme pressés de quitter la zone, en évitant les amas d'algues marines qui bouchaient la vue. À leur attitude, Emily comprit que le coin était dangereux.

Soudain, le squale partit en avant en filant comme une flèche ! La pieuvre se plaça au-dessus de l'aventurière et cracha un nuage d'encre noire qui vint l'envelopper d'un voile protecteur. Alors, elle ne vit plus rien.

Les minutes s'égrenèrent en une attente angoissée, dans le noir le plus total. Que se passait-il ? Une chose grave était en train de se produire, elle en était sûre ! Quand le nuage se dissipa, le requin n'était toujours pas revenu.

La raie et la pieuvre se remirent à nager de façon précipitée et, comme guidées par l'instinct, prirent hâtivement la direction d'une plaine couverte de récifs. Elles arrivèrent près d'un grand lac sous-marin, puis longèrent une longue faille aux crêtes montagneuses dont la profondeur était telle qu'on ne pouvait en voir le fond. Au détour d'un sentier creusé par l'érosion, elles découvrirent une large fissure menant à une plateforme sur laquelle reposait un corps aux contours indistincts.

Sans la moindre hésitation, les animaux, qui semblaient percevoir quelque chose, filèrent dans sa direction et parvinrent vers le cadavre encore frais d'un serpent de mer, d'une taille colossale, qui portait la trace de nombreuses morsures.

Emily descendit du dos de la raie et alla l'examiner. De toute évidence, les entailles avaient été faites par un grand squale, mais, pour le moment, il lui était impossible d'en savoir plus. La tête du monstre marin enroulé sur lui-même reposait sous sa queue, ne laissant apparaître qu'un œil vitreux, voilé par la mort.

La pieuvre se rapprocha et entreprit de la dégager en enroulant ses puissants tentacules autour de la queue qui retomba lourdement sur le côté. Emily eut un sursaut d'horreur ! Comment la nature pouvait-elle permettre une telle abomination ? La chose qu'elle pouvait voir à présent n'avait rien en commun avec un serpent ! Sa bouche, ronde, était dotée de six paires de mâchoires superposées contenant chacune des dizaines de crochets d'au moins cinquante centimètres de long. Trois langues noirâtres fendues par

le milieu ressortaient de sa gueule, oscillant molle-
ment sous l'effet du courant en un abject simulacre
de vie. À l'image d'une grosse araignée, elle possédait
quatre paires d'yeux à demi recouverts d'une fine
membrane gélatineuse.

Elle se sentit poussée dans le dos vers le cadavre
et remarqua alors une queue qui dépassait au fond
du gosier béant. Comprenant que les animaux
voulaient qu'elle aille voir de plus près, elle surmonta
sa répulsion et se faufila entre les crochets jusqu'à
atteindre la dépouille. Hélas, ce fut bien ce qu'elle
craignait. Il s'agissait du requin qui gisait, inanimé,
empalé sur une dent monstrueuse.

Il n'y avait pas une minute à perdre ! S'il y avait
la moindre chance qu'il puisse être encore en vie, il
fallait le sortir de là. Elle s'extirpa de la gueule, fit
signe à la pieuvre d'approcher, se saisit de l'un de ses
tentacules et retourna à l'intérieur où elle l'enroula
autour de la queue du squale. Puis, elle se glissa
sous le corps et s'arc-bouta pour le soulever afin de
le dégager du crochet. La raie, qui surveillait depuis
l'extérieur, envoya une petite décharge électrique sur
le membre de la pieuvre en guise de signal et elle se
mit à tirer.

Une fois dehors, Emily se précipita vers le
requin et palpa ses plaies. Il était en piteux état et ses
chances de survie étaient faibles.

Elle regretta un instant l'absence de Pierre-
de-Lune, mais se remémora la leçon qu'elle avait

reçue dans le village de Némésis. Parfois, il valait mieux ne compter que sur soi-même !

L'aventurière réfléchit à toute allure, puis décida de tenter l'impossible. Posant les mains sur la blessure la plus grave, là où le crochet avait transpercé le squale, elle se concentra et imagina une lumière circulant à l'intérieur de son corps. Elle y mêla une sensation de flux énergétique qu'elle laissa grandir en elle jusqu'à ce qu'elle le sentît pour de bon. Alors, elle le compacta et le fit passer le long de ses bras pour rejoindre ses paumes ouvertes qui se mirent à bouillonner d'une chaleur bienfaisante.

Elle visualisa la blessure, l'imagina en train de cicatriser sous la force de cette lumière, et attendit que le flux d'énergie se retire pour ouvrir à nouveau les yeux.

Toute trace de déchirure avait disparu ! Il ne restait pas même une cicatrice. Mieux encore, le requin s'était remis à remuer. L'un des tentacules de la pieuvre vint lui prodiguer une caresse sur la tête.

La jeune fille s'occupa des autres blessures, puis veilla sur le requin jusqu'à ce qu'il soit complètement guéri.

# CHAPITRE XII

# Bienvenue à sol'hôtel

Après être passés par des failles dérobées où régnait la plus complète obscurité, ils débouchèrent sur un vaste espace dégagé au cœur duquel ils nagèrent sur quelques dizaines de kilomètres avant de rejoindre une autre zone rocailleuse. À celle-ci se succédèrent plaines et crêtes sous-marines qu'ils traversèrent sans rencontrer d'autres difficultés.

Enfin, peu à peu, les eaux se firent moins profondes. Rochers et coraux laissèrent place à un fond sablonneux que quelques rayons lumineux venaient caresser en de multiples endroits, révélant toute la richesse d'une faune active et variée. Ils approchaient d'une côte !

Revoir la lumière du jour procura à la voyageuse, lasse de ce séjour prolongé sous la mer, une intense sensation de délivrance. La pieuvre, qui avait amassé toute une poignée de coquillages le long du chemin, les déposa au creux de la main d'Emily qu'elle glissa dans sa poche avec un signe de remerciement. Elle garderait ce petit cadeau inattendu en souvenir de ses compagnons d'infortune.

La température de l'eau se réchauffa et quelque temps plus tard ils atteignirent une plage dont le soleil, frappant durement le sable à travers les eaux cristallines, faisait danser les reflets en des milliers de petites vaguelettes miroitantes.

L'aventurière fit ses adieux aux animaux et émergea, savourant l'air marin pour la première fois depuis longtemps. La peau toute fripée, elle se hâta de se déshabiller pour se sécher, puis sortit de sa poche la petite bourse qu'elle avait trouvée sur le chemin des courants. N'y trouvant que du sable mouillé, elle le vida et y rangea les coquillages que la pieuvre lui avait donnés.

L'instant d'après, une faim et une soif dévorantes s'emparèrent de la jeune fille qui s'empressa de satisfaire son appétit en se saisissant de sa gourde et de quelques vivres qui étaient restés bien au sec grâce à l'étanchéité du sac. Puis, se tâtant le cou à la recherche des branchies, elle constata que celles-ci avaient disparu.

Ses pensées se tournèrent tout de suite vers Erevan. Que faisait-il à cet instant ? Ses recherches avaient-elles avancé ? Il devait sans doute être inquiet de n'avoir reçu aucune nouvelle de sa part. Peut-être lui avait-il écrit ? Elle ouvrit le compartiment à lettres, mais le trouva vide. Le manque se fit alors cruellement ressentir ! Toutefois, Emily ne s'en alarma pas. S'il ne lui avait pas écrit, c'était certainement qu'il devait tenir quelque chose pour aider Callisto, ce qui était en soi une bonne nouvelle. De plus, s'il avait dû partir à la recherche d'ingrédients en l'absence de Pierre-de-Lune, ce dernier lui avait sûrement laissé des instructions avant de disparaître pour qu'il puisse retrouver le château avant son retour.

Elle écrivit une longue lettre au jeune homme avant de refermer son sac, se rhabilla avec des vêtements secs, mit la petite bourse dans sa poche, fixa le poignard à sa ceinture et partit le long de la plage désertique dont la seule trace visible était celle de ses propres pas. S'étendant à perte de vue sous forme de hautes dunes dépourvues de toute végétation, le paysage sablonneux ne laissait rien voir de l'intérieur des terres. Aussi décida-t-elle de longer la côte.

Après une bonne heure de marche, elle trouva d'autres empreintes de pas qu'elle fut heureuse de suivre, se sentant soudain un peu moins seule. Elle allait certainement tomber sur des gens un peu plus loin ! Elle s'arrêta pour s'hydrater, ressortit de son sac son tee-shirt mouillé pour le nouer sur sa tête avant de se remettre en route. Une heure plus tard, elle trouva d'autres traces de pas lui indiquant qu'elle était en bonne voie. La jeune fille continua de cheminer un bon moment sous le soleil de plomb, croisa d'autres empreintes, puis traversa une énième butte de sable brûlant avec une drôle d'impression de déjà-vu.

Elle avança encore sur quelques centaines de mètres, puis tomba sur sa bourse qu'elle devait avoir perdue en chemin sans s'en être rendu compte.

Comprenant à cet instant qu'elle n'avait fait que suivre ses propres traces depuis le début, elle en conclut qu'elle se trouvait sur une petite île. Si elle espérait pouvoir rencontrer quelqu'un, il lui faudrait se rendre à l'intérieur des terres.

Tout en pestant d'avoir perdu autant de temps pour rien, la voyageuse se concentra, puis s'éleva dans les airs afin de survoler le paysage désertique pour ne pas risquer de s'égarer dans les dunes.

Au bout d'un certain temps, elle aperçut au loin un scintillement qui l'éblouit un bref instant et décida de continuer dans cette direction.

Parvenue aux abords d'une immense plaine de sable, elle découvrit un grand édifice de verre renvoyant des éclats lumineux dans toutes les directions. Il y avait bel et bien de la vie sur cet îlot ! Voilà qui la rassurait.

C'est alors que, sous le ciel sans nuage, un étrange amas de poussière noire attira son attention. Elle le regarda tourbillonner avec curiosité dans les airs, puis il se dissipa.

Haussant les épaules, elle continua à voler vers le bâtiment puis atterrit doucement, préférant parcourir les derniers mètres à pied.

Quand elle fut arrivée, la voyageuse poussa la porte d'entrée qui révéla un hall démesuré à l'aspect luxueux. Elle se rendit près d'un comptoir de marbre noir, carré et moderne, sur lequel était gravé en lettres d'or « Sol'hôtel, réception ».

— Bienvenue Mademoiselle Emily ! fit une voix juste derrière elle.

Elle se retourna vivement et se retrouva nez à nez avec un maître d'hôtel maniéré dont les cheveux avaient été tirés de façon à dissimuler un début de calvitie.

— Oh, je vous prie de bien vouloir me pardonner, reprit ce dernier. Je n'ai pas voulu vous effrayer. Je me présente : Gontrand Bienveillant, maître d'hôtel de Sol'hôtel, pour vous servir.

Il s'inclina légèrement.

— Comment connaissez-vous mon nom ? demanda-t-elle avec méfiance.

— Je l'ai dit au hasard, répondit-il sans se laisser troubler. Je le fais régulièrement et je tombe souvent juste, cela amuse beaucoup nos clients. Avez-vous quelques effets personnels dont je puisse vous décharger ?

L'explication ne convainquit pas Emily, mais elle fit mine de l'accepter. Préférant garder son sac sur elle, elle déclina la proposition.

Gontrand Bienveillant, tout en continuant de lui donner du « Mademoiselle », disparut par une porte de service, puis revint peu après, vêtu d'un autre costume.

— Bonjour Mademoiselle, fit-il comme s'il ne l'avait pas déjà rencontrée. Soyez la bienvenue à Sol'hôtel ! Tout sera mis en œuvre pour faire de votre séjour un véritable petit paradis. Mais d'abord, si vous le voulez bien, Mademoiselle, il y a quelques formalités à effectuer. Cela ne prendra qu'un instant.

Il lui tendit un formulaire en la priant de bien vouloir le remplir et elle put lire sur son nouveau badge : « Gontrand Bienveillant, Réceptionniste ».

— Sol'hôtel est un excellent choix, Mademoiselle a du goût et ne le regrettera pas, continua-t-il de pérorer.

Emily prit la feuille de papier bristol entre les mains et entreprit de répondre aux questions marquées d'une croix.

*— Aimez-vous les chats ?*
*(Veuillez cocher la case qui convient)*
*oui* ❒ *non* ❒

Elle ne voyait pas le rapport avec son séjour à l'hôtel, mais répondit quand même.

*— À laquelle de ces courses avez vous déjà participé ?*
*(Veuillez cocher la case qui convient.)*
❒ *La Tyrolienne*
❒ *L'Australienne*
❒ *La Guigne du Danseur*
❒ *Autre (précisez)*

La jeune fille, qui n'avait jamais participé à aucune course, cocha la dernière case.

*— Combien font deux multipliés par deux, fois trois et divisé par deux ? (Veuillez entourer la réponse qui convient)*
*a) 57  b) 3  c) 8,5*

Mais quel était donc ce stupide formulaire?! Elle biffa rageusement les trois réponses proposées et inscrivit 6.

> — *Combien de fois êtes-vous déjà allé/e sur internet?*
> *(Les réponses en dessous de 15'000 ne sont pas admises.)*

Cette question l'interpella. Internet! Elle en avait complètement oublié l'existence. Une bribe de souvenir lui revint, mais sa pensée fut interrompue par Gontrand Bienveillant qui lui retira le papier des mains.

— Il ne sera pas nécessaire de répondre à la dernière question, dit-il. Elle embarrasse parfois certains de nos clients, raison pour laquelle nous envisageons d'ailleurs de la retirer du formulaire. Nous ne tenons en aucun cas à indisposer notre illustre clientèle.

Il s'inclina poliment et resta dans cette position, l'air d'attendre une réponse.

— Euh… Eh bien merci alors, fit Emily, un peu déconcertée.

— À votre service, répondit-il obséquieusement en daignant enfin se redresser. Si Mademoiselle veut bien patienter, notre maître d'hôtel va venir la chercher.

Il repartit par la porte de service avant de revenir, vêtu d'une queue-de-pie. Sur sa plaquette on pouvait lire à nouveau: « Gontrand Bienveillant, Maître d'Hôtel ».

— Si Mademoiselle veut bien me suivre…

Ils passèrent devant une salle ouverte où de nombreuses tables basses blanches laquées, accompagnées de poufs aux pieds d'aluminium, étaient disposées sur un sol couleur ardoise dont la propreté ne laissait rien à redire. Quelques clients à l'allure discrète y étaient attablés. Certains étaient absorbés par leur lecture tandis que d'autres, visiblement très concentrés, disputaient silencieusement des parties d'échecs. La longue allée sur sa droite devait probablement mener vers une aile secondaire.

Il la guida jusqu'à une suite où un grand lit frais aux draps tirés l'attendait.

— Nous espérons que la chambre vous conviendra, dit-il. Si Mademoiselle a besoin de nos services, une clochette est à disposition sur la table de nuit. Si Mademoiselle désire prendre son petit déjeuner au lit, nous nous ferons un plaisir de le lui apporter. À Sol'hôtel, nous tenons particulièrement au bien-être de nos clients. Monsieur le Directeur tient d'ailleurs à vous souhaiter personnellement la bienvenue. Il passera tout à l'heure, si Mademoiselle veut bien le permettre…

La voyageuse lui donna son assentiment et le maître d'hôtel se retira, l'air satisfait de sa prestation. Elle fit le tour du lit afin d'aller déposer son sac dans l'armoire avant de se raviser. Tout compte fait, il valait mieux le garder auprès d'elle. Après tout, elle ne savait pas où elle avait mis les pieds ! Et puis, une autre question la taraudait. Comment Gontrand

Bienveillant avait-il pu connaître son nom alors qu'elle ne s'était pas présentée ? Elle ne croyait toujours pas à la réponse qu'il lui avait fournie. Qui avait pu savoir qu'elle viendrait ici et qui l'avait prévenu de son arrivée ? Il y avait trop de lacunes en réponse à ces questions et le bonhomme lui faisait mauvaise impression. Elle se promit de rester sur ses gardes.

Elle se leva du lit, fit coulisser une grande porte de verre dépoli, et entra dans un magnifique salon vitré avec vue sur les dunes. À sa gauche se trouvait une salle de bains sophistiquée, agrémentée d'un grand jacuzzi et d'une douche à jets multiples.

De toute évidence, ce n'était pas une simple chambre et elle réalisa que Gontrand Bienveillant n'avait pas abordé une seule fois l'aspect financier de son séjour. Cela ne fit qu'accroître son malaise. Elle se promit de se renseigner sur les horaires d'éventuels bateaux afin de repartir au plus vite. En faisant le tour de l'île, elle n'avait vu aucun lieu propice à accueillir un navire. Mais il était à peu près certain que de petites embarcations devaient croiser par là régulièrement. Sinon, comment les autres clients auraient-ils fait pour se rendre à l'hôtel ?

Mais au fait, était-elle près de Nyminthe ? Avec un peu de chance, elle pourrait rapidement regagner le continent.

Un instant plus tard, quelqu'un frappa à la porte. Ce devait sans doute être le directeur dont elle attendait la visite. Elle ouvrit la porte et se trouva encore une fois face au maître d'hôtel. Il avait troqué sa queue-de-pie pour un costume trois-pièces et portait un badge qui mentionnait à présent : « Gontrand Bienveillant, Directeur ».

— Bonjour Mademoiselle, fit ce dernier d'un ton avenant, en lui tendant une main fraîchement manucurée. Enchanté de faire votre connaissance ! Je suis Gontrand Bienveillant, directeur de cet établissement. J'espère que je ne vous dérange pas…

S'il s'agissait d'une farce, l'aventurière commençait à la trouver de très mauvais goût ! Elle refusa la main qu'il lui tendait, mais il parut à peine le remarquer.

— J'espère que tout est à votre convenance, poursuivit-il comme si de rien n'était. Avez-vous fait bon voyage ?

Le comportement de cet homme relevait-il de la maladie mentale ? Même si c'était le cas, cela n'empêcha pas la jeune fille de souhaiter fortement qu'il cesse son manège. Elle réprima toutefois son envie de le prendre par le col, redoutant qu'il ne devienne dangereux si elle commençait à le bousculer.

— Tout est parfait monsieur le directeur, répondit-elle en adoptant une attitude neutre. Je vous remercie.

— Voilà qui est fort bien ! Comme vous pouvez le constater, nous disposons d'un environnement magnifique. Mais je ne saurais vous conseiller de sortir en plein jour.

— Ah bon ? Et pourquoi ça ? s'étonna-t-elle.

— Ah Mademoiselle ! Je vois que vous n'êtes pas au courant. Sol'hôtel est un établissement certes merveilleux, mais malheureusement, voyez-vous, notre position géographique n'est pas des plus favorables. Six mois par an, de nombreuses tornades viennent balayer l'île pendant la journée et cela peut s'avérer dangereux. Nous sommes d'ailleurs très surpris que vous soyez parvenue jusqu'ici en plein après-midi.

— Je n'ai pourtant rien vu de tel…

— Vous avez sans doute eu de la chance, répondit-il, évasif.

La voyageuse refoula un sentiment d'angoisse qui tentait de s'emparer d'elle.

— Alors on ne peut vraiment pas sortir pendant la journée ? Vous en êtes sûr ?

Gontrand Bienveillant esquissa un sourire forcé avant de répondre :

— Bien sûr que si, Mademoiselle peut sortir si elle le désire. Mais ce sera alors à ses risques et périls ! Sachez toutefois que Sol'hôtel décline toute responsabilité s'il arrivait quelque malheur à un client qui se serait comporté de manière imprudente.

Décelant la menace à peine voilée, elle changea de sujet.

— Eh bien je tâcherai de m'en souvenir. Quelles activités sont proposées à l'hôtel ?

— Je suis enchanté que Mademoiselle pose la question, répondit le bonhomme. Notre clientèle vient ici essentiellement pour se détendre et nous disposons d'une jolie palette de distractions. Comme vous pouvez le constater, chaque chambre possède une vue imprenable. Notre piscine intérieure avec plongeoirs, remous, et toboggans est absolument formidable. Nous avons également des saunas et solariums, une grande salle de sport, un cinéma, un coin lecture, un espace rencontre, un salon de jeux, un restaurant gastronomique, ainsi qu'une grande salle de spectacle. Mais ce n'est pas tout ! Nos salons de massage sauront vous accueillir pour votre plus grand plaisir. En outre, nous organisons de nombreux concours avec de magnifiques prix à la clé ! Ah, et j'oubliais, poursuivit-il sans reprendre son souffle, nous tenons également à disposition de notre clientèle une salle de musique ainsi qu'un atelier d'activités créatrices où il vous sera possible de vous essayer à la peinture, la sculpture, ou toute autre chose susceptible de vous intéresser. Tout cela est inclus dans le prix de votre séjour. Vous pourrez donc en profiter sans restriction ! Et si vous manquez de quoi que ce soit, n'hésitez pas à faire un petit tour dans notre boutique de prêt-à-porter ou à vous adresser à notre maître d'hôtel.

Assommée par cette tirade logorrhéique, la jeune fille coupa court.

— À ce propos, l'interrompit-elle. Quels sont les tarifs de l'hôtel ?

Un éclair de surprise passa sur le visage du directeur.

— Allons, allons, ne parlons pas coquillas et coquillettes maintenant. Notre réceptionniste se fera un plaisir de vous répondre.

— Entendu, céda-t-elle. J'en profiterai également pour lui demander les horaires des bateaux s'il y en a…

Gontrand Bienveillant dissimula une forte contrariété.

— Voyons, Mademoiselle vient à peine d'arriver, déclara-t-il d'un ton faussement enjoué. Mademoiselle ne va tout de même pas nous quitter comme ça. Nous avons tant à proposer ! Je suis persuadé que Mademoiselle prolongera volontiers son séjour.

Cette fois, c'était clair : ce vieux malade n'avait pas l'intention de la laisser partir ! Elle devrait s'éclipser discrètement, dès que l'occasion se présenterait, mais pour ça il lui faudrait d'abord endormir sa méfiance.

— Vous avez raison, mentit-elle délibérément. Sol'hôtel est un endroit qui me plaît déjà. Et voilà une éternité que je n'ai pas eu le plaisir de me détendre et prendre un peu soin de moi. Je me réjouis de découvrir tout ça.

— Vous ne serez pas déçue ! répondit l'homme avec son sourire de façade. Chez nous, le client est roi. À présent, si vous le voulez bien, je vais devoir vous laisser. J'ai été très heureux de faire votre connaissance. Je vous souhaite encore un agréable séjour.

Et il se retira.

Un peu plus tard, elle sortit de sa chambre pour découvrir les lieux en prenant l'air le plus naturel possible et se rendit dans le gigantesque hall. À présent, de grandes affiches placardées contre les murs claironnaient : « Ne manquez pas notre grand spectacle de ce soir ! Un instant magique et inoubliable vous attend avec Gontrand Bienveillant, notre prestidigitateur de talent, qui vous fera découvrir ses tours les plus époustouflants ! » Aussi ne fut-elle pas réellement surprise de découvrir sur les cartes du restaurant un : « Gontrand Bienveillant, notre chef réputé dans le monde entier, vous propose… »

Elle visita ensuite le reste de l'hôtel et constata qu'à ce sujet au moins, le directeur ne lui avait pas menti. Les installations étaient fantastiques et faisaient vraiment envie ! Lorsqu'elle se rendit à la piscine, elle se surprit à passer un moment agréable, en dépit de l'impression constante d'être surveillée. Elle comprit en observant d'autres clients que la monnaie d'usage n'était autre que le même type de coquillages que ceux que la pieuvre lui avait donnés. Après s'être changée, elle partit dîner au restaurant où elle commanda le menu que Gontrand Bienveillant, vêtu d'un costume impeccable et d'une serviette repliée sur le bras, vint lui servir avec cérémonie.

Elle se demanda comment il faisait pour assurer le service ainsi que la cuisine, et ce d'autant plus qu'elle était intimement convaincue qu'il était une seule et unique personne ! Même si elle s'en méfiait comme de la peste et qu'elle devinait que ses intentions étaient douteuses, cela lui inspira tout de même un certain respect.

Emily continua de se comporter tout à fait normalement, mais, dès le lendemain matin, assise dans son petit salon, réfléchit à un moyen de s'enfuir. Elle avait bien son poignard, mais elle n'était pas une meurtrière et ne se voyait pas le menacer ou, pire encore, le tuer. D'autant plus qu'à part son évidente bizarrerie, il ne lui avait fait aucun mal. Comble de malchance, il s'avéra que le directeur ne lui avait également pas menti au sujet des tornades.

Elle pouvait les voir par la fenêtre, se formant à partir du même petit amas de poussière noire qu'elle avait vu en arrivant, puis se déplacer en suivant des trajectoires imprévisibles. Elles n'étaient pas très larges, mais avaient tout de même l'air assez puissantes pour l'empêcher de voler ou l'emporter si l'une d'elles apparaissait sur son chemin.

De plus, vu qu'elle n'avait pas aperçu le moindre petit port ou bateau lorsqu'elle avait fait le tour de l'île à pied et qu'elle ne pouvait pas se fier à Gontrand Bienveillant pour lui indiquer à quel moment une prochaine embarcation passerait à proximité, elle n'avait pas le choix : si elle souhaitait s'en aller de cette île, il lui faudrait partir de nuit et repasser par la mer. Cette perspective ne l'enchanta pas vraiment.

Alors qu'elle continuait à se morfondre, on frappa à sa fenêtre. Emily se leva d'un bond et poussa

un cri de joie en voyant Pierre-de-Lune ! Elle se précipita pour aller lui ouvrir, mais la fenêtre était coincée. Lui faisant signe de l'attendre, elle se rua dans sa
chambre, rassembla quelques livres, jeta coquillettes
et coquillas sur le lit, puis sortit sans remarquer les
signes désespérés que lui adressait son ami.

Elle se fichait bien de la réaction que pourrait
avoir Gontrand Bienveillant en la voyant sortir. S'il
posait problème, à eux deux, ils en viendraient facilement à bout. Quant aux tornades, Pierre-de-Lune
saurait bien l'en préserver.

Elle arriva dans le hall au pas de course et se
précipita sur la porte qu'elle trouva close. C'est alors
qu'une poigne de fer s'abattit sur elle !

Gontrand Bienveillant n'affichait plus le moindre
sourire.

— Où allez-vous comme ça ? demanda-t-il sèchement en la fixant d'un regard froid. Ne vous ai-je
pas dit qu'il était dangereux de s'aventurer dehors ?
Misérable ! J'ai été gentil avec vous, je vous ai laissée
libre de vos mouvements, je vous ai logée, nourrie,
blanchie ! Et pour tout remerciement vous nuisez à
la réputation de mon établissement ?! Par bonheur je
vous ai suivie en vous voyant quitter votre chambre
et les portes de l'hôtel n'étaient pas encore ouvertes.
Sans quoi…

La jeune fille n'en revenait pas.

— Je croyais que j'étais votre cliente ! s'emporta-
t-elle. J'ai payé ma chambre. Allez vérifier ! Et vous

aviez dit vous-même que vous n'étiez pas responsable de ce qui pouvait arriver dehors !

— Ça suffit, taisez-vous ! coupa-t-il, cinglant. Croyez-vous que les misérables coquillas que vous deviez sans doute avoir en votre possession suffiraient à payer votre séjour ? Quelle ignorance ! Elle est belle la jeunesse dorée ! Et dire que vous prenez un malin plaisir à faire des caprices et à fréquenter de petits délinquants ! Quelle honte ! Mais rassurez-vous, j'ai les autorisations nécessaires pour tenter de vous éduquer un peu jusqu'à ce que l'on vienne vous chercher. Dorénavant je vous suivrai partout, que cela vous plaise ou non ! Venez avec moi.

Il l'entraîna de force vers la cuisine et l'y enferma. Le lieu, à la limite de l'insalubrité, tranchait radicalement du reste de l'hôtel.

— Vous ne sortirez pas d'ici tant que tout ne sera pas étincelant ! aboya-t-il à travers la porte. Et ne venez pas vous plaindre : si vous vous conduisiez convenablement, tout cela ne serait jamais arrivé ! Et dire que je pensais que ce n'était pas aussi terrible que ce que l'on disait ! Dire que j'ai cru un instant que je pouvais vous faire confiance… Nettoyez-moi tout ça, et vite !

Elle l'entendit s'éloigner en tempêtant, la laissant complètement abasourdie au milieu d'un tas d'immondices. Pourquoi Gontrand Bienveillant avait-il parlé de jeunesse dorée ? La confondait-il avec quelqu'un d'autre ? Le seul espoir qui lui restait était que Pierre-de-Lune parvienne à s'introduire dans l'hôtel pour venir la chercher. Mais en aurait-il le temps avant de disparaître à nouveau ?

Elle se tourna vers le plan de travail et découvrit une pile de vaisselle sale qui montait jusqu'au plafond. Si elle faisait ce qu'on lui demandait, elle pourrait sortir de cette cuisine et ce serait déjà un bon début. Elle prit une assiette, ouvrit le robinet d'eau et commença à frotter. La saleté était si profondément incrustée qu'elle comprit immédiatement qu'elle y passerait des heures.

Au bout d'une demi-heure, elle n'avait guère nettoyé plus d'une vingtaine d'assiettes. Couverte de sueur, elle s'essuya le front. *Si seulement je pouvais faire disparaître la crasse rien qu'en clignant des yeux !* pensa-t-elle en les fermant un bref instant. Lorsqu'elle les rouvrit, elle vit que l'assiette qu'elle tenait dans sa main était redevenue propre. *Mais bien sûr ! Comment n'y ai-je pas pensé plus tôt ?!* se morigéna-t-elle.

La jeune fille décida de tenter l'expérience avec la pile entière, mais rien ne se produisit. Elle procéda donc assiette par assiette et eut terminé au bout d'une heure. Elle s'attaqua alors au sol et à la cuisinière jusqu'à ce que tout reluise.

Elle était assise depuis un bon moment quand des bruits de pas retentirent dans le couloir. La porte s'ouvrit avec un petit déclic et Gontrand Bienveillant, venu voir où ça en était, constata avec surprise que tout était parfaitement propre.

— Eh bien Mademoiselle, j'avoue que je ne m'attendais pas du tout à ça de votre part ! la complimenta-t-il, curieusement radouci. Comme quoi il y a de l'espoir même pour les cas les plus désespérés ! Continuez comme ça et nos relations redeviendront des plus cordiales. Suivez-moi à présent, nous allons nous sustenter avant de passer à la suite.

— Que dites-vous ? Vous ne me laissez donc pas regagner ma chambre ?

— Allons, la sermonna-t-il. Ne détruisez pas l'estime naissante que j'ai pour vous ! Il y a encore beaucoup de travail. D'habitude je le fais seul, mais comme c'est pour votre bien, je suis tout disposé à perdre un peu de temps pour vous l'enseigner…

— Pour mon bien ? Je trouve ça pour le moins étonnant. Et si vous me disiez plutôt une bonne fois pour toutes quelles sont vos véritables intentions ?

— Ne faites pas l'innocente, répliqua l'homme sévèrement. Je sais très bien qui vous êtes ! Maintenant venez, je ne veux plus entendre un mot !

Ce type était complètement dingue ! Emily l'aurait étranglé avec plaisir.

Elle passa toute la journée et la nuit à astiquer l'hôtel avec Gontrand Bienveillant sur les talons qui lui expliqua, non sans fierté, qu'il ne dormait jamais et que ses clients ne devaient en aucun cas être dérangés par des « histoires » de nettoyage.

Enfin, vers le milieu de la matinée suivante, il la reconduisit dans sa suite en lui accordant royalement deux heures de repos, prenant bien soin de verrouiller la porte derrière lui.

Elle attendit que le pas de Gontrand Bienveillant se soit éloigné dans le couloir avant de se précipiter vers la fenêtre.

Pierre-de-Lune surgit de derrière les rideaux.

— Pierre-de-Lune ! chuchota-t-elle en réprimant un cri de surprise.

— Chut ! fit-il. Ici les murs ont des oreilles.

Le poids qui pesait sur ses épaules s'évanouit en un instant lorsqu'elle le vit.

— Tu n'imagines pas comme je suis contente de te voir. Comment as-tu fait pour t'introduire ici ?

— Au début j'ai voulu entrer par la grande porte, mais le vieux m'a fichu dehors en me traitant de vagabond. Alors j'ai fait le tour de l'hôtel et j'ai trouvé ta chambre, expliqua-t-il.

— Ça ne m'étonne pas de lui, il est fou à lier. Mais cela ne répond pas à ma question…

— Eh bien lorsque je t'ai vue dans ta chambre j'ai essayé de te prévenir que quelque chose n'allait pas, mais tu es partie trop vite. Alors je suis passé à travers la fenêtre et je t'ai cherchée dans tout l'hôtel, mais cet endroit est bizarre et, pour la première fois, je n'ai pas réussi à te retrouver. Donc je suis revenu t'attendre ici.

— Comment as-tu fait pour passer à travers la vitre ?

— Comme pour le reste, en y croyant, répondit-il. Ne me dis pas que tu n'avais pas compris ?

Ne souhaitant pas passer une seconde de plus dans l'établissement, ils ressortirent par ce moyen et s'éloignèrent rapidement du bâtiment.

— Et dire que je n'avais pas pensé à ça, ronchonna l'aventurière. Je ne t'arriverai décidément jamais à la cheville !

— Mais non, ne dis pas ça. Tu as un peu trop tendance à m'idéaliser alors que tu es tout aussi capable que moi.

— Ah, tu crois ça ? répliqua-t-elle. Dans ce cas comment expliques-tu que tu puisses me retrouver pratiquement n'importe où alors que moi je ne sais presque rien de toi ?

— Tout simplement parce qu'en dehors du fait que nous sommes liés, j'ai un peu plus d'expérience que toi, voilà tout.

Ils gravirent une dune et les baies vitrées de Sol'hôtel ne furent bientôt plus qu'un éclat scintillant sous le soleil, dans le lointain. Pierre-de-Lune leva les yeux vers le ciel d'azur.

— C'est pour bientôt, dit-il en regardant un petit amas noir et tourbillonnant qui venait de se former.

— De quoi parles-tu ?

— De la tornade bien sûr ! C'est par ce moyen que nous allons quitter l'île.

— Non, mais tu plaisantes j'espère ?!

— Ne me dis pas que tu as peur ! s'esclaffa-t-il.

— Ce n'est pas une question de peur, mais de prudence, rectifia-t-elle.

Il éclata d'un rire franc.

— De la prudence, dis-tu ? Venant de la part de quelqu'un qui s'aventure tout seul en mer et se laisse emporter par le premier courant venu, ça sonne plutôt drôle. Nos amis m'ont tout raconté.

— Quels amis ?

Sans lui répondre, il s'empara d'elle et la précipita dans la tornade.

— À bientôt ! cria-t-il les mains en porte-voix, tandis qu'elle s'envolait en un cri retentissant. Et surtout, ne prends aucune initiative sans m'avoir revu !

La seconde d'après, il disparut à son tour.

# CHAPITRE XIII

## PRISE AU PIÈGE

Emportée par la force du vent, Emily, frustrée de n'avoir même pas eu le temps de demander des nouvelles d'Erevan et de Callisto à Pierre-de-Lune, prit de l'altitude à une vitesse phénoménale.

Elle aurait eu tant de questions à lui poser ! Pourquoi fallait-il toujours que cela se passe de la sorte quand elle voulait savoir quelque chose ?

Elle s'inquiétait pour eux et aurait eu besoin d'être rassurée. Mais une fois de plus, à cause de l'empressement du garçon, elle n'obtiendrait aucune réponse.

Tandis qu'elle continuait à maugréer contre son sort, son ascension se poursuivit et l'air devint glacial. Elle eut bientôt du mal à respirer et tira sur la petite pipette de son sac à dos pour s'oxygéner en espérant que, lorsqu'elle atteindrait le sommet de la tornade, la force centrifuge l'en expulserait.

Par chance, le vent ne charriait aucun objet massif ou coupant, ce dont elle pouvait s'estimer heureuse. Complètement gelée, elle tournoya interminablement jusqu'à ce que la tornade perde de sa puissance et finisse par se dissiper complètement.

À présent, un épais brouillard l'entourait, l'empêchant de distinguer le sol et d'évaluer sa vitesse. Elle pria pour ne plus être au-dessus de la mer, puis entama des mouvements de brasse afin de voler et de se stabiliser. La direction du vent et la force de la gravité lui indiquèrent cependant qu'elle n'y parvenait pas. Au bout d'un moment, elle atterrit brutalement et heurta de plein fouet une matière chaude et molle qui l'éjecta avec colère.

Une voix furieuse retentit :

— Qui ose me déranger ?! Qui que vous soyez, vous venez de signer votre arrêt de mort !

Le cœur battant, Emily tira la lame de sa ceinture, prête à se défendre. Elle entendit la chose fureter à sa recherche et essaya de s'en éloigner en silence, à reculons. Mais soudain, le brouillard s'écarta pendant une seconde et elle put voir son agresseur.

Un cri de surprise lui échappa.

— Callisto !

À ces mots, l'ourse cessa de s'agiter et huma l'air avec méfiance.

— Callisto ! C'est moi, Emily !

— Emily ?! C'est bien toi ? dit-elle en se précipitant à sa rencontre.

— Oui ! Désolée de t'avoir fait mal ! Mais au fait… je comprends ce que tu dis !

— Bien entendu ! Pourquoi me dis-tu ça ? fit l'ourse d'une voix revêche.

L'aventurière, toute à sa joie, n'y prêta pas attention.

— Tu m'as tellement manqué ! s'écria-t-elle avec bonheur. Qu'as-tu fait pendant tout ce temps ? Erevan a-t-il trouvé le remède dont tu avais besoin ?

Elle voulut la prendre dans ses bras, mais Callisto recula.

— Je préfère éviter que tu me touches, fit cette dernière un peu sèchement. Une allergie, tu comprends ? ajouta-t-elle devant l'air dépité de son amie.

Non, elle ne comprenait pas. Elle était triste et déçue de cet accueil et ne se gêna pas pour le lui dire.

— Écoute, lui avoua alors Callisto. Pour ne rien te cacher, ce n'est pas que je ne suis pas contente de te voir, mais en ce moment j'ai de graves problèmes. Erevan a disparu.

— Quoi ?!

Son sang ne fit qu'un tour.

— Mais que s'est-il passé ?!

— Je ne sais pas. Je l'attendais hier soir, mais il n'est pas rentré. Et il ne m'a même pas prévenue ! Cela ne lui ressemble pas…

La jeune fille se sentit comme poignardée en plein cœur. Erevan était sûrement en danger !

— Il faut partir à sa recherche tout de suite ! s'écria-t-elle.

— Et que crois-tu que je faisais avant que tu ne me tombes dessus ? s'irrita l'ourse. Où étais tu quand je le cherchais partout ?!

Ces paroles injustes la blessèrent profondément. Jamais elle n'aurait pu imaginer que ses retrouvailles avec Callisto se passeraient de la sorte. Cependant, elle connaissait l'affection que l'ourse portait à son ami et pensa qu'elle devait être à bout. Ce qui expliquait son attitude.

Elle refoula ses larmes et lui demanda si elle avait trouvé des indices, mais l'ourse n'en possédait aucun. Il restait néanmoins une région qu'elle n'avait pas encore explorée, au sud-est.

Toutes deux partirent à travers bois sans dire un mot et ne tardèrent pas à passer près de la chaumière d'Erevan. À la vue de la maison, la voyageuse sentit son cœur se déchirer ! Elle aurait voulu remonter le temps et serrer le jeune homme dans ses bras pour ne plus jamais le quitter. Mais il n'était pas là et l'idée de ne peut-être plus jamais le revoir lui donna envie de mourir.

Sans lui, sa vie ne valait pas la peine d'être vécue. Prenant à nouveau la pleine mesure de ses sentiments, elle décida de ne pas se laisser aller et de le chercher jusque dans les moindres recoins du monde s'il le fallait. Elle ne connaîtrait de repos que lorsqu'elle l'aurait retrouvé ! L'aventurière fouilla dans son sac pour voir s'il ne lui avait pas laissé un message, mais ne trouva rien.

Elle essaya ensuite de relativiser. Pour l'instant, il était trop tôt pour dramatiser et sans doute y avait-il une explication toute simple. La championne ne devait pas laisser Callisto lui transmettre ses craintes et sa nervosité. Elle releva la tête et poursuivit sa route, le pas affermi.

Le brouillard s'était un peu dissipé, mais une grande nappe de brume recouvrait encore le sol de la forêt. Elles arrivèrent à proximité du ravin où Algol et Arcturus avaient voulu se débarrasser du cercueil de Callisto et décidèrent de le longer pour se rendre du côté des marais.

Avec un peu de chance, elles y trouveraient une piste concrète.

Elles marchèrent ainsi pendant deux jours, sans découvrir le moindre indice, et parvinrent enfin près du bourbier.

Une odeur nauséabonde s'élevait de la vase brunâtre dont la surface grouillait d'insectes.

Callisto mit en garde son amie contre les reptiles qui pouvaient s'y trouver et lui demanda de la suivre de près. Elle lui expliqua que les rares personnes à s'y être aventurées seules n'en étaient jamais revenues et qu'il courait le bruit que de dangereuses créatures se tapissaient dans l'ombre.

La jeune fille en éprouva une sourde angoisse. Et si Erevan était déjà passé par ici et s'était fait attaquer ? S'il était déjà mort ? Personne ne le retrouverait. Mais l'ourse lui affirma que, contrairement à la plupart des gens, le guerrier connaissait le coin comme sa poche et que, s'il avait dû s'y battre, ce ne serait pas son cadavre qui pourrirait dans la vase.

Ces paroles la rassurèrent. En effet, Erevan était un combattant de premier ordre, comme elle avait pu le constater elle-même par le passé.

Elles avancèrent tant bien que mal, leurs pieds s'enfonçant dans la gadoue, parfois jusqu'aux genoux. Les vêtements d'Emily furent bientôt trempés de sueur. Au bout d'un moment, elle fut assaillie de moustiques et commença à se sentir mal.

*Elle est à quarante et un, faites quelque chose !*

Les mots venaient de résonner quelque part dans les marécages.

— Tu as entendu ? demanda-t-elle à Callisto. Il y a quelqu'un près d'ici !

L'ourse se retourna et la regarda d'un air étrange.

— Tu te fais des idées. Ce marais regorge de pièges et je ne serais pas étonnée que c'en soit un. Veux-tu sauver Erevan, oui ou non ?

— Cela va de soi ! se défendit-elle en se demandant comment son amie pouvait supposer le contraire.

— Alors on n'a pas de temps à perdre ! Si tu veux m'aider, suis-moi et fais attention.

Elle se détourna en poussant un grognement guttural qui semblait venir du plus profond de sa gorge, sous le regard de l'aventurière qui continua à la suivre en silence.

Elle n'avait pas aimé cette lueur qui avait brillé l'espace d'un instant au fond de son regard. Son comportement lui paraissait de plus en plus anormal. Elle se montrait brusque, injuste, impatiente, à des lieues de ce qu'elle était en temps normal. Elle qui d'ordinaire était si prévenante…

Mais elle s'empressa de chasser cette idée de sa tête. Erevan avait disparu. Callisto était inquiète, voilà tout.

Elles restèrent muettes durant les heures qui suivirent. Les marais paraissaient s'étendre à l'infini et, comble de malchance, la nuit tombait rapidement. Pour finir, l'ourse s'arrêta.

— Je sens une présence, fit-elle en flairant autour d'elle. Je vais voir de quoi il retourne. Surtout, ne bouge pas ! Et ne fais pas un seul pas, sinon je ne répondrai de rien. C'est un endroit dangereux…

Elle disparut sans plus de cérémonie, laissant seule Emily au milieu d'un petit îlot boueux.

Une heure plus tard, elle n'était toujours pas revenue. Rongée par l'inquiétude, la jeune fille se sentit de plus en plus mal. Une migraine insoutenable commença à lui marteler la tête tandis que son dos et ses chevilles l'élançaient douloureusement.

S'acharnant sur la moindre parcelle de peau nue, les moustiques la harcelèrent sans répit. Mais c'étaient ses jambes qui la faisaient le plus souffrir. Ses muscles se contractaient involontairement, ce qui provoquait des crampes incontrôlables. C'est alors qu'une brûlure lui déchira le mollet ! Elle poussa un cri et vit une sorte d'énorme mille-pattes pourvu d'un dard démesuré et de mandibules tranchantes remonter le long de sa jambe.

Ne pouvant pas se résoudre à le toucher avec les mains, elle sortit son poignard pour l'enlever, l'arracha et le lança le plus loin possible où il alla se tortiller rageusement, le dard pointé en l'air.

Elle regarda son mollet. Il saignait abondamment et, déjà, des dizaines de mouches venaient s'agglutiner sur la plaie en un ballet écœurant pour s'en repaître. Elle les chassa autant que possible, puis son corps tout entier se mit à la démanger. Des tiques s'étaient installées un peu partout et, alors qu'elle cherchait à s'en débarrasser, elle trouva une grosse araignée derrière sa cuisse. Elle frôla la crise de nerfs ! Pour finir, quelque chose remua dans les roseaux. Callisto était de retour !

L'ourse arriva vers elle au pas de course.

— Ça y est, j'ai retrouvé sa trace ! dit-elle sans faire attention à l'état pitoyable d'Emily. Je sais où il est. Suis-moi !

Sans plus se soucier de ses blessures, l'aventurière lui emboîta le pas rapidement en l'écoutant lui raconter ce qui s'était passé.

Pendant qu'elle fouillait les marais, Callisto était tombée sur Arcturus et avait pu le filer. Il s'était rendu près d'une grotte dont l'entrée était condamnée par un rocher qu'il avait pu ouvrir en posant sa main dans une encoche. Quand elle avait aperçu l'intérieur, elle avait constaté que la caverne était bien gardée, mais, surtout, qu'elle était partout imprégnée de l'odeur d'Erevan. Sa première intention avait été d'attaquer, mais elle s'était ravisée en pensant que c'était peut-être un piège.

— Tu sais, ce n'est pas parce que je suis une ourse que je suis stupide, conclut-elle après avoir terminé. Erevan est un bon appât, je pense qu'ils le garderont en vie pour m'attirer tant qu'ils ne m'auront pas mis la main dessus.

— Tu as un plan ? coupa Emily, rongée par l'inquiétude. Parce que même s'ils ne le tuent pas maintenant, Dieu sait ce qu'ils peuvent bien être en train de lui faire !

— Oui, pas de panique ! Lorsque nous arriverons là-bas, tu toucheras l'encoche et tu te cacheras derrière le rocher. Il suffira qu'ils me voient pour sortir et partir à ma poursuite. Pendant ce temps, tu auras le champ libre pour agir. Mais il faudra faire vite ! Je ne sais pas combien de temps tu auras devant toi.

— Compte sur moi ! répondit-elle avec fougue. Et toi, prends garde à toi !

— Ils ne m'auront pas, ça je peux te le garantir ! Ceci dit, promets-moi que tu t'en iras si ça tourne mal. En cas de problème, ne te soucie pas de lui et va-t'en !

Ces propos la mirent hors d'elle. Comment Callisto osait-elle lui demander d'abandonner Erevan ? Comment pouvait-elle imaginer une seule seconde qu'elle le ferait ?

— Jamais de la vie ! s'écria-t-elle, furieuse. Plutôt mourir !

Une lueur étrange passa dans le regard de l'ourse.

— J'admire ton courage. Nous sommes arrivées : tu vas pouvoir mettre ta bravoure à exécution.

Elles se rendirent près de l'antre. L'ourse lui indiqua où placer sa main dans l'encoche, puis recula prestement.

Alors tout se passa à une vitesse fulgurante ! Au lieu d'ouvrir la grotte, le rocher disparut, laissant place à un trou béant. En émettant un rugissement féroce, Callisto se rua sur Emily et l'y poussa avec une force surhumaine ! La jeune fille atterrit, complètement étourdie, sur des sables mouvants qui se mirent à l'engloutir.

— Pauvre idiote ! se moqua l'ourse d'une voix triomphale. Me voilà débarrassée de ta présence répugnante ! Rien ne viendra te sauver cette fois…

La championne tenta de se débattre, mais cela ne fit que l'enfoncer davantage. La vase couvrit son visage, puis elle aperçut une dernière fois les crocs de Callisto retroussés avant de sombrer dans le néant.

À son réveil, un froid intense la saisit. Elle cligna des yeux, mais il faisait nuit noire. Le corps perclus de douleurs, elle sentit des gouttes d'eau glacée lui tomber sur les bras. Elle tâtonna péniblement à la recherche d'une issue, mais ne trouva rien. Où était-elle ? La mémoire mit quelques secondes à lui revenir et elle revit comme dans un cauchemar celle en qui elle avait si confiance et qui l'avait trahie. Comment tout cela avait-il pu arriver ? Elle avait vu tant de merveilles dans l'esprit de Callisto ! Comment était-ce possible ?

*Cela vient de toi,* chuchotèrent des voix à l'intérieur d'elle. *Tu sais pourtant que personne ne t'aime. Pourquoi crois-tu que ta mère est morte ? Elle ne voulait pas de toi et ça l'a tuée ! Erevan va mourir et tu ne manqueras à personne !*

— Ça suffit ! cria l'aventurière en se prenant la tête à deux mains. Ces pensées ne m'appartiennent pas !

Les voix cessèrent. Toute sa tristesse venait de s'envoler en une seconde, laissant place à une colère froide.

— Ça ne va pas se passer comme ça, gronda-t-elle. Puisque Callisto est une traîtresse, elle va voir ce qui arrive quand on me cherche !

Elle fouilla dans son sac et en sortit une petite boule de coton.

— Mouton blanc, mouton bleu, mouton feu ! fit-elle, déterminée.

Une petite flamme sortit de son pouce.

*Et maintenant je vais sortir d'ici !* pensa-t-elle en rangeant énergiquement dans son sac le mouton qui essayait de la mordre. Elle fit le tour de la pièce pour en explorer chaque recoin, mais ne trouva pas de sortie. *Il me faut plus de lumière.* Elle transmit la flamme à tous ses doigts et leva les bras pour examiner les parois en surplomb.

Après les avoir bien observées, elle aperçut un petit renfoncement à bonne hauteur, escalada le mur, s'y engouffra, et rampa, coudes en avant. Elle constata vite que les insectes des marais étaient une douce plaisanterie en comparaison de ceux qui se trouvaient dans ces tunnels souterrains.

D'épaisses toiles d'araignées, couvertes de cadavres et de toutes sortes de bestioles répugnantes, encombraient le passage. Elle les brûla et continua d'avancer, les flammes au bout des doigts. Ses cheveux furent rapidement envahis d'animaux rampants qui descendaient le long de son cou pour se glisser sous ses vêtements. Mais cela ne lui fit ni chaud ni froid. Elle allait retrouver Erevan et se vengerait ensuite de Callisto. Lui aussi lui avait fait confiance…

Elle arriva bientôt dans une galerie semblable à celle qu'elle venait de quitter et découvrit un second passage sur sa droite. Ce dernier, plus étroit, s'enfonçait dans les profondeurs. La voyageuse pria pour ne pas finir dans un cul-de-sac car, une fois engagée, il lui serait impossible de rebrousser chemin.

Elle accrocha la lanière coulissante de son sac à l'une de ses chevilles. Là où la brèche serait assez grande pour elle, il passerait aussi et, dans le pire des cas, elle pourrait s'en débarrasser en s'aidant de son autre pied. Le boyau se révéla si étroit que la roche l'entailla de partout. Sans s'en soucier, elle continua à ramper en laissant derrière elle de longues traces de sang.

À un moment, le passage se rétrécit à un point tel que la jeune fille redouta de rester coincée. En se contorsionnant, elle réussit finalement à le franchir. Elle reprit son souffle et poursuivit sa progression. À présent, une épaisse humidité flottait dans l'air. Les parois du tunnel devenaient particulièrement glissantes. Et pour cause ! Une nappe d'eau bouchait le boyau un peu plus loin.

*Pas de panique,* se dit-elle. *Le pouvoir de Némésis coule dans mes veines.* Elle prit une dernière inspiration et mit la tête sous l'eau. Désormais, elle devrait se passer de lumière.

Elle avança à l'aveugle, rampant dans l'obscurité les coudes et les genoux dégoulinants de sang, en priant pour que le passage, dont la roche semblait friable, ne s'effondre pas sur elle. Puis la trouée remonta et elle dut s'aider de ses mains et de ses pieds pour se hisser. Quelques minutes plus tard, elle reparut à l'air libre.

# CHAPITRE XIV

## Face à face

La galerie dans laquelle elle était arrivée s'avérait plus vaste qu'elle ne l'avait imaginée. Les petites flammes, qu'elle avait rallumées, dansaient à nouveau au bout de ses doigts sans parvenir toutefois à percer les ténèbres.

Le sol inégal, parcouru de nombreux obstacles, rendait sa progression difficile.

La jeune fille partit à la recherche du mur le plus proche puis entra en contact avec une paroi qu'elle longea prudemment.

Alors qu'elle avançait ainsi à tâtons, elle sentit une angoisse la saisir peu à peu, comme si quelqu'un ou quelque chose l'épiait, tapi dans l'ombre.

Elle chemina encore un peu et fit rouler un caillou sur le sol qui vint briser l'épais silence. Son pouls s'affola sous l'effet de la surprise et sa respiration lui donna subitement l'impression de faire un vacarme de tous les diables.

Dos au mur, Emily continua d'avancer sur le côté, les mains tendues devant elle pour s'éclairer. Si quelque chose la surveillait, elle voulait la voir venir.

Soudain, il y eut comme un glissement, suivi d'un froid intense et glacial. Des murmures s'élevèrent tout autour d'elle, accompagnés d'un bruit de pas précipité.

— Qui est là ? Montrez-vous ! ordonna-t-elle, la gorge sèche.

Les chuchotements se turent, tandis que sa voix se répercutait le long des murs, portée par l'écho, puis allait se perdre dans un silence oppressant qu'elle ne connaissait que trop.

Tout à coup, quelque chose la frôla ! Elle retint un petit cri puis entendit la chose s'éloigner dans un battement d'ailes. Elle continua d'avancer à tâtons et finit par se cogner le crâne contre une torche éteinte dont elle s'empara.

À peine la toucha-t-elle qu'elle s'enflamma d'elle-même, aussitôt imitée par une longue série d'autres qui finirent par illuminer complètement la grotte, lui dévoilant petit à petit la topographie des lieux. Elle parcourut la cavité du regard et constata qu'il n'y avait aucune autre issue que le minuscule renfoncement par lequel elle était arrivée. En le voyant, elle se demanda avec effroi comment elle avait bien pu réussir à s'y faufiler.

C'est alors que des sanglots étouffés lui parvinrent d'un recoin resté dans l'ombre. Elle traversa prudemment la galerie, éclaira l'endroit avec sa torche et vit un petit garçon tremblant de peur, recroquevillé sur le sol. Que faisait-il ici ?

Elle s'accroupit à sa hauteur et lui prit la main.

— Bonjour, dit-elle d'une voix qui se voulait rassurante. Comment t'appelles-tu ?

L'enfant leva vers elle un visage pâle et crasseux en la fixant de ses yeux noirs.

— Es-tu malade ou blessé ? poursuivit-elle avec gentillesse.

Le petit garçon continua de la regarder en reniflant.

— N'aie pas peur, je ne vais pas te faire de mal…

Aussitôt, le gamin bondit et lui décocha un sourire radieux.

— Tu veux jouer avec moi ? demanda-t-il de façon tout à fait incongrue. Attrape-moi !

Complètement déroutée, Emily se redressa à son tour.

— Plus tard, répondit-elle, surprise. Nous devons d'abord trouver un moyen de sortir d'ici.

Mais l'enfant se mit à sauter comme un fou.

— Allez, vas-y ! Attrape-moi si tu peux !

Et il partit en courant.

— Allons bon, fit Emily en se lançant à sa poursuite. Il ne manquait plus que ça !

Après une petite course forcée, et malgré sa blessure au mollet, elle finit enfin par le saisir.

— J'ai gagné ! dit-elle en le retenant fermement. Alors tu me dois un gage. Tu veux bien m'écouter ?

Le visage de l'enfant se referma en une mine boudeuse.

— Bon. Je ne sais pas comment tu es arrivé ici, mais il faut que nous sortions. Tu vas devoir me suivre, tu comprends ?

Les traits du garçon se modifièrent. Perdant toute expression, il la fixa d'un air étrange et absent avec quelque chose de déplaisant.

— Hé ! Ce n'est pas la peine de me regarder comme ça, ajouta-t-elle, légèrement mal à l'aise. Viens maintenant.

C'est alors qu'une lueur démente s'alluma dans les yeux de l'enfant.

— Ma mère est là, annonça-t-il froidement en pointant du doigt un trou qu'elle n'avait pas encore remarqué. Elle va venir te chercher. Tu l'entends ?

Ce tunnel n'était pas là une minute auparavant. Elle l'aurait juré !

C'est alors que la jeune fille ressentit comme une intense vibration. Elle perçut une puissance maléfique se rapprocher d'elle en glissant dans les ténèbres.

— Elle arrive ! chantonna l'enfant en découvrant de petites dents pointues sous un rictus démoniaque. Elle va te trouver !

Prise de panique devant la créature qu'était devenu le garçon, la malheureuse alla se réfugier dans le coin opposé de la pièce. Elle eut ensuite l'impression de faire une chute vertigineuse dans un gouffre sans fond puis sombra dans l'inconscience un bref instant.

Qu'est-ce qui pouvait lui faire un tel effet ? Était-ce Eraser ? La lumière des torches commença à vaciller violemment en diffusant dans la pièce une infernale vue stroboscopique.

Comme dans un cauchemar, elle vit les membres du petit garçon s'étirer au ralenti, tandis que sa bouche se rallongeait en une trompe hideuse avec des bruits de succion.

À peine quelques instants plus tard, une forme noire et glaciale se dessina à ses côtés en un vent tourbillonnant. Alors l'aventurière comprit.

— Vous ! cria-t-elle avec une haine féroce.

Un rire dépourvu d'humanité retentit dans toute la grotte, ricochant à l'infini contre ses parois humides.

— Oui, « nous », comme tu dis, répondit Algol. Alors, tu t'es bien amusée ? Sincèrement, nous ne pensions pas que tu arriverais jusqu'ici. Tu n'imagines pas comme c'était drôle de te voir pleurnicher et ramper dans la fange à travers ces boyaux comme la misérable vermine que tu es…

— Je ne pleurnichais pas et vous ne me faites pas peur ! Où est Erevan ?

— Oh, mais inutile de prendre ce ton désa-gréable ! Si tu n'étais pas toujours préoccupée par ta petite personne, il y a déjà longtemps que tu l'aurais vu ! Il est juste là, sous ton nez.

À cet instant, quelques torches se rallumèrent, laissant apparaître une vision d'horreur. Le jeune homme était suspendu par les pieds à de longs tentacules noirs et luisants qui se mouvaient le long de ses jambes en ondulant comme des serpents. Son corps ensanglanté était criblé de morsures et de plaies purulentes dont les membres visqueux cherchaient à se nourrir. Mais le pire était son visage ! Il restait déformé par la douleur en dépit de l'état d'inconscience dans lequel il était.

— Que lui avez-vous fait ?! hurla-t-elle, effondrée, en dégainant sa lame.

— Du calme, fit Algol en levant la main. Ne sois pas si pressée. Nous aimerions encore nous amuser un peu avant que le maître arrive.

La voyageuse sentit ses jambes se paralyser et tomba à genoux sur le sol.

— Voilà qui est mieux, ajouta-t-il.

Puis il ordonna d'une voix sèche :

— Arcturus, attache-moi cette petite gourde !

Emily tenta de se relever, mais ses jambes refusèrent de lui obéir. La trompe de l'immonde créature en laquelle Arcturus était apparu se mit à cracher des tentacules noirs et glaireux, similaires à ceux qui enserraient Erevan.

Incapable de bouger, elle les vit avec horreur ramper vers elle en ouvrant et en refermant la multitude de petites bouches qui recouvrait leurs corps visqueux.

Quand la première l'atteignit, l'abominable chose lui infligea une profonde morsure et alla se coller contre elle comme une sangsue. La jeune fille fut alors prise de violentes nausées et commença à vomir de façon incontrôlable sous le rire pernicieux de ses ennemis.

Bientôt, elle fut complètement recouverte de tentacules et de vomissures, en proie à une souffrance insupportable.

— Vous formez décidément un très joli couple ! railla Algol. Mais le spectacle ne fait que commencer. Que mon Maître vienne !

Réduite au silence sous l'assaut de ses régurgitations incessantes, l'aventurière ressentit l'implacable puissance maléfique qui rôdait tout autour d'elle s'intensifier en une funeste vibration qui souffla toutes les torches de la pièce. Pendant de longues minutes elle ne vit plus rien, puis les feux reprirent leur place un à un, laissant apparaître aux côtés d'Algol un vortex qui lui inspira une terreur sans nom ! Arcturus, lui, avait disparu.

— Ainsi, c'est du néant que tu as peur… fit une voix venue de nulle part. Un mets de choix. Amenez l'autre !

Deux sinistres partisans surgirent d'une entrée qui venait de se révéler, tenant solidement attaché et bâillonné entre eux un Pierre-de-Lune, furieux, qui se débattait vigoureusement. Callisto suivait, indifférente.

— Eh oui, dans ces moments-là on a toujours besoin d'un ami ! ricana Algol. Maintenant que nous sommes au complet, que la fête commence !

L'ourse s'avança en poussant un grondement menaçant.

— Tu as été d'une aide précieuse, déterminante même. Il te revient donc l'honneur de préparer le repas du Maître. Débarrasse-nous d'abord de celui-ci ! dit-il en pointant Erevan du doigt.

Callisto se rua sur le guerrier, tous crocs dehors.

— Noooooooon ! hurla Emily qui avait enfin cessé de vomir, folle de désespoir. Pitié !

— Ça suffit ! fit la voix d'Eraser qui émergeait du vortex.

L'ourse cessa d'attaquer et recula à contrecœur.

— On ne joue pas avec la nourriture, reprit-il avec amusement comme s'il s'adressait à une enfant indisciplinée. Vous tous, sortez ! Laissez-moi seul avec les prisonniers.

Lorsque les sbires, Algol et Callisto furent partis, Emily sentit un souffle glacé passer derrière sa nuque.

— Une chose m'intrigue, dit alors Eraser. Comment es-tu arrivée jusqu'ici ?

Tentant de surmonter sa douleur et sa peur, l'esprit de la jeune fille turbina. Elle devait gagner du temps ! Elle ne comprenait pas la question, mais décida d'essayer de le faire parler en optant pour la bravade.

— Je suis venue en rampant dans les galeries comme la sale petite vermine que je suis. Vos chiens de serviteurs ne vous l'ont-ils pas dit ?

— Ce n'est pas de ça que je parle ! rugit la voix. Réponds ou je les tue !

Pierre-de-Lune, toujours bâillonné, commença à léviter sous le pouvoir d'Eraser et les tentacules se resserrèrent autour d'Erevan.

— Si vous leur faites du mal, vous ne saurez rien ! fit-elle tout en cherchant un moyen de s'en sortir.

Elle vit les liens autour du jeune homme se relâcher légèrement.

— Te crois-tu réellement en position de marchander ?

— Non, je ne le suis pas, répondit-elle d'un ton volontairement plus modeste. Mais puisque nous allons mourir, je vous propose un marché. Répondez d'abord à mes questions et ensuite je répondrai aux vôtres.

— Tu n'as pas compris les règles du jeu. Ici, c'est moi qui parle ! gronda Eraser en se remettant à tourbillonner. Réponds avant que je ne perde patience !

— Dans ce cas, finissons-en ! éluda-t-elle en tentant le tout pour le tout. Je ne répondrai pas à votre stupide question !

— Stupide ?! Comment oses-tu ! Quand j'en aurai fini avec toi tu me supplieras de te laisser mourir !

— Eh bien allez-y et tant que vous ne me fichez pas le bazar partout, grand bien vous fasse ! lâcha-t-elle sans savoir pourquoi cette phrase absurde, insensée, qui lui était venue naturellement à l'esprit, lui semblait aussi familière.

Pierre-de-Lune la regarda étrangement. Eraser, quant à lui, éclata de rire.

— Qui l'eut cru ? Tu m'amuses. Soit. Je vais répondre à tes questions. Pose-les !

— D'accord, fit-elle en essayant de retrouver son calme. De quoi vous nourrissez-vous ? Êtes-vous comme on le dit un voleur d'âmes ?

La voix sortant du vortex partit à nouveau d'un grand rire.

— Moi ? Un voleur d'âmes ? Comment peux-tu imaginer que ton âme m'intéresse ? L'espèce humaine est pitoyable.

— Si mon espèce est aussi désolante que vous le dites, pourquoi dans ce cas ne vous attaquez-vous qu'à nous ?

— Peut-être tout simplement parce que je ne vous aime pas…

— Vous ne répondez pas à ma question !

— Je vais le faire, même si je doute que l'esprit limité dont tu te targues puisse y comprendre quelque chose. Notre univers est en perpétuelle expansion, entre la matière et l'antimatière, son équilibre est précaire. Si la matière prend le dessus, je disparaîtrai.

— Je ne vois vraiment pas le rapport…

— C'est bien ce que je disais, ton esprit est bien trop limité pour comprendre ! Je suis ce qu'on appelle un régulateur. Je préserve l'équilibre des choses en prélevant dans ce monde ce qui est inutile. Toi, par exemple ! En fait, pour être exact, ce monde ne serait rien sans moi. Tu saisis ?

— Ne l'écoute pas ! Il ment ! cria soudain Pierre-de-Lune qui venait de réussir à se défaire de son bâillon. C'est lui qui ne serait rien sans ce monde ! Lui, le parasite qui se nourrit de ce qui l'entoure pour continuer à traîner sa misérable existence de pourriture !

À ces mots, le vortex parut vaciller pendant une seconde puis se stabilisa.

— Si je mens ? fit Eraser en utilisant son pouvoir pour faire taire à nouveau le garçon. C'est toi, Emily, qui m'a appelé il y a des années, toi qui avais besoin de mes services ! Comment as-tu fait pour m'échapper aussi longtemps ? J'avais tout prévu, jusqu'aux endroits où tu pourrais te rendre. Mais Algol et Arcturus, ces deux incapables, n'ont cessé de faire échouer cette mission pourtant simple. Finalement, j'ai trouvé le moyen de te faire retenir suffisamment longtemps quelque part pour te retrouver. Quand Bienveillant m'a fait prévenir que tu étais à Sol'hôtel, je suis venu immédiatement ! Mais il avait trop tardé et quand je suis arrivé tu t'étais encore débrouillée pour filer. Crois-moi, cet imbécile l'a payé cher !

Emily n'en revenait pas. Ainsi donc, Gontrand Bienveillant était sous ses ordres ? Son sort ne lui inspira pas la moindre pitié.

Et dire qu'elle avait cru que c'était juste un pauvre fou ! Elle serra les poings, folle de rage.

— Je vois que son sort t'affecte, fit Eraser en se méprenant sur sa réaction. Mais il va falloir t'y habituer, car ce sera bientôt au tour de tes précieux amis.

— Je me fiche de ce qui est arrivé à votre serviteur ! s'emporta-t-elle. Il peut rester là où il est !

La voix se remit à rire.

— Gontrand Bienveillant, mon serviteur ? Ne m'insulte pas. Ce vieux crétin appartenait à ces espèces d'illuminés qui se croient investis d'une mission sacrée. Quand Arcturus a débarqué dans le rôle du père aisé et malheureux des actes irresponsables commis par sa fille, il s'est tout de suite senti concerné. Il a promis de retenir la fugueuse si elle se présentait et de l'aider à la remettre sur le droit chemin.

Emily n'en revenait pas.

— Vous êtes un monstre !

— Bien au contraire, je lui ai offert l'impression d'exister au moins une fois dans sa vie, tout comme j'ai absorbé ta peine et ton malheur quand tu étais petite. Tu devrais d'ailleurs m'en remercier.

— Quelle peine ? Quel malheur ? Je ne vois pas de quoi vous parlez. Hypocrite ! Vous êtes le mal incarné !

— Le bien et le mal n'existent pas ! tonna Eraser avec force. Ce ne sont que des inventions destinées à de petites cervelles ignorantes comme la tienne. Je me suis nourri de tes craintes les plus secrètes et je t'ai délivrée de ta souffrance. Pauvre fille, qui crois-tu être ? Sans moi tu ne serais rien d'autre qu'une loque humaine ! Mais assez perdu de temps. Maintenant réponds à ma question ! Comment es-tu arrivée ici ?

— Vous savez où vous pouvez vous la fourrer votre question ? cracha-t-elle avec mépris. Si vous croyez que je vais y répondre, vous pouvez toujours RÊVER !

Quelque chose d'incroyable se produisit alors. Les tentacules qui la maintenaient prisonnière se volatilisèrent et le vortex vacilla violemment. Puis il s'agrandit à une vitesse ahurissante, parut se désagréger, et se rétracta avant d'imploser ! En lieu et place, il ne resta plus qu'une créature misérable, pliée en deux par la douleur.

Sans perdre une seconde, Emily se précipita vers Pierre-de-Lune et le défit de ses liens. À eux deux, ils auraient vite fait de délivrer Erevan.

CHAPITRE XV

# Le chemin des étoiles

— Fais vite ! cria Pierre-de-Lune en barrant la route à Algol qui était accouru. Je ne tiendrai plus longtemps !

Un faisceau lumineux sortait de ses paumes ouvertes, formant un bouclier de protection autour d'eux. Emily redoubla d'efforts pour enlever les tentacules noirs enroulés autour du corps d'Erevan. Mais le temps manquait ! Déjà, la créature qu'était Eraser, reprenait des forces.

— Je n'y arriverai pas !

— Tire sur le plus long !

La jeune fille, dont les mains ensanglantées étaient couvertes de dizaines de petites dents pointues restées plantées dans sa chair, essaya de repérer le tentacule en question sans prêter attention à la multitude de bouches qui le recouvrait.

Elle ne ressentait plus la douleur. Tout ce qui lui importait désormais était d'arracher son amour à cette ignominie.

— Je ne le vois pas ! s'écria-t-elle, affolée.

— C'est celui qui part à gauche de son cou !

La championne le repéra et s'en empara des deux mains sans hésiter une seconde. Ignorant les morsures profondes que les bouches lui infligèrent, elle tira dessus de toutes ses forces ! Dans un effroyable bruit de ventouse arrachée, l'affreux tentacule se détacha du corps du guerrier en laissant une trace purulente, descendant jusqu'aux pieds, constellée de centaines de petites mâchoires aux dents coupantes.

Tandis que le jeune homme gisait, inerte, elle vit le tentacule recommencer à ramper vers lui pour en reprendre possession. L'aventurière le piétina de toutes ses forces jusqu'à ce que la chose abjecte cesse de s'agiter dans un ultime soubresaut.

Il restait encore un bon nombre de tentacules accrochés dans sa chair qu'elle s'efforça d'enlever au plus vite, mais il était trop tard. Eraser, qui était parvenu à se redresser, avançait vers elle d'un pas menaçant en recommençant à se métamorphoser pour reprendre sa forme initiale. Un petit vortex était apparu au creux de son ventre et ne cessait de s'agrandir.

— Pierre-de-Lune ! Prends Erevan et fuis !

— Non je ne te laisserai pas ! cria le garçon. Si le bouclier se rompt, tu es fichue !

— Fais ce que je te dis, sinon il va mourir ! supplia-t-elle, désespérée.

À nouveau Pierre-de-Lune refusa, mais au même moment, trois hautes silhouettes se dessinèrent à l'entrée de la grotte.

— Fais ce qu'elle te dit mon garçon, fit une voix apaisante d'où émanait une autorité presque divine. Nous en avons suffisamment appris.

Algol poussa un cri de terreur et alla se réfugier derrière son maître.

— Je ne partirai pas ! s'entêta l'enfant.

— Tu as fait tout ce qui était en ton pouvoir et tu t'es montré un bon guide ! répondit l'homme dont le visage était à présent visible. Mais ceci n'est pas ton combat et tu le sais. Alors va-t'en et sauve ton ami ! Tu ne peux rien faire de plus pour elle…

Pierre-de-Lune jeta un coup d'œil éperdu autour de lui, puis se décida enfin. Il bondit avec souplesse, empoigna prestement Erevan par la taille et s'envola vers la sortie.

— Non, toi tu ne vas nulle part ! ajouta un autre homme à l'adresse d'Eraser qui tentait à présent de se dématérialiser.

Il lui jeta un sort et la créature se figea.

De toute évidence, ces hommes mystérieux lui inspiraient de la crainte. Cette pensée réconforta Emily qui sentit une nouvelle forme d'énergie l'envahir comme un courant tumultueux.

— Régulus, Altaïr, attachez ces maudits et empêchez-les de fuir ! ordonna l'homme d'un ton ferme.

— Avec plaisir Algedi ! firent ses compagnons en s'exécutant. ALRESCHA !

Aussitôt, l'incantation les métamorphosa en deux petites sphères liquides d'une dizaine de centimètres de diamètre dont le vif-argent se nimba de lumière. Ils se dirigèrent ensuite droit sur Algol et Eraser, comme deux météores incandescents fendant l'espace.

Puis ils se mirent à leur tourner autour, créant une liane lumineuse qui les enserra solidement. Pour finir, lorsque ce fut chose faite et que les deux abominations ne purent plus rien faire, ils reprirent forme humaine.

— Cette corde magique les empêchera de fuir, fit le dénommé Algedi à l'adresse de la jeune fille. Désormais ils ne pourront plus se dématérialiser. Si tu ne veux plus avoir de problèmes, je te conseille d'en finir avec eux dès maintenant… Mais bien sûr, je ne saurais t'y forcer.

La championne, dont le cœur écumait de rage, s'écria :

— Je veux en finir ! Ils ont assez nui comme ça ! Que dois-je faire ?

— Le moyen, tu l'as ! Il est en toi. Et maintenant que nous connaissons la nature exacte de ces scélérats, je peux sans doute t'y aider…

— Alors faisons-les disparaître une bonne fois pour toutes ! Qu'attendons-nous ?

— Je n'ai pas dit que ce serait facile ! Il va te falloir affronter tout ce que tu as toujours refusé d'admettre, retrouver l'énergie et l'espoir !

— Il n'y a rien que je refuse d'admettre et ce n'est pas l'énergie qui me manque !

—Je n'ai pas dit le contraire, fit Algedi. Mais tes souvenirs, où sont-ils ? Et quand tu les auras retrouvés, qu'en feras-tu ? Auras-tu la force de reprendre ce qu'il t'a pris ? Retrouveras-tu l'espoir ? Seras-tu vraiment prête ?

—Je ne comprends rien à ce que vous dites, coupa-t-elle. Vous ne pouvez pas être plus clair ?

—Je te dis ce que nous aurions dû nous-mêmes comprendre plus vite… Cette ignoble créature puise sa force et son pouvoir dans le malheur du monde. Il s'est servi de la plus grande douleur de ta vie pour accroître sa puissance. Tu lui as beaucoup donné, sans le vouloir. Ta fragilité faisait de toi un gibier de choix, une proie facile… Ton retour ici, aussi brutal qu'inattendu, l'a considérablement affaibli. Et cela, il ne pouvait le tolérer…

Emily hocha la tête, ne sachant plus que penser.

—Je ne sais pas de quelle douleur ni de quel retour vous parlez, dit-elle. Et quand bien même tout cela existerait-il, je ne serais pas sûre de vouloir le savoir. Mais je comprends à présent que tout ce qui est arrivé à Pierre-de-Lune, à Erevan et aux autres est ma faute… Je ne comprends toujours pas de quoi il s'agit, mais si j'en crois vos propos, Eraser ne m'a pas menti : c'est moi qui lui ai donné le champ libre en le laissant me débarrasser de mes doutes… tout ça, juste pour ne pas avoir à affronter une vérité qui m'échappe et dont j'ignore tout.

Elle releva la tête puis dit calmement :

— Finalement, je ne sais pas si je mérite de vivre…

Algedi lui mit la main sur l'épaule.

— Ne crois surtout pas ça : c'est sa version à lui ! La réalité est tout autre, car ce n'est ni de tes craintes ni de tes peines qu'il s'est nourri. Bien au contraire ! S'il s'est servi de ta souffrance, c'est pour mieux absorber tes rêves et tes espoirs. Car c'est bel et bien de rêves qu'il se nourrit…

Rongée par la culpabilité, l'aventurière ne répondit pas.

— Emily. Tu n'es pas la seule à qui il s'en est pris. Tous les gens que tu as vus lors de ton voyage l'ont affronté un jour ou l'autre ou continuent encore de l'affronter aujourd'hui ! Ceux qu'il laisse tranquilles sont ceux qui ont réussi à remettre de l'ordre dans leur vie. Et il faut que tu saches que d'autres n'ont malheureusement pas eu la chance que tu as aujourd'hui…

— De la chance ? Quelle chance ? demanda-t-elle avec ironie. Celle d'avoir failli faire tuer tous ceux que j'aime et de devoir vivre avec ça ?

Algedi retira sa main et se campa devant elle en la fixant de ses petits yeux perçants.

— Tu as la chance de connaître ton ennemi ! Et la vie est un beau cadeau. Alors ne la méprise pas ! Emily, j'ai été envoyé par une personne qui t'est très chère et qui t'aime plus que tout. Une personne qui désire ton bonheur et ton bien-être par-dessus tout. Accepteras-tu de l'écouter ?

— Je ne connais personne qui tienne vraiment à moi à part Erevan, Pierre-de-Lune et Némésis, fit-elle, amère. Tous sont en en danger par ma faute et si ça se trouve Erevan n'est plus en vie à l'heure qu'il est. Alors à quoi bon ?

— Ouvre ton sac et tu le sauras.

À cette idée, sa gorge se serra en une sourde angoisse. Elle comprit qu'il parlait des objets qu'elle avait ramassés tout au long de son voyage et que le moment dont elle avait parlé avec Némésis était venu, mais se refusait à ce que cela arrive aussi vite car, parmi ces objets, il en était un qu'elle ne souhaitait pas revoir.

— Est-il vraiment indispensable que je l'ouvre ? demanda-t-elle en proie à une véritable bataille intérieure.

Algedi hocha la tête par l'affirmative.

— Oui, ce serait mieux, surtout si tu veux être débarrassée de ça ! dit-il en lui montrant Eraser et Algol, toujours fermement maintenus par le lien magique qui les gardait réduits au silence. Je ne dis pas que ce sera facile, mais au bout du chemin tu trouveras la paix. Et puisque tu devras l'affronter tôt ou tard…

Résignée, Emily s'agenouilla et entreprit d'ouvrir la sacoche en essayant de se détendre. *Rappelle-toi ceci*, lui avait dit Némésis. *Nous avons tous des souffrances en nous, mais ne pas vouloir les regarder en face c'est refuser d'avancer. Les épreuves dont nous ressortons vainqueurs nous donnent de la force pour affronter la vie et prendre en main notre destin.*

La vision fugitive d'Erevan baignant dans son sang, inconscient, acheva de lui donner du courage.

Elle commença à le vider en sortant les objets un à un. Il y eut d'abord ses effets personnels et quelques coquillages qui lui restaient de son séjour en mer, puis la parure que lui avait offerte Némésis lors de la cérémonie du feu.

Elle en tira ensuite la vieille boîte d'allumettes détrempée ainsi que la gourde d'aluminium bosselé, puis en sortit le petit lapin en peluche délavé.

Curieusement, le revoir ne lui fit pas l'effet qu'elle redoutait. Aucun souvenir ne remonta à la surface et elle ne commença ni à crier ni à pleurer.

— Voilà, c'est tout, dit-elle avec soulagement. Il n'y en a pas beaucoup !

— Il y en a suffisamment pour que la mémoire te revienne ! Rassemble-les.

Elle s'exécuta et les réunit en un petit tas. Quand ce fut fait, Algedi murmura une brève incantation et les objets se mirent à léviter dans les airs où ils restèrent en suspension quelques secondes avant de se rapprocher les uns des autres. L'homme prononça encore quelques paroles, et les objets fusionnèrent.

— Ils ont disparu, s'inquiéta-t-elle.

— Non, regarde bien…

À présent, une minuscule graine aux couleurs mêlées flottait dans l'espace qu'ils avaient occupé quelques instants auparavant.

— Qu'est-ce que c'est ?

— Prends-la et mange-la…

Emily regarda la graine, hésita un peu, puis se décida à l'avaler.

C'est alors que le monde vacilla et que les souvenirs se mirent à l'assaillir ! Elle se revit, plus jeune, en sortie scolaire par une journée ensoleillée, portant la gourde à ses lèvres pour boire avec un amusement attendri le sirop à la menthe dont elle ne raffolait pas, mais que son père lui préparait invariablement, persuadé pour des raisons connues de lui seul que c'était sa boisson préférée.

La boîte d'allumettes lui rappela un week-end où ils étaient partis camper tous les deux. Son père avait tout prévu pour passer du bon temps ! Mais cette fichue boîte était tombée à l'eau et, ne pouvant désormais plus profiter des grillades qu'ils avaient emportées, ils avaient dû se contenter de biscuits secs pour le dîner.

Emily aurait bien voulu rentrer ce soir-là, mais son père lui avait dit que se passer de feu n'était finalement pas bien grave et qu'une nuit à la belle étoile leur ferait le plus grand bien. Elle s'était donc fait une raison et, ne voulant pas le décevoir, avait feint de passer une soirée des plus agréables malgré un froid mordant.

Elle y repensa avec amour. Son père était formidable! Il ne perdait jamais patience, savait toujours comment la rassurer et faisait tout pour qu'elle se sente bien dans sa vie.

À présent, elle se rappelait pourtant à quel point elle était malheureuse. Pour rien au monde elle n'aurait voulu qu'il s'en aperçoive. Il se serait imaginé en être responsable alors que c'était elle qui avait un problème… Elle faisait de son mieux pour qu'il cesse de s'inquiéter sans arrêt à son sujet et attendait d'avoir passé le seuil de leur petit appartement pour se laisser aller. Dehors elle pouvait être elle-même, c'est-à-dire une fille vide, sans vie, une sorte de zombie sans intérêt pour rien. Il en était allé ainsi jusqu'au jour où…

Là n'était pas le sujet. Une question la taraudait: comment avait-elle pu en arriver là?

C'est alors que la parure de Némésis lui apparut en vision et explosa en une pluie d'étoiles qui disparurent presque instantanément. Son esprit s'assombrit et elle eut à nouveau six ans.

Il y avait une ombre qui s'avançait vers elle, une ombre qui n'était ni amicale ni menaçante, juste une petite ombre. C'était un jour de pluie, dans un cimetière. Un petit lapin en peluche était posé sur une tombe… Était-ce sa mère qui venait? Non, sa mère reposait là, en terre, dans sa sépulture. Ne l'avait-elle pas abandonnée? Elle pleurait inlassablement tandis que l'ombre grandissait et se rapprochait. De toute évidence, un peu d'ombre ne lui ferait pas de mal. Tout ce qui avait existé jusque-là y serait englouti et finirait par y disparaître à jamais, comme toute chose en fin de compte…

Pourquoi faire des projets et s'accrocher à la vie quand tout pouvait s'écrouler du jour au lendemain ? Pourquoi même aspirer au bonheur ? Le prix à payer était trop cher et son goût n'en était que plus amer… Quelle erreur ! Que de temps perdu pour rien !

Revenue à l'instant présent, Emily eut comme un déclic. Voilà où était le problème ! De sa mère, elle n'avait gardé l'image que de cette tombe grise et froide, annihilant tout le reste. Elle savait désormais qu'Eraser n'avait été que l'ombre. Il pouvait toujours continuer à se cacher derrière, elle l'anéantirait !

Soudain, la vision de la parure que Némésis lui avait offerte réapparut. Cette fois-ci, elle n'explosa pas. Au contraire, elle se mit à grandir jusqu'à occuper tout l'espace, effaçant progressivement les contours de la grotte, puis les joyaux s'en détachèrent et allèrent se placer sous un ciel magnifique en une constellation qu'Emily connaissait bien, la replongeant dans ses souvenirs.

Tandis qu'une odeur familière de sel lui emplissait les narines, elle vit les courbes gracieuses d'un joli cou se dessiner et entendit la rumeur lointaine de vagues venant se fracasser sur des rochers. Malgré la douce chaleur qui régnait dans l'air, c'était un 25 décembre, elle le savait. Cette année-là, ils étaient partis au soleil pour fêter Noël ainsi que l'anniversaire de sa mère. *Maman,* avait-elle dit en jouant avec l'un des petits coquillages blancs qui jonchaient le sable fin de la plage. *Raconte-moi encore une fois l'histoire de Jonas !*

Son père et sa mère s'étaient souri d'un air entendu. Depuis qu'ils lui avaient fait le récit de cet homme qui avait survécu dans le ventre d'une baleine, elle ne cessait de regarder la mer avec de grands yeux fascinés.

*Non ma chérie, il est tard ! Nous allons bientôt rentrer à Sol'hôtel pour le dîner,* avait répondu sa mère.

*Oh maman, s'il te plaît !* avait-elle insisté. *Papa ! Allez, on est en vacances !*

Bien entendu, son père qui n'avait jamais su lui résister avait cédé.

*Elle n'a pas tort,* avait-il dit à sa femme. *Rien ne nous empêche de dîner un peu plus tard… On trouvera bien un petit boui-boui encore ouvert le long du chemin.*

La maman d'Emily avait poussé un grand soupir avant d'éclater de rire.

*C'est bon, vous avez gagné ! Vous êtes contents ? Mais ce n'est pas moi qui la raconterai cette fois. Et puis c'est mon anniversaire, n'oubliez pas !*

Devant l'air dépité de sa fille qui préférait que ce soit elle qui raconte, son père avait réfléchi un bref instant puis avait dit :

*Vois-tu ces magnifiques étoiles ? Elles forment toutes des constellations. Il y a aussi de très belles histoires à leur sujet.*

*Peut-être que maman voudra bien t'en raconter une si tu le lui demandes gentiment.*

Emily, du haut de ses cinq ans, avait sauté de joie.

*Très bien, avait fini par accepter sa mère. Puisque c'est mon anniversaire et que nous sommes dans l'hémisphère sud, pourquoi ne pas te raconter la légende du capricorne, mon signe astrologique… Elle est tirée de la mythologie grecque. Si nous étions chez nous, nous ne pourrions pas voir les étoiles qui s'y rapportent. Mais puisque nous sommes là, autant en profiter…*

*Raconte! Raconte!* s'était impatientée Emily.

*D'accord ma puce. Alors, il était une fois Pan, le dieu des bergers et des troupeaux…*

Et elle lui avait fait le récit de la métamorphose du dieu Pan en « poisson-chèvre » qui avait donné naissance à la légende du capricorne. Lorsqu'elle avait fini, elle lui avait montré l'emplacement des étoiles de cette constellation.

*Tu vois cette belle étoile ma chérie? Oui, celle que l'on voit le mieux. Elle s'appelle Algedi ce qui signifie « la bonne étoile du combattant ». C'est un petit peu l'étoile porte-bonheur de ta maman. Et ça tombe bien d'ailleurs, car entre toi et papa il vaut parfois mieux savoir batailler…*

*Tu exagères!* s'était exclamé son mari en riant. *Je sais que nous ne sommes pas toujours faciles à vivre, mais de là à comparer ta vie à un combat…*

La mère d'Emily avait éclaté de rire à son tour, mais déjà, le décor s'estompait…

De retour à la réalité, la jeune fille s'assit sur le sol de la grotte, un peu sonnée. Algedi lui avait dit être le messager d'une personne qui tenait à elle plus que tout et il portait le nom de l'étoile favorite de sa mère. Il ne pouvait s'agir d'une simple coïncidence !

Se pouvait-il que sa mère existe encore quelque part et que l'homme qu'elle voyait soit réellement son messager ? Si tel était le cas, cela signifiait qu'il savait où elle était et qu'elle pourrait la revoir ! Mais Algedi devança sa question.

— Tu ne la verras pas. Le passé est le passé…

— Mais si vous êtes son messager, vous pouvez bien…

— Je suis envoyé vers ceux qui ont besoin de moi, par ceux qui me le demandent. Mon pouvoir est grand, mais je ne peux pas te ramener ta mère et je ne peux pas t'emmener auprès d'elle. Tout comme Altaïr est Altaïr et que Régulus est Régulus, ajouta-t-il en désignant ses compagnons, je ne suis qu'Algedi, un mage de ce monde, et il m'est impossible d'accéder à ta demande. Comprends bien, Emily. Le message de ta mère était inscrit en toi. Je me suis contenté de le lire.

La voyageuse était terriblement déçue.

— Vous n'avez donc pas été envoyé par ma mère…

— C'est un peu plus compliqué que ça. Ce message, c'est ta mère qui te l'a transmis indirectement. Elle a laissé son empreinte jusque dans la moindre de tes cellules par son amour pour toi qui était immense et qui perdure aujourd'hui, où qu'elle se trouve ! Notre rencontre, ou encore le fait que je me nomme Algedi, sont-ils le fait du hasard ? Je ne le crois pas. Je sais au fond de moi que ta mère n'y est pas étrangère.

— Mais ce message, quel est-il ?

— C'est le souvenir qu'elle t'a laissé, pour que tu n'oublies jamais combien elle t'aimait et que tu gardes toujours espoir, même dans les moments les plus durs. Aujourd'hui, tu as su le recevoir. Et grâce à ça, la mémoire t'est revenue. Mais c'est encore fragile et si tu veux la recouvrer définitivement, tu dois éliminer Eraser et le chasser à jamais de ta vie ! Te sens-tu prête ?

— Oui, je le veux. Mais je ne sais toujours pas comment m'y prendre.

— Souviens-toi d'où il tire son pouvoir et surtout, n'abandonne pas…

L'aventurière sut alors ce qu'elle avait à faire. Comme elle savait à présent que l'ombre de son souvenir au cimetière n'était autre qu'Eraser, elle comprit que, se nourrissant de rêves, il avait profité de sa détresse pour prendre tout ce qu'il y avait de meilleur en elle.

Que ce soient les histoires qui la faisaient rêver jadis, en passant par les projets qu'elle n'avait jamais pu réaliser, il était allé jusqu'à lui voler l'amour et l'amitié qu'elle n'avait su donner aux autres ! Pendant des années elle avait été seule et aveugle. Mais cette époque était révolue…

— Je suis prête à l'affronter, dit-elle avec détermination. Libérez-le !

Algedi lui sourit sereinement et fit signe à Altaïr et Régulus de défaire le lien magique qui maintenait Eraser et Algol prisonniers, puis ils disparurent tous les trois.

À peine libéré, Algol, qui avait été blessé par le contact de la corde, ne fut plus que l'ombre de lui-même.

Il s'écroula sur le sol, paraissant pour l'instant hors d'état de nuire. Mais Eraser recouvra vite ses forces et les ténèbres rejaillirent.

— Allons donc, fit-il, sarcastique, tandis que le vortex au creux de son ventre se remettait à tournoyer. Voilà donc toute l'aide que tu as reçue ? Avoue que ce n'était pas grand-chose. Tant que les mages étaient là tu avais une chance de t'en tirer, mais maintenant…

Son aura maléfique s'intensifia encore et emplit toute la pièce, enserrant la championne de ses serres sombres et glaciales.

— Te voilà à nouveau seule ! Les imbéciles !

Emily lutta de toutes ses forces contre le froid et la peur qui menaçaient de l'envahir.

— Seule, tu l'as toujours été, telle est ta destinée. De l'espoir ? Ce ne sont rien d'autre que de belles paroles. À quoi te servent tes précieux souvenirs à présent ? À te sentir encore un peu plus isolée ? Tu t'es laissée abuser par des mensonges !

La jeune fille sentit sa tête tourner. La voix de son ennemi semblait lui parvenir de loin, comme doublée par un écho. Il tentait d'asseoir son emprise tandis que le vortex s'était à nouveau étendu sur presque tout son corps, avec une rapidité fulgurante.

— Regarde la réalité en face ! Il n'y a rien pour toi dans ce monde ni ailleurs !

Il étendit encore son pouvoir sur elle jusqu'à ce qu'une onde de choc la traverse.

Les souvenirs qui lui avaient semblé si merveilleux encore quelques instants plus tôt cessèrent aussitôt de l'enchanter et lui laissèrent un goût amer.

Ce n'étaient guère que des chimères ! Que pourraient-ils lui apporter d'autre que des regrets ? Face à la solitude qu'elle ressentait, les souvenirs de sa mère bien vivante et de son père riant sur la plage lui apparurent presque obscènes. Tout cela appartenait au passé et devant, il n'y avait rien d'autre que le néant.

Erevan était peut-être déjà mort, Callisto l'avait trahie, et Pierre-de-Lune lui-même était voué à disparaître. Et quand bien même si Erevan avait survécu elle le perdrait, car elle avait désormais conscience d'une tout autre réalité : celle qu'elle avait laissée derrière elle le jour où elle était tombée dans ce long toboggan dans l'ascenseur, cette vie sans saveur où elle finirait seule un jour où l'autre. Car c'était bien de cela qu'il s'agissait : finir seule, sans amour, dans une vie sans le moindre intérêt, alors que son père mourrait bien avant elle. Et revivre à nouveau le désespoir, la douleur et le deuil…

— Je peux aisément te débarrasser de tout ça, fit Eraser comme s'il lisait dans ses pensées. Je peux même te délivrer de l'autre monde ! Erevan ne survivra pas et tu ne le sais pas encore, mais ton père est déjà mort. Tu pourrais aller les rejoindre, eux et ta mère. Laisse-toi aller ! Offre-toi à moi, et tu connaîtras l'oubli…

Comme envoûtée par la voix d'Eraser qui avait à présent totalement repris sa forme de vortex, Emily se sentit glisser vers l'inconscience. Mais soudain, alors que ses forces l'abandonnaient, des voix surgirent de toutes parts et l'assaillirent avec une intensité incroyable.

*Ta mère veut que tu vives !* cria la voix de Régulus. *Tu as toute la vie devant toi !* fit celle d'Altaïr. *Ne l'écoute pas, il ment ! Je serai là, dans l'autre monde, dans ton monde !* hurla Pierre-de-Lune. *N'abandonne pas, ne méprise pas la vie qu'on t'a donnée ! Ta mère ne souhaitait pas ça pour toi !* tonna Algedi. *Je t'aime, je suis vivant !* cria Erevan. *Bats-toi !* ajoutèrent-elles toutes en même temps.

— Je ne peux pas, murmura la jeune fille dans un souffle. Je n'ai plus de force…

Elle essaya de s'accrocher à l'idée que Pierre-de-Lune lui avait dit pouvoir la retrouver dans son monde à elle et qu'il pourrait donc peut-être en être aussi ainsi pour Erevan, mais ne parvint pas à sortir de sa léthargie. Son père était mort! Et la douleur qu'elle ressentait était telle que toute envie de vivre avait disparu. Et si ses amis n'existaient pas réellement? S'ils étaient juste le fruit de son imagination? Elle doutait de le supporter. Alors une autre voix, plus forte et plus puissante que toutes les autres, s'éleva dans les airs.

*Ne m'abandonne pas ma chérie! J'ai tant besoin de toi! Tu es toute ma vie!*

Emily reconnut immédiatement la voix qui lui répétait sans cesse de retrouver son chemin, stupéfaite de ne pas avoir compris plus tôt à qui elle appartenait. C'était pourtant celle de son père! Et il était bel et bien vivant!

— Papa?! s'écria-t-elle le cœur battant. Papa!

Le maléfice d'Eraser se dissipa en un instant et elle revint brusquement à elle.

Soudain, elle réalisa qu'elle avait été reliée à Algol sans s'en apercevoir par une excroissance translucide où coulait un liquide verdâtre qui lui transperçait le ventre et ressortait de l'autre côté de son abdomen. Contaminé par cette substance écœurante, son sang était acheminé jusqu'au vortex d'Eraser. Épouvantée, elle saisit cette espèce de trompe à deux mains et l'arracha.

— Comment osez-vous?! hurla-t-elle sans se soucier de la douleur qui lui déchira les entrailles. Pour qui me prenez-vous?!

Eraser poussa un cri terrifiant et l'appendice se rétracta vers Algol en produisant un son d'une stridence atroce. Saisi de panique, le sinistre personnage tenta de battre en retraite, mais il était déjà trop tard. La trompe vira au rouge et se consuma petit à petit, retombant sur le sol en un amoncellement de cendres grises, jusqu'à atteindre Algol qui se décomposa en un cri apocalyptique.

— Alors, quel effet ça fait ?! hurla-t-elle avec haine.

— C'est impossible ! fit la voix qui sortait du vortex.

— Si c'est possible ! s'écria-t-elle, triomphante. Je vais rêver et je vais vivre !

Un rayon d'une blancheur aveuglante émana d'elle et balaya Eraser comme un fétu de paille ! Il fut projeté contre la paroi opposée de la grotte et redevint la misérable créature qu'il était en réalité.

— Je te reprends ce que tu m'as pris ! tonna Emily. Je te reprends la vie, je te reprends l'amour, je te reprends l'espoir, je te reprends l'avenir !

À chacune de ses paroles, un cercle de lumière jaillissait d'elle et déchiquetait le corps d'Eraser comme un feu blanc et brûlant. Chaque mot, chaque pensée, devenaient des armes portant des coups en rafale avec une violence inouïe ! Eraser perdit tout pouvoir et son corps fut criblé d'une myriade de plaies lumineuses, ressemblant à s'y méprendre à des constellations. Un fol espoir naquit alors en Emily et, tandis qu'un bonheur sans nom s'emparait d'elle, l'ennemi tant redouté poussa un dernier cri avant de disparaître en une explosion massive.

# CHAPITRE XVI

# Retrouvailles

C'était fini. Débarrassés de la puissance maléfique d'Eraser, les lieux n'avaient plus rien d'angoissant. À la lueur vacillante des torches, l'endroit n'était plus qu'une simple grotte humide.

Maintenant qu'elle avait retrouvé la mémoire, elle repensa à tout ce qu'elle venait de traverser et éprouva le désir intense de revoir son père. Elle avait eu si peur pour lui ! Le croire mort lui avait déchiré le cœur. Mais elle était toujours aussi inquiète au sujet d'Erevan et l'idée de devoir le quitter lui demeurait insupportable.

Elle rassembla ce qui restait de ses affaires, les remit dans son sac, et se dirigea vers la sortie. Après avoir traversé de longues galeries, elle aperçut au loin la lueur du jour.

L'aventurière soupçonnait à juste titre Pierre-de-Lune d'en savoir plus long à son sujet que ce qu'il avait bien voulu laisser entendre. C'était le premier à lui avoir dit qu'elle n'appartenait pas à ce monde, lui qui disait qu'ils étaient liés, lui qui disparaissait fréquemment pour vivre une autre vie. Il saurait sans doute l'aider à retourner chez elle. Après tout, il n'était pas impossible que le garçon se trouve dans une situation semblable à la sienne et, si c'était le cas, il restait un espoir pour qu'il en aille de même pour Erevan. À condition que ce dernier ne soit pas déjà mort…

Cette pensée la ramena à Callisto, cette traîtresse qui avait réussi à s'échapper sans le moindre mal. Elle la retrouverait et lui ferait payer !

La voyageuse fit encore quelques enjambées et se retrouva dehors dans une vaste prairie bercée par le vent. Certainement était-elle ressortie de l'autre côté des marais.

Tout à coup, une pensée l'envahit. Où était passé Arcturus ?! Elle ne l'avait pas revu depuis le moment où Eraser était apparu. Tout n'était pas complètement réglé et peut-être qu'en ce moment même il était aux trousses de Pierre-de-Lune et d'Erevan en compagnie de cette ourse infâme pour en finir avec eux !

Elle devait les retrouver coûte que coûte.

La jeune fille partit comme une flèche en courant à travers champs. Comment avait-elle pu être stupide au point de croire que tout serait résolu aussi facilement ?

Elle aperçut un village au loin et décida de voler pour gagner du temps.

Si quelqu'un les avait vus, elle devait le savoir au plus vite !

En arrivant près du hameau, elle se heurta à un champ de force invisible et fut contrainte d'atterrir.

Elle parcourut les derniers mètres en courant et parvint, légèrement essoufflée, devant ses portes closes.

— Y a quelqu'un ? cria-t-elle en tambourinant contre le rempart de bois. Ouvrez-moi !

Un petit vasistas apparut, dévoilant une paire d'yeux plissés et méfiants.

— Qui êtes-vous ? Que voulez-vous ? fit d'une voix peu amène l'inconnu qui la dévisageait.

—Je m'appelle Emily ! Je cherche des amis. L'un d'eux est gravement blessé !

Le vasistas se referma en claquant et quelques instants plus tard la porte principale s'ouvrit.

— Entrez ! fit le garde en la jaugeant.

Il la tira sans ménagement et referma précipitamment la porte derrière elle.

—Edgard ! cria-t-il en direction de la tour de garde. La gamine est arrivée !

— Qu'est-ce que tu dis ? répondit d'une voix chevrotante le dénommé Edgard du haut de son promontoire.

— La gamine est arrivée ! répéta le garde en hurlant. Surveille la porte pour moi !

— La corde ? répondit le vieillard qui semblait à peine tenir sur ses jambes.

— Non, la porte ! Il faut que tu gardes la porte ! s'époumona le gardien.

Il se tourna vers Emily.

— J'espère qu'il a compris, il devient de plus en plus sourd, expliqua-t-il.

— Je vois, fit la jeune fille. On dirait que vous m'attendiez, poursuivit-elle. Vous savez donc quelque chose ? Je vous en prie, c'est important. Ne me faites pas attendre !

Le garde lui intima de la suivre et l'emmena sur l'unique place du village.

Le bourg donnait l'impression de s'être figé dans le temps, quelque part au Moyen Âge. De mauvaises herbes poussaient entre les pavés crasseux, maculés de boue.

Les petites maisons à colombages étaient vétustes et on pouvait sentir aux alentours les relents nauséabonds des champs récemment purgés.

Les crottins de chevaux mêlés de paille qui jonchaient le sol un peu partout, indiquaient un lieu de passage particulièrement fréquenté.

— Quelqu'un va venir vous chercher, fit l'homme sans lui en dire plus, avant de s'éloigner en sifflotant. Bonne journée et à bientôt !

Méfiante, l'aventurière s'assura que son poignard était bien accroché à sa ceinture. Il pouvait s'agir d'un traquenard et, vu les circonstances, elle ne se montrerait jamais assez prudente. Elle soupira avec impatience. Allait-elle poireauter encore longtemps ?

Enfin, un petit homme replet sortit d'une maison et vint la rejoindre.

— Vous êtes Emily, c'est bien ça ? demanda-t-il abruptement en la regardant d'un air qui ne lui inspira pas confiance.

— Oui c'est bien moi. Qui êtes-vous ? fit-elle sèchement.

— Cela ne vous regarde pas tant que vous ne m'aurez pas donné la preuve de votre identité, répondit le bonhomme de façon désagréable.

— La preuve ? Quelle preuve ? Vous me faites perdre mon temps ! dit-elle en s'apprêtant à tourner les talons, soupçonnant de plus en plus la possibilité d'un piège.

— Attendez ! fit l'homme en essayant de la retenir.

Elle tira sa lame et la lui plaqua contre le cou.

— Ne me touchez pas ! gronda-t-elle.

— Ne vous énervez pas Mademoiselle ! J'ai des informations ! Mais je ne puis vous les donner tant que je ne suis pas sûr de savoir qui vous êtes.

— Vous devrez vous contenter de ça comme preuve, dit-elle en appuyant sa lame un peu plus fort contre sa peau. Maintenant dites-moi ce que vous savez !

— Par pitié, retirez cette arme de mon cou ! glapit l'inconnu, le front couvert de sueur. Je vous crois !

La championne abaissa sa lame.

— Je vous préviens, faites le moindre geste et je vous tue !

— Du calme, dit-il en levant ses mains pois-seuses. Je sais où sont vos amis et je vais vous mener jusqu'à eux.

— Eh bien voilà, il suffisait de le dire. Avancez maintenant ! fit-elle en le bousculant.

Il la mena près d'une petite masure miteuse et l'y fit entrer.

La demeure n'était constituée que d'une seule pièce, déserte, au centre de laquelle avait été bâtie une fontaine de pierre aux eaux troubles.

— Vous moquez-vous de moi ? s'impatienta-t-elle en brandissant son poignard. Faites attention ou je vais m'énerver.

Le petit homme se remit à trembler.

— Je vous assure que je ne me moque pas de vous ! jappa-t-il précipitamment. Vos amis auraient pu me prévenir que vous étiez dangereuse. Je me présente : Albert Adelford, Maître des Portes.

— Votre nom m'est inconnu et à dire vrai, je m'en fiche. Rien ne me prouve que vous disiez la vérité. Que sommes-nous venus faire ici ?

L'homme eut sincèrement l'air étonné puis s'exclama :

— Je comprends ! Vous n'avez sans doute en-core jamais emprunté ce genre de passage. Cette fontaine est une illusion destinée à cacher une porte. Vous devez y entrer et attendre que l'eau devienne claire pour vous immerger complètement. Ensuite, vous retrouverez vos amis.

— Qu'est-ce qui me le garantit ?

— Rien pour l'instant. Mais avez-vous une autre option ?

Elle dut admettre qu'il avait raison et partit à reculons près de la fontaine sans cesser de le tenir en respect du bout de sa lame.

— Si c'est un piège, vous le regretterez ! dit-elle encore.

— Je vous jure qu'il n'en est rien, couina-t-il. Ne voulez-vous pas vous calmer ?

— Non, assez discuté ! Reculez !

L'homme s'éloigna dans un coin de la pièce en tremblant, la jeune fille s'immergea, puis elle disparut.

À son contact, l'eau prit la consistance d'une brume vaporeuse et tourbillonna avec légèreté autour d'elle. Puis, soudainement, l'environnement se modifia, s'assombrit jusqu'à atteindre l'obscurité la plus totale pendant que des dizaines de lueurs colorées se mettaient à fuser çà et là.

Elles gagnèrent en intensité et se muèrent en une explosion de couleurs, semblables au cœur d'une nébuleuse !

C'est alors qu'un roulement de tonnerre retentit et que des milliers d'étoiles apparurent. Elles commencèrent à se mouvoir peu après en suivant une trajectoire qui semblait établie par une sorte de mécanisme bien rodé, puis allèrent se placer une à une dans un espace défini.

Petit à petit, elles formèrent des constellations et se fixèrent dans ce ciel étrange qui se déchira, laissant apparaître une brèche gigantesque.

La voyageuse se souvint du jour où elle avait rencontré Pierre-de-Lune.

Il avait provoqué un phénomène similaire par ses propres moyens et ouvert une porte dimensionnelle .qui les avait téléportés en quelques instants dans un autre endroit.

Sans réfléchir davantage, elle s'engouffra dans la brèche et s'y sentit aspirée par une puissante force d'attraction, tandis que l'espace s'étirait en une longue distorsion.

Finalement, le monde se matérialisa autour d'elle.

L'obscurité laissa place à la lumière et la brume cessa d'onduler jusqu'à redevenir eau.

Emily vit alors un visage flou penché au-dessus d'elle. Deux mains la saisirent et la tirèrent hors de la fontaine.

— Pierre-de-Lune ! s'écria-t-elle en le serrant dans ses bras. Tu vas bien ? Où est Erevan ?

— Je vais bien…

Malgré le soulagement évident qu'il éprouvait à la revoir saine et sauve, le garçon avait répondu d'un ton grave.

— Hélas, on ne peut pas en dire autant pour Erevan, ajouta-t-il. Viens, il est dans la pièce d'à côté.

Folle d'angoisse, elle découvrit le jeune homme, toujours inconscient, allongé sur un lit. Il était d'une pâleur mortelle, couvert de plaies et d'hématomes. Son beau visage restait déformé par la souffrance et la jeune fille fut prise d'une fureur meurtrière en repensant à Callisto et Arcturus qui couraient toujours. Mais pour l'instant elle devait agir, et vite !

Elle se précipita à son chevet et entreprit de le guérir avec la même technique qu'elle avait employée sur le requin lors de son voyage sous la mer. Elle se concentra, visualisa chaque blessure, et laissa grandir en elle le flux énergétique bienfaisant qu'elle répandit sur les plaies du guerrier, sous forme de chaleur et de lumière.

Quelques heures plus tard, Erevan allait un peu mieux, mais demeurait néanmoins dans le coma. Après qu'elle se fut lavée et changée, Pierre-de-Lune la supplia de se reposer un peu, mais elle s'y refusa, préférant passer le reste de la nuit à veiller celui qu'elle aimait, sans cesser de lui parler.

Le lendemain matin, l'enfant voulut lui demander de l'accompagner dans une autre ville pour une urgence, mais, voyant sa détresse, finit par y renoncer.

— Penses-tu qu'il va se réveiller ? demanda-t-elle, les yeux brouillés de larmes.

— Il est solide, tenta de la réconforter le garçon en posant une main apaisante et affectueuse sur son épaule. Et tu as accompli des miracles. Laisse-lui encore un peu de temps… Je dois m'absenter, mais je reviendrai vite, ajouta-t-il. Ça va aller ?

— Oui, mais fais attention, répondit-elle d'une petite voix.

Quand il fut sorti, elle s'allongea contre Erevan et posa sa tête sur son torse pour écouter son cœur battre. Elle resta ainsi durant de longues heures, guettant le moindre signe de vie de sa part, priant pour qu'il guérisse.

— Si tu savais comme je t'aime, dit-elle en se serrant un peu plus contre lui. Ne m'abandonne pas mon amour, aujourd'hui c'est à toi de retrouver ton chemin…

La main du guerrier serra imperceptiblement la sienne, puis retomba.

Au bout de quelques heures, la poitrine du jeune homme se souleva et elle crut l'entendre murmurer. Elle se redressa vivement et vit avec joie qu'il avait réussi à ouvrir les yeux.

— Erevan ! Tu m'entends ? Dis-moi que tu m'entends !

Elle pencha son oreille vers lui et, lorsqu'elle eut distingué ses paroles, laissa ruisseler ses larmes.

À son retour, Pierre-de-Lune les retrouva tous deux assis sur le lit, étroitement enlacés. Erevan, qui avait pu boire et manger, reprenait des forces étonnamment vite en regard de ce qu'il avait vécu et le garçon en fut très rassuré. Cependant, il paraissait toujours aussi préoccupé.

— L'as-tu trouvée ? fit le jeune homme, l'air inquiet.

— Oui, répondit l'enfant. Mais ce n'est pas beau à voir…

— Mais de quoi parlez-vous ?

— De Callisto, répondit Pierre-de-Lune. Elle est dans un sale état.

Ainsi avait-il donc retrouvé la traîtresse et elle était blessée ? Tant mieux ! Mais cela ne suffit pas à apaiser la colère d'Emily. Elle jeta un regard lourd de sens à ses amis qui le lui rendirent, la situation se passant de mots.

Bien qu'étant mal en point, Erevan assura qu'il était en mesure de se déplacer et qu'il fallait partir sur-le-champ. Apparemment, il devait être tout aussi pressé qu'elle d'en finir ! Quant à Pierre-de-Lune, son expression sombre laissait à penser que lui aussi était encore sous le choc de la traîtrise. Quelle chance qu'il ait réussi à la capturer !

Maussades, ils passèrent par le portail dimensionnel en silence et arrivèrent dans une grande ville aux rues propres, construites en damier. De longues avenues aux allées parcourues de marronniers s'étendaient aussi loin que le regard pouvait porter.

Ils traversèrent un grand parc ombragé puis empruntèrent quelques ruelles avant d'entrer dans une maison de briques rouges.

— C'est ici, dit Pierre-de-Lune d'une voix sinistre en faisant tourner sa clef dans la serrure. J'espère qu'elle n'aura pas eu la mauvaise idée de se lever…

La jeune fille s'en fichait comme d'une guigne et se demanda soudain pourquoi son ami se préoccupait de savoir si elle s'était levée. Il paraissait pourtant tout aussi bouleversé qu'Erevan et elle-même ! Avait-il l'intention de lui parler ? Songeait-il à lui pardonner ses actes ? À peine eut-il le temps d'ouvrir la porte que la championne tira sa lame et se rua sur Callisto avec un cri de haine, bien résolue à la tuer.

— Sale traîtresse ! Tu vas payer pour ce que tu as fait !

Une solide poigne arrêta son geste et la tira en arrière.

— Non, mais ça ne va pas ? cria Pierre-de-Lune. Tu es devenue folle ?

Hors d'elle, Emily se débattit comme une furie.

— Tu oses la défendre après ce qu'elle nous a fait ? Sache que pour ma part je ne compte pas en discuter !

— Que racontes-tu ? répondit-il tandis qu'Erevan s'interposait entre elle et l'ourse affaiblie qui se recroquevilla en couinant sur un matelas posé à même le sol. Peux-tu me dire ce qui te prend ?

Emily se tourna vers le guerrier, éperdue.

— Comment ?! Toi aussi Erevan ?! Ne pensez-vous pas que c'est suffisamment grave comme ça pour s'épargner la peine de lui pardonner ?!

— Mais de quoi parles-tu ? répondit le guerrier sur le qui-vive, en faisant rempart de son corps pour protéger Callisto. Dis-nous ce qui se passe !

L'ourse émit un grognement plaintif.

— Toi, tais-toi! cracha la jeune fille. Erevan, tu ne te souviens de rien? Et toi, Pierre-de-Lune, pourquoi ne lui as-tu rien dit si tu savais qu'il avait perdu la mémoire?

— Mais de quoi tu parles? répondit l'enfant. Emily, tu perds la tête!

— Ma chérie, intervint le jeune homme en tentant de l'apaiser, c'est sûrement un malentendu. Explique-toi calmement!

— Il se passe que c'est elle qui nous a trahis, elle qui t'a vendu, elle qui m'a menée dans ce traquenard! Et je ne comprends pas pourquoi Pierre-de-Lune fait semblant de ne pas le savoir! Il était là, il l'a vue!

Erevan ne se laissa pas démonter.

— Je la connais. Ce que tu dis est impossible!

Désespérée, elle regarda Pierre-de-Lune qui paraissait tomber des nues.

— Mais enfin, quand vas-tu le lui dire?!

Le petit garçon revint de sa stupeur et parut réfléchir.

— Ne me dis pas que tu ne te souviens de rien toi non plus? poursuivit-elle. C'est elle qui ouvrait la marche quand ils t'ont ramené, elle qui a voulu tuer Erevan! Je t'en supplie, fais un effort! Qu'est-ce qui cloche dans cette histoire?! Réagis ou bien je vais vraiment devenir folle!

À cet instant, le visage de l'enfant s'illumina.

— Attends, ça y est ! Je crois que j'ai compris !

— Alors vas-y, explique-moi !

— Je pense savoir ce qui s'est passé. Essaie de te rappeler. À partir de quel moment n'as-tu plus vu Arcturus ?

— Quand son maître est apparu, répondit-elle sans hésiter. D'ailleurs je compte bien le retrouver lui aussi !

— Non, écoute. Lorsque je suis venu te chercher à Sol'hôtel, Erevan et Callisto avaient déjà été enlevés. Je ne te l'ai pas dit pour ne pas t'affoler, mais je t'ai toutefois fait promettre de ne prendre aucune décision avant mon retour, tu t'en souviens ?

— Oui, et alors ?

Le gamin se tourna vers Erevan.

— Quels sont tes derniers souvenirs après ton enlèvement ?

Le jeune homme réfléchit.

— Je me rappelle que nous avons été pris dans une embuscade alors que nous cherchions les derniers ingrédients pour le traitement de Callisto, répondit-il en se concentrant pour bien se remémorer les événements. Elle m'avait persuadé de la laisser m'accompagner et s'est éloignée un moment pour… enfin, vous savez, quoi… Ne la voyant pas revenir, je suis parti à sa recherche et quand je l'ai trouvée elle était inconsciente, une fléchette plantée dans le cou. Ils avaient profité qu'elle soit seule pour l'endormir ! Mais elle n'était pas morte… Après, ils me sont tombés dessus. Je n'ai pas pu me défendre car ils ont menacé de la tuer. Je me suis donc rendu. Ensuite ils nous ont emmenés dans cette grotte et nous ont séparés. Après cela, je ne me souviens plus de rien…

— Cela confirme mon intuition, fit Pierre-de-Lune, visiblement soulagé. Car vois-tu, Emily, quand nous étions retenus prisonniers je n'ai pas vu une seule fois Callisto. La seule personne qui était présente du début à la fin c'était bien ce chien d'Arcturus!

—Je ne comprends pas, balbutia-t-elle, abasourdie.

— Lorsque j'ai fui avec Erevan, expliqua le gamin, j'ai entendu de petits gémissements non loin de là. Alors je suis revenu sur mes pas et j'ai découvert Callisto enfermée dans une cage, dans le piteux état dans lequel tu la vois là. Quand j'ai compris ce qu'ils lui avaient fait, j'en ai été terrifié! Pourquoi un tel acharnement? Je pense désormais que j'ai la réponse. Arcturus a certainement trouvé le moyen de prendre son apparence en prélevant des parties d'elle dans la souffrance. J'avais déjà entendu parler d'un tel sort, mais je ne pensais pas que quiconque puisse songer à s'en servir. Même s'il peut être utilisé plusieurs fois, le procédé ne fonctionne que sur une personne à la fois, ce qui explique que toi seule l'aies vu sous la forme de Callisto. Son plan était simple. De cette manière il pouvait facilement t'attirer dans son piège tout en te faisant perdre la foi! Il savait également que s'il réussissait à te mettre le grappin dessus, je finirais moi aussi par venir me jeter dans la gueule du loup… Peu de temps après, les mages sont arrivés et se sont chargés de l'emmener ici, en sécurité. De mon côté, je suis parti avec Erevan vers le bourg le plus proche pour essayer de le soigner…

— C'est exact, fit une voix surgissant derrière eux.

Ils se retournèrent et virent Algedi, Régulus et Altaïr dans l'encadrement de la porte.

— Heureux de ne pas être arrivés trop tard pour te le dire. Nous avions encore un petit problème à régler… Nous nous sommes chargés d'Arcturus.

À la fois soulagée et folle de joie d'apprendre que Callisto n'était pour rien dans ce qui s'était passé, Emily prit soudain conscience de l'état dans lequel se trouvait l'ourse.

Elle se précipita vers elle en lui demandant pardon, et vit avec horreur que ses pattes avaient été mutilées.

— Elle dit que c'était pour l'empêcher de se défendre ou de fuir, traduisit Erevan avec colère en réponse au grognement de l'ourse.

— Soigne-la comme tu l'as fait avec un certain requin sous la mer, renchérit Algedi. Toi seule en es capable.

L'aventurière acquiesça, s'agenouilla auprès de son amie, tendit la main au-dessus de ses pattes blessées et ferma les yeux. Bientôt, elle sentit la chaleur bienfaisante l'envahir et sortir au-delà de son corps… Quelques heures plus tard, elle avait terminé. Callisto, délivrée de la douleur, s'était endormie et reposait calmement à ses côtés dans un souffle régulier.

— Merci, lui dit Erevan. Je n'aurais pas supporté une seconde de plus de la voir dans cet état…

De fait, il était toujours aussi pâle et semblait lui aussi avoir besoin de se reposer encore.

— Tout de même, il faudra que vous trouviez une solution pour que les poisons n'agissent plus sur elle et que cela ne se reproduise plus ! le réprimanda Altaïr avec sévérité. Vous auriez dû refuser de l'emmener avec vous !

— Non, mais vous ne pensez pas qu'ils ont assez souffert comme ça ? coupa Emily. Dites-moi plutôt comment vous avez su que j'avais soigné un requin en mer.

Les mages se concertèrent du regard et partirent d'un grand rire.

— Tout simplement parce qu'ils y étaient ! répondit Pierre-de-Lune à leur place. Et encore, aux premières loges ! Comment, ne les reconnais-tu pas ? ajouta-t-il devant l'air d'incompréhension de la voyageuse. Ils t'ont pourtant rendu bien des services. D'ailleurs, je fus bien content lorsque j'ai appris qu'ils étaient avec toi les quelques jours où je n'ai pas pu te rejoindre.

— Cesse donc de la taquiner, le réprimanda doucement Régulus. Il est vrai que nous n'avons encore jamais eu le temps de nous présenter. Du reste, les diverses formes que nous prenions ne nous le permettaient tout simplement pas.

— En vérité, fit Altaïr, nous avons le don de nous métamorphoser en animaux…

— Et pas n'importe lesquels ! précisa Algedi en riant. Altaïr, par exemple, dont le nom signifie « aigle en vol » a le regard perçant de l'aigle…

— Mais se transforme en pigeon ! coupa Régulus d'un air moqueur.

— Eh, laisse tomber ! rétorqua Altaïr. Avec ton nom qui reprend pompeusement celui de la plus belle étoile de la constellation du lion, tu crois que c'est mieux de se prendre la forme d'un chat ?!

— Tsss, vous ne pouvez pas vous en empêcher hein ? s'amusa Algedi en les regardant d'un air indulgent.

— Oh toi biquette, la bonne étoile du combattant, tu ne faisais pas le malin l'autre jour quand tu t'es fait courser par un bouc !

Algedi sembla profondément offusqué de cette raillerie.

— Alors si je comprends bien, demanda Emily, vous étiez là dès le début ? Le chat, le chien et le pigeon à Ardin c'était vous ?

— Oui, répondit Altaïr. Tu m'as vu sous la forme d'un pigeon. La raie c'était moi aussi, ainsi que la vache qui t'a menée lors de ton arrivée jusqu'à la clairière où tu as rencontré Pierre-de-Lune !

— L'âne, le chat et la pieuvre, c'était moi, ajouta Régulus en faisant une petite révérence comique.

— Quant à moi, tu m'as successivement vu sous la forme d'une chèvre, d'un chien et d'un requin. Je te dois la vie et je ne saurai jamais assez t'en remercier ! termina Algedi.

Erevan se rapprocha d'elle et la prit par la taille.

— Ce sont eux également qui ont fait fuir Arcturus et Algol le jour où nous nous sommes rencontrés et à eux aussi qu'était destiné le message que j'avais laissé à la maison…

Tout s'éclairait. Elle connaissait à présent l'identité des mystérieux amis dont ils avaient fait mention de nombreuses fois. Jonas lui en avait également parlé en ces termes. Se pouvait-il qu'il les connaisse lui aussi ?

Elle les remercia d'avoir pris soin d'elle et de l'avoir sauvée à plusieurs reprises, puis se demanda comment il se faisait que Pierre-de-Lune ait été dans l'incapacité de la rejoindre quand elle séjournait dans l'eau.

Où était-il à ce moment-là et qu'est-ce qui l'avait empêché de la retrouver ? Quand elle lui posa la question, le garçon tenta d'esquiver.

— C'est que je n'avais pas forcément l'intention d'en parler, dit-il en rougissant, ce qui éveilla l'intérêt de tous.

— Si tu ne voulais pas nous en parler, c'est un peu tard, intervint Erevan, intrigué.

Callisto, qui venait d'ouvrir un œil, dressa une oreille attentive.

— Allez, ne te fais pas prier, ajouta Régulus qui paraissait connaître la vérité et le toisait en souriant d'un air espiègle. Je suis sûr que tout le monde meurt d'envie d'entendre ta réponse.

Pierre-de-Lune lui jeta un regard en coin, puis lâcha enfin :

— Eh bien voilà. Je savais qu'Emily séjournait sur une petite île pour lui avoir envoyé des boîtes d'allumettes peu auparavant, alors je m'y suis rendu. Quand je suis arrivé, elle était déjà repartie, mais je ne parvenais pas à la localiser. Je sais maintenant que c'est parce qu'elle était sous la mer, mais l'idée ne m'est pas venue à l'esprit de chercher par là. Toujours est-il que si j'avais su, je ne serais jamais allé sur cette île ! C'est là que j'ai rencontré une petite peste qui a aussitôt pris mon nom en grippe. Elle s'est mise à m'appeler « Delune » en déclarant que Pierre-de-Lune était un prénom immonde !

— Némésis ! s'écria Emily en éclatant de rire.

— Ou plutôt « Nénémiemésis », corrigea le garçon. J'ai décidé de l'appeler ainsi puisqu'elle tenait absolument à écorcher mon nom ! Bref, elle ne voulait pas démordre qu'elle était ta sœur et se refusait à me donner le moindre renseignement te concernant tant que je ne lui aurais pas prouvé que j'étais bien le Pierre-de-Lune dont tu lui avais parlé. Elle m'a pris pour un vrai saltimbanque !

Franchement Emily, je ne sais pas ce que tu lui as raconté à mon sujet, mais…

— Qu'a-t-elle fait? demanda la jeune fille en souriant.

— Comme elle s'était mise en tête que je pouvais tout faire, elle m'a demandé de réaliser les choses les plus invraisemblables! Elle disait qu'étant donné que j'étais à ta recherche, elle ne pouvait pas me laisser repartir sans être sûre de moi. Elle m'a fait faire le tour du village en marchant sur les mains et en imitant les cris des oiseaux du lagon. Elle m'a ensuite demandé de m'envoler jusqu'au sommet du dôme et d'y rester jusqu'à ce que j'ai attrapé au moins cent moutons! D'abord je ne savais pas ce que c'était et quand j'ai compris, le premier que j'ai attrapé m'a mordu le doigt si fort que je me suis mis à pisser le sang. Ensuite, elle m'a demandé de faire du feu en plaçant l'une de ces affreuses bestioles sur ma main, de le poser sur une perche et de jongler avec! Elle a paru très contrariée de constater que, comme la plupart des gens, je ne sache pas respirer sous l'eau. Elle en attendait plus de ma part puisque j'avais, selon elle, de super pouvoirs! Alors elle a continué à me harceler jusqu'à ce que je n'en puisse plus. Et pour finir, après que j'aie exécuté toutes ses demandes plus abracadabrantesques les unes que les autres, elle était tellement ravie qu'elle m'a forcé à rester plus longtemps.

— Haha ! s'esclaffa Emily tandis qu'Erevan, Callisto et les mages se tordaient de rire. Je reconnais bien là ma Némie !

— Et vous trouvez ça drôle ? s'indigna Pierre-de-Lune.

— Reconnais que c'est plutôt marrant, non ? fit Altaïr.

— Je ne trouve pas, surtout qu'il y a pire, poursuivit le garçon avec une sorte de désespoir.

— Et quoi donc ? demanda Erevan en tentant de reprendre son sérieux.

— Hum, finalement elle avait l'air tellement contente du temps passé avec moi qu'avant de partir je lui ai promis de revenir la voir le plus souvent possible..., dit-il avec dépit. Vraiment, je ne sais pas ce qui m'a pris…

# CHAPITRE XVII

# une vie nouvelle

Emily savait qu'elle devrait repartir un jour, mais elle était tiraillée entre la peur de perdre Erevan et l'envie de retrouver son père. Elle avait discuté longuement avec Pierre-de-Lune qui lui avait promis qu'elle pourrait revenir aussi souvent qu'elle le souhaiterait et qu'elle devait lui faire confiance : tout se passerait très bien, mieux encore qu'elle ne pouvait le penser.

Pour des raisons qui lui échappaient, elle savait que cela avait un rapport avec sa victoire sur Eraser, mais le garçon se refusait à lui donner davantage d'explications en soutenant que, pour que cela soit possible, il fallait qu'elle règle encore certaines choses, notamment par rapport à son père ou au décès de sa mère, et fasse un dernier acte de foi.

Et cet acte était de s'en aller sans crainte ni questions.

Elle ne savait pas si elle en était capable, mais comprit, grâce à sa mémoire retrouvée, qu'elle n'était pas à sa place dans ce monde et qu'elle devait retourner chez elle. L'enfant lui avait parlé d'une question de vie ou de mort et elle devinait que ses propos étaient lourds de sens.

Une fois le moment venu, elle resta seule avec Erevan. Le jeune homme la rassura du mieux qu'il put et lui fit le serment de faire tout ce qui était en son pouvoir pour la retrouver.

L'aventurière ne savait pas s'il en avait parlé avec Pierre-de-Lune, mais il paraissait serein, comme s'il détenait des informations qui lui étaient encore inaccessibles. Elle soupçonnait d'ailleurs fortement le garçon d'avoir fourni quelques explications au guerrier.

Erevan la prit dans ses bras, l'embrassa longuement, et, plongeant son regard dans le sien, lui dit qu'il était temps de partir.

— Tu te souviendras bien de ce que tu dois faire ? lui dit Pierre-de-Lune après qu'elle eut également fait ses adieux aux mages et à Callisto.

— Oui, répondit-elle. Je dois me rendre à l'hôpital et prendre l'ascenseur. Mais que ferai-je ensuite ?

— Quand tu y seras, tu le sauras, affirma l'enfant d'un ton assuré tandis qu'un bruit de klaxon retentissait à l'extérieur. Il faut y aller maintenant. La connaissant, elle ne va pas attendre longtemps…

— Qui donc ? demanda-t-elle, surprise.

— Ton moyen de transport ! répondit-il crânement en ouvrant grand la porte de la maison.

Ébahie, Emily reconnut Betsy − l'auto d'ordinaire si misérable de son ami Brigouli − qui l'attendait dehors, rutilante, faisant rugir son moteur. Elle était méconnaissable ! Ses jantes chromées brillaient de mille feux et son pare-brise renvoyait avec éclat les rayons du soleil.

— Oui, c'est bien elle, confirma Pierre-de-Lune avec fierté. Va vite la rejoindre, sinon elle risque de s'impatienter.

Le cœur battant, la jeune fille se rendit près du véhicule et y entra. La voiture démarra au quart de tour, la plaquant brusquement contre le siège conducteur inoccupé.

— Si on m'avait dit qu'un jour ce serait toi qui me conduirais ! fit-elle en donnant une tape affectueuse sur le volant. Ça me fait plaisir de te revoir ma bonne Betsy.

Elle regretta aussitôt ses paroles, car la voiture, encouragée de la sorte, redoubla de vitesse et ne cessa dès lors plus de klaxonner. Elle roula à tombeau ouvert dans les rues de la ville en faisant crisser ses pneus, dérapa à chaque virage serré, puis s'arrêta, fumante, devant un grand immeuble de verre.

Le cœur au bord des lèvres, la voyageuse descendit de la voiture qui repartit aussi sec à grand renfort de coups d'avertisseur. Elle la regarda disparaître au loin puis se dirigea vers le bâtiment et y entra.

L'hôpital était complètement désert. Le sol, d'un blanc immaculé, sentait l'eau de javel et nul personnel ne se tenait à la réception. Elle longea un premier couloir et arriva près des ascenseurs. Pierre-de-Lune ne lui avait pas indiqué lequel prendre, mais cela n'avait sans doute pas la moindre importance. Elle pressa le bouton d'appel et une porte coulissante s'ouvrit dans un petit bruit métallique.

Mal à l'aise, elle s'engouffra à l'intérieur. Qu'allait-il se passer ? *Je vais aller jusqu'au treizième et ensuite on verra bien,* pensa-t-elle. L'ascenseur se mit en branle et monta lentement, mais ce qu'elle redoutait se produisit alors.

Parvenu au septième, il se bloqua et la cabine chuta ! Elle se cramponna à la rambarde, puis vit une ouverture se former sur le sol. Voilà que ça recommençait ! Cependant, à présent qu'elle connaissait les improbables portails de cet univers, elle songea que ce trou ressemblait fortement aux failles par lesquelles elle avait déjà pu se déplacer rapidement d'un endroit à un autre. Elle décida de ne pas attendre et sauta à l'intérieur.

La chute s'avéra terrible ! Le tuyau dans lequel elle se retrouva s'apparentait davantage à un long tube de plastique transparent qu'à un toboggan. Elle glissa à une allure démentielle qui lui retourna l'estomac, et ne tarda pas à apercevoir en contrebas une gigantesque montagne couleur chair.

Peu après, elle fut copieusement arrosée par des arrivées d'eau salée et se heurta ensuite à de petites billes rouges animées qui se trouvaient sur son passage. Elle eut l'impression de commencer à grandir, jusqu'à éprouver la sensation que le tuyau où elle tombait perdait de sa consistance. Puis, à mesure que la jeune fille grandissait, elle vit la forme couleur chair rétrécir en proportion jusqu'à distinguer avec stupeur les contours de son propre visage aux paupières closes, à quelques centimètres d'elle seulement.

*Que se passe-t-il?* s'affola-t-elle. Mais un choc phénoménal la frappa par-derrière !

Ce faisant, elle eut l'étrange sensation de retomber à l'intérieur de son propre corps, puis de se fondre en elle-même. Peu après, elle sombra, inconsciente.

Lorsqu'elle se réveilla, elle trouva son père à son chevet qui pleurait.

Il lui prit la main et la serra tendrement en la couvrant de baisers. Il était pâle et défait, comme s'il n'avait pas dormi depuis des jours. Les cheveux sales et en bataille, il était à des lieues de l'homme soigné qu'elle avait toujours connu.

Son père lui apprit qu'elle avait été victime d'un accident et qu'elle était restée pendant longtemps dans le coma. Une voiture l'avait renversée quand elle était rentrée chez elle après avoir passé l'après-midi en compagnie du brocanteur et ils avaient failli la perdre à plusieurs reprises.

Tandis que le personnel soignant s'affairait autour de son lit, Emily sentit des douleurs près du poignet, lui rappelant les morsures que les tentacules d'Algol lui avaient infligées.

— Tu vois papa, je suis revenue par là, avait-elle dit, encore un peu groggy, en désignant la perfusion qui descendait le long du lit jusqu'à son bras couvert d'hématomes du fait des nombreuses piqûres qui lui avaient été faites.

— Ne vous inquiétez pas monsieur, avait coupé l'infirmier. Ce sont les médicaments qui lui font cet effet. Les patients qui sortent du coma ne se souviennent généralement de rien. Elle vous dira sans doute encore des choses étranges, mais cela passera. Elle vient de traverser une grande épreuve, il lui faut du repos.

— Est-ce que je peux rester auprès d'elle ? avait demandé son père.

— Oui, à condition de ne pas la fatiguer. Si vous avez besoin de quoi que ce soit, n'hésitez pas à m'appeler.

Emily resta alitée encore quelques jours et tenta de parler de ses aventures, mais personne ne la crut. Pourtant, malgré tout ce que les médecins pouvaient dire, elle restait convaincue que tout ce qu'elle avait vécu était bien réel. Il le fallait !

— Votre fille a beaucoup d'imagination ! avait dit un jour l'aide-soignante à son père. Mais ne vous inquiétez pas, elle est hors de danger à présent.

— Il est normal qu'elle s'invente des histoires avait renchéri la neurologue. C'est sans doute sa manière de surmonter le traumatisme que représente un coma. Vous savez, les traitements médicaux sont parfois perçus comme des agressions par les patients, or il est probable que votre fille cherche simplement à oublier la solitude et l'incompréhension qu'elle a dû ressentir durant ces moments-là en construisant ses propres explications et en s'inventant des souvenirs…

La seule chose qui consolait Emily était l'intérêt de son père qui, contrairement au personnel de l'hôpital, paraissait accorder à ses récits une attention dénuée de tout jugement.

Comment aurait-elle pu supporter de croire que tout cela n'ait été qu'un rêve, le fruit du délire d'un cerveau retourné par les médicaments ? Comment aurait-elle pu renier Pierre-de-Lune et ses amis ?

Quand elle pensait à Erevan, son cœur était comme lardé de coups de couteau ! Et pourtant il lui fallait vivre. Son père était là, bien réel, et il méritait tout son amour.

Quand elle put enfin sortir, il la ramena chez eux où ils reprirent leurs marques, heureux de se retrouver hors des murs de l'hôpital.

La jeune fille souffrait toujours de l'absence d'Erevan, mais faisait de son mieux pour ne pas tomber dans la déprime et profiter de la présence de son père, ce qu'elle n'avait que trop peu fait toutes ces années durant. Ils purent parler du passé et se confier l'un à l'autre, chose qui ne s'était jamais produite depuis le décès de sa mère, comme si la douleur les avait enfermés dans une sorte de pudeur.

— Tu sais, lui dit son père lors d'une discussion. Je ne voulais pas aborder le sujet devant les médecins, mais certains détails me frappent dans ton histoire…

— Ah oui, lesquels ? demanda-t-elle avec intérêt.

— Je ne t'en ai pas encore parlé, mais lorsque tu t'es fait renverser par cette voiture devant la maison, j'ai cru devenir fou ! Quand j'ai vu par la fenêtre ce qui se passait, je me suis précipité vers l'ascenseur, mais il était bloqué. Alors j'ai dévalé l'escalier aussi vite que j'ai pu.

— As-tu entendu l'alarme sonner ?

— Non, je n'ai rien entendu et quand bien même quelqu'un aurait été à l'intérieur, je n'y aurais pas prêté la moindre attention. Toujours est-il que j'ai appris plus tard par le gardien d'immeuble que l'un des câbles s'était rompu le jour de ton accident, mais que, par chance et sans pouvoir expliquer qu'elle se soit mise en route toute seule, la cabine était vide. Cela leur a pris une semaine pour le réparer.

— En effet, c'est étrange, répondit-elle. Ça coïncide parfaitement avec ce que je t'ai raconté.

— Tu sais, se confia-t-il, je ne me suis jamais vraiment remis du décès de ta mère. Pendant tout le temps où tu as été dans le coma, j'ai réalisé que je faisais semblant de vivre, pour toi…

— Oh, papa !

— Non, écoute-moi ma chérie. Je crois que je ne réalisais même plus la chance que j'avais d'avoir une fille et je voyais bien que tu étais malheureuse, mais je n'arrivais pas à reprendre le dessus. Je me sentais si seul…

Il marqua un temps de pause et Emily le prit dans ses bras.

— Tu n'y es pour rien papa, fit-elle après qu'ils eurent séché leurs larmes. Tout ça c'est du passé, n'est-ce pas ? Beaucoup de choses ont changé, nous ne serons plus jamais les mêmes…

Étonné de voir combien sa fille semblait avoir mûri d'un coup, il eut du mal à trouver ses mots.

— Tu as raison ma puce, et ce n'est pas là où je voulais en venir. Si je te parle de ça aujourd'hui, c'est parce que, durant toutes ces années, je n'ai cessé de faire un rêve étrange. Toujours le même. Je l'ai longtemps attribué à ma solitude, mais ce rêve s'est modifié après ton accident.

— Et quel était-il ? demanda-t-elle avec curiosité.

— Je rêvais que j'étais un sans-abri et que je vivais seul dans les sous-sols d'une immense ville, dans de petites pièces vétustes. Là-bas j'étais vieux et tout me paraissait triste et vide de sens ! Mais lorsque tu es tombée dans le coma, ce rêve a changé un soir où je me suis endormi d'épuisement à ton chevet. Je suis venu en aide à une jeune fille poursuivie par une horde de sauvages sanguinaires... Un chien, un chat et un pigeon lui sont venus en aide et nous nous sommes enfuis par les dédales infinis que j'ai arpentés si souvent.

Emily tombait des nues.

— Mais c'est exactement ce que j'ai vécu avec Jonas ! s'écria-t-elle.

— Justement ! reprit son père. Ta mère et moi t'avons souvent raconté son aventure. Le lien est évident ! En tout cas, sache que je crois ton histoire. Je suis sûr que tu n'as rien inventé ! Et je peux presque affirmer que les voix que tu as entendues venaient de moi lorsque je te parlais, à ton chevet.

— Mais papa, c'est génial ! s'exclama-t-elle, folle de joie. Tu ne te rends pas compte à quel point ce que tu dis me fait du bien !

— Je ne voulais pas passer pour un fou, expliqua-t-il. Tu comprends bien pourquoi je n'en ai pas parlé devant les médecins ?!

Il afficha une drôle de grimace qui la fit éclater de rire. Elle se rendit compte qu'elle-même voyait la vie d'un autre œil depuis qu'elle avait repris connaissance. Elle comprenait qu'il ne faisait pas bon vivre dans un rêve, mais avait néanmoins réappris à rêver.

Le lendemain, son père lui avait réservé une surprise pour la soirée. Ils s'installèrent à la terrasse d'un petit café et bavardèrent avec complicité, puis il consulta sa montre et lui dit qu'il était temps de partir.

Chemin faisant, elle réalisa qu'ils se dirigeaient en direction de la brocante et il lui expliqua que Pierre Brigouli les avait invités pour le dîner.

— Pierre m'a été d'un grand soutien durant ces moments difficiles, avoua-t-il, devant l'air étonné de sa fille. Mais c'est un homme plein de mystères. Il m'a fait promettre de ne rien te dire avant ce jour.

— Comment c'est possible ? fit la jeune fille. Tu l'as mis au courant de mon accident ? Il a dû se faire un sang d'encre…

— Oui et c'est peu dire ! répondit son père. Mais il a toujours gardé espoir. C'est d'ailleurs lui qui m'a conseillé de te dire aussi souvent que possible de retrouver ton chemin. Il a fermé boutique tous les jours pour venir te voir. Par contre ce n'est pas moi qui l'ai mis au courant. Je n'ai pas quitté ton chevet. Il a sans doute dû l'apprendre par le journal local. Mais j'ai compris à quel point il était attaché à toi et, sans lui, je ne suis pas sûr que j'aurais tenu le coup…

Ils empruntèrent un petit chemin de gravillons, prirent l'allée de terre et arrivèrent à la brocante où une voix bougonne les accueillit.

— Qui va là ? tonna-t-elle.

— C'est nous ! répondit le père d'Emily. Ni en avance, ni en retard !

— Eh bien, c'est quand même pas trop tôt ! fit Brigouli en s'avançant sous la lumière du porche avec un regard pétillant qui démentait le ton peu accueillant qu'il avait employé. Bienvenue gamine, te revoilà sur pieds ! ajouta-t-il. Ça fait plaisir. Venez, j'ai déjà mis la table.

La jeune fille serra le vieil homme dans ses bras.

— Betsy va bien ? demanda-t-elle en souriant.

— Elle se porte à merveille ! répondit-il avec un clin d'œil complice. Il fait chaud, nous mangerons dehors, au jardin. Ça vous va ?

— Avec plaisir ! répondirent le père et la fille.

En apercevant le vieux tacot rouillé, Emily se précipita et posa sa main sur sa carrosserie.

— Salut Betsy ! dit-elle avec un sentiment de joie inexplicable. On peut dire que tu m'as fichu une sacrée frousse l'autre jour ! Mais grâce à toi je suis arrivée à bon port...

— Vous voyez, fit Brigouli à l'adresse de son père. Ça ne lui va pas de traîner par ici. Voilà qu'elle se met elle aussi à lui parler !

Ils éclatèrent d'un rire franc.

Tous trois passèrent une soirée agréable. Emily était très touchée du soin qu'avait pris d'elle et de son père son vieil ami durant son coma.

Ils discutèrent jusque tard le soir et la conversation finit par dévier sur les aventures qu'elle avait vécues pendant son long sommeil à l'hôpital.

Brigouli l'écouta tranquillement puis, rapidement, commença à devenir rouge et à remuer en se frottant les paumes l'une contre l'autre.

N'y tenant plus, il ne put s'empêcher ensuite d'intervenir en gesticulant et en s'excitant comme un gamin, ponctuant le récit de la jeune fille comme s'il y avait lui-même participé.

Ainsi, l'homme commençait et terminait les phrases à sa place en y ajoutant des commentaires. Les éclats vifs et lumineux que lançaient ses yeux semblaient par instants étrangement familiers à Emily qui ne pouvait se retenir de le dévisager alors, ne comprenant pas comment il pouvait savoir tant de choses sur son séjour dans le monde d'Erevan, de Callisto et de Pierre-de-Lune.

Son père, ravi, s'amusait visiblement de ce manège et l'on termina de vider bouteilles et cruches.

Après de longues heures de ce récit palpitant, le silence retomba.

— Et si je retournais nous chercher à boire ? fit Brigouli d'un ton un peu rêveur.

— Ne bougez pas, répondit Emily. Je m'en occupe !

Elle se leva et laissa les deux hommes en tête à tête. Si ses souvenirs étaient bons, les boissons devaient se trouver sous l'évier, dans un petit frigo d'appoint.

Elle entra dans la cuisine, tira le petit rideau qui dissimulait la glacière et y prit quelques limonades fraîches.

Elle s'apprêtait à ressortir quand, soudain, un petit cadre posé sur le haut d'une armoire attira son attention.

— Ça alors… murmura-t-elle en posant les bouteilles sur la table.

Elle avança jusque vers la penderie, se mit sur la pointe des pieds et attrapa la photographie où se trouvait un petit garçon au visage maculé de cambouis, qui tenait une sorte de petit sceptre sculpté à la main.

— Comment ce peut-il ? souffla-t-elle.

Car c'était bel et bien Pierre-de-Lune qui se tenait sur ce cliché ! Elle retourna le cadre et y lut l'inscription à demi-effacée par les années :

« Pierre Brigouli, le 27 septembre 1951. »

Ainsi, le brocanteur et Pierre-de-Lune ne faisaient qu'un ! En 1951, il devait avoir dix ans, tout au plus… Oui, son ami avait su garder son âme d'enfant.

Un souffle d'air frais entra par la fenêtre ouverte et souleva doucement les cheveux d'Emily. Tout était beau, tout était possible ! Elle tourna la tête et admira la profondeur de l'immense ciel d'été. Au firmament, une étoile brilla un peu plus fort que les autres et, tandis que son regard se perdait au loin, la Grande Ourse lui adressa comme un clin d'œil.

# Épilogue

Pourquoi son père et Pierre Brigouli l'avaient-ils envoyée ici ? L'endroit était certes assez joli, mais isolé au milieu de nulle part. Lorsqu'ils lui avaient offert ce week-end de détente, elle pensait qu'ils viendraient avec elle. Mais ils l'avaient mise dans le train avec des airs de conspirateurs en lui disant de bien profiter et étaient restés sur le quai. Et voilà qu'elle se retrouvait dans le parc d'une petite auberge de campagne, à au moins cinquante kilomètres du village le plus proche, dans un coin perdu.

Si elle avait su, elle aurait au moins emporté un livre ! Mieux encore, elle n'aurait jamais accepté de partir. Mais elle était ici et il n'y avait rien d'autre à faire que de contempler le ballet incessant des feuilles mortes automnales tombant sur le sol.

Pour couronner le tout, il faisait un temps exécrable. La petite chambre de l'auberge la déprimait et, bien qu'il pleuvasse régulièrement, elle préférait encore rester dehors. Demain, à la première heure, elle sauterait dans le car, reprendrait le train et rentrerait chez elle.

Prenant son mal en patience, la jeune fille décida d'aller se balader un peu pour tuer le temps et traversa un champ en resserrant le capuchon de son anorak. Parvenue à l'orée d'un bois, elle aperçut un petit banc trempé par la pluie, mais renonça à s'y asseoir. Il faisait déjà bien assez froid comme ça !

Elle s'engagea sur un petit chemin forestier et marcha d'un bon pas. Sous les arbres, elle serait au moins partiellement protégée de la pluie.

Au bout d'un moment, elle se rendit compte qu'elle avait déjà parcouru le sentier sur une bonne distance et qu'il valait sans doute mieux pour elle de rentrer avant la tombée de la nuit. Rebroussant chemin, elle s'aperçut qu'elle avait de plus en plus froid et accéléra encore le pas. Mais alors qu'elle se rapprochait du banc, elle distingua une silhouette assise sous la pluie, qui semblait attendre quelque chose.

À part elle, que pouvait bien faire quelqu'un ici par un temps pareil ? Parvenue à quelques dizaines de mètres de l'inconnu, elle le vit se lever et se tourner vers elle en relevant sa capuche. L'espace d'un instant, le cœur d'Emily cessa de battre. Était-elle en train de rêver ?

— Emily… commença Erevan en avançant vers elle, troublé.

La jeune fille se précipita vers lui et se jeta dans ses bras en pleurant ! Elle n'arrivait pas à y croire et le serra contre elle de toutes ses forces comme si elle redoutait qu'il puisse disparaître. Riant et pleurant à la fois, ils se couvrirent de baisers, le visage baigné de pluie.

— Je t'avais prévenue, dit-il en lui souriant. Je ne saurais vivre une éternité sans toi !

Les jours qui suivirent furent magiques et, naturellement, Emily prolongea son séjour. Le jeune homme lui expliqua qu'il lui avait fallu du temps pour la retrouver. Il se doutait que Pierre-de-Lune la connaissait dans la vraie vie et avait obtenu son adresse en le retrouvant dans ses rêves, mais avait découvert qu'il vivait à des milliers de kilomètres de là. Sans hésiter, il avait décidé de tout plaquer, avait vendu son appartement ainsi que tous ses biens et était venu s'établir dans le pays d'Emily.

Bien entendu, cela n'avait pas pu se faire du jour au lendemain. Mais il était parti dès que ça avait été possible et s'était rendu directement chez Brigouli qui souhaitait le rencontrer pour de vrai afin de le présenter à son père avant de lui donner le feu vert. Il avait été étonné de voir que le gamin qu'il connaissait en rêve était en fait un vieil homme, mais l'avait reconnu immédiatement.

Erevan lui expliqua alors que Pierre Brigouli faisait partie de cette catégorie de gens qui faisaient ce qu'on appelle des rêves conscients et que lui-même en faisait également.

Quand la jeune fille lui demanda pourquoi Pierre-de-Lune disparaissait fréquemment alors que lui non, Erevan lui apprit que c'était tout simplement parce qu'il avait un sommeil plus profond, tandis que Brigouli se levait souvent la nuit. Sans compter que l'inquiétude qu'il avait ressentie durant son coma n'avait pas contribué à améliorer son sommeil.

Ce qui l'étonnait toutefois était qu'ils n'avaient jamais entendu parler de rêves partagés auparavant et qu'il semblait pourtant bien que c'était ce qui leur était arrivé. Emily le questionna encore sur Callisto et les mages, mais le jeune homme ne savait pas qui ils étaient réellement. Mettant en évidence le fait que l'ourse était très spéciale, il doutait qu'elle puisse vivre elle aussi sur terre.

Il lui révéla alors que quelque chose continuait à lui donner des sueurs froides, rien que d'y penser. Dans le cas d'Emily, il doutait qu'il n'ait pu s'agir que d'un simple rêve et se demandait s'il n'était pas possible qu'elle ait frôlé la mort de si près que le rêve avait fini par prendre une place trop importante, au risque de contribuer à empêcher sa guérison.

Il lui raconta qu'alors qu'ils étaient encore au château, Pierre-de-Lune lui avait fait part de ses inquiétudes à son sujet et de l'importance de ne pas l'inciter à se complaire dans ces contrées oniriques — sans pour autant tout lui révéler — de peur qu'Erevan ne lâche accidentellement à Emily une information sur sa situation réelle. Il lui avait simplement demandé de lui faire confiance lorsqu'il lui avait annoncé que la jeune fille courait un grave danger en restant.

Ensuite, peu avant le départ de la jeune fille avec Betsy, le petit garçon, ou plutôt le vieil homme, lui avait expliqué qu'Emily était en réalité plongée dans un coma profond.

S'il avait redouté qu'elle n'apprenne trop brutalement la vérité sans y parvenir par elle-même, c'était parce qu'il craignait que cela lui cause un si grand choc qu'elle refuserait ensuite d'y croire et ne se réveille plus jamais. Le fait qu'elle entende la voix de son père le rassurait car il pensait que cela voulait dire qu'elle gardait un contact, même ténu, avec le monde réel.

Pierre-de-Lune lui avait également avoué avoir tenté à plusieurs reprises de l'orienter sur la bonne piste tout en douceur, en faisant notamment allusion à des choses familières susceptibles d'éveiller en elle quelques souvenirs, comme par exemple en lui parlant de « transports en commun » quand il lui avait appris à voler. D'ailleurs, il avait espéré que cette leçon de vol lui fasse penser à son vieil ami Brigouli qui était capable de voler dans ses rêves, mais cela n'avait pas fonctionné.

Il avait aussi assuré à Erevan qu'il l'aiderait à retrouver la jeune fille dès que les circonstances le permettraient et que, encore une fois, il devrait lui faire confiance et lui accorder un peu de temps.

Le jeune homme n'avait pas hésité un seul instant à pousser Emily à s'en aller dès qu'il avait compris la gravité de la situation. Il l'aimait et préférait la perdre définitivement plutôt que de la savoir prisonnière entre deux mondes.

À présent, il avait la tête pleine de projets et souhaitait lui enseigner sa technique pour faire des rêves conscients afin de repartir tous les deux vers de nouvelles aventures. Ainsi, ils resteraient toujours ensemble, même durant leur sommeil, et pourraient faire découvrir à son père les endroits qu'elle avait visités, lui présenter Callisto, Pierre Brigouli sous ses traits de petit garçon, et retourner voir Némésis tous ensemble. Cela le changerait des souterrains d'Ardin…

Plus amoureuse que jamais, la jeune fille ne demandait qu'à le suivre ! Ils savoureraient chaque instant passé dans ces mondes imaginaires tout comme dans la réalité et, quelque part, perdue au beau milieu de la forêt, une petite chaumine réchauffée par un feu crépitant les attendrait toujours…

Mais, pour le moment, ils désiraient plus que tout profiter de leurs retrouvailles.

Plus tard, ils remercieraient Brigouli et son père de les avoir envoyés ici en pensant que l'endroit serait parfait pour cet événement qui marquerait à jamais leurs vies. Une chose était sûre : jamais plus ils ne se quitteraient.

FIN

# Note d'auteur

Toute ressemblance avec des personnes ou des situations existantes ou ayant existé… Non, je plaisante.

En 2004, une mouche m'a piquée. Je me suis levée un matin en me disant : et si j'écrivais un livre ? Hum, je plaisante encore. Cela ne s'est bien entendu pas passé de cette manière.

Fervente lectrice depuis que je suis en âge de lire, il m'est arrivé d'écrire des nouvelles, poèmes et autres débuts de romans avortés dans l'œuf. Et puis le temps a passé et l'envie d'écrire s'est faite grandissante, avec une idée en tête : rédiger un roman qu'il me plairait de lire, une histoire qui parlerait de choses que j'aime et me fascinent, comme l'univers des rêves, la mythologie ou encore l'astronomie.

Pourquoi l'univers des rêves ? Parce que ça a toujours été pour moi comme un refuge, une source inépuisable d'aventures passionnantes. Depuis toute petite, j'ai la chance de faire ce que l'on appelle des « rêves conscients ». C'est-à-dire qu'à l'image de Pierre Brigouli, dès que je me retrouve dans un rêve, je prends conscience d'où je suis et que, dès lors, je m'amuse à faire tout ce qui me passe par la tête. Idem en ce qui concerne les cauchemars que j'ai domptés avec le temps. Je peux vous l'assurer, dans mes rêves, pas un méchant ne me résiste !

Certains de ces voyages oniriques méritaient d'être mis bout à bout pour figurer dans ce récit, ils furent donc en partie ma source d'inspiration.

Déplacer les étoiles avec un sceptre, j'en ai rêvé. Sauf que c'était un simple bâton et que c'était moi qui le tenais. Pareil pour les cobras et les ananas, ainsi que pour la ville maudite.

Je ne vais pas en faire toute la liste, mais toujours est-il que dans ces moments-là, il m'était possible de faire à peu près tout ce que font les héros du livre. Le rêve du raz-de-marée est récurrent lui aussi. Dans mes songes, les tsunamis sont dévastateurs et je suis souvent la seule à m'en sortir.

Ainsi, dans la première version du livre, le raz-de-marée finissait en catastrophe, mais à peine avais-je fini d'écrire ce chapitre que le terrible tsunami en Asie a eu lieu, avec les centaines de milliers de morts que nous savons. Je peux vous dire que ça m'a fichu un sacré coup de penser à tous ces gens.

Pour le coup, j'ai trouvé ce chapitre monstrueux et je l'ai effacé sur-le-champ. Après quelques mois, j'ai repris l'écriture du livre et fait une version inoffensive du phénomène. Ce fut un peu ma façon d'exorciser cette petite voix qui me disait sans cesse :

« voilà ce que c'est de penser à des trucs pareils, où ça mène ? ». Non pas que je sois assez folle pour imaginer qu'écrire ça ait pu porter la poisse ou quelque chose dans ce genre, ce serait bien évidemment ridicule ! Mais tout de même, on a tous parfois un petit côté superstitieux… et moi peut-être un peu plus que d'autres…

Mais laissons là ce souvenir déprimant pour regarder du côté de la réalité qui nous réserve parfois de drôles de surprises.

Quand Emily se retrouve dans la forêt entourée d'une vache, d'une chèvre et d'un âne, c'est à peu de chose près ce qui m'est arrivé quand j'étais petite. Nous étions en pique-nique en famille, quelque part dans le Jura, et je me suis éloignée pour aller cueillir des baies. Soudain, je me suis retrouvée encerclée par une vache, un âne et un cheval (ici remplacé par une chèvre) qui me regardaient d'un air vraiment très étrange.

Ils se sont rapprochés de moi à tel point que je ne pouvais plus bouger. C'était très angoissant, d'autant plus que je n'étais encore qu'une enfant. Quand j'ai réussi à me faufiler pour m'en aller, ils se sont mis à me suivre. Ça peut paraître bête, mais j'ai eu peur et cet épisode m'a marquée.

Il y a d'autres événements de ce genre, mais je ne vais en retenir que quelques-uns.

Vous souvenez-vous du moment où Emily est seule, dans les marais, et qu'un monstrueux mille-pattes lui monte dessus ? En réalité ce mille-pattes n'en était pas un. C'était une chenille. Nous étions en vacances en Provence lorsque je vis mon petit frère Marc (qui avait quatre ou cinq ans cette année-là et auquel je fais un gros bisou au passage), s'apprêter à ramasser un gros truc fluo dans l'herbe, joli comme tout, qui ressemblait à s'y méprendre à un morceau de jouet.

Heureusement, nous avons eu la présence d'esprit de l'en empêcher. Après avoir pris un bâton du bout duquel nous avons doucement touché l'objet en question, celui-ci s'est mis à se tortiller rageusement et a sorti de son arrière-train un énorme dard ! Ce devait être la larve d'un gros papillon, mais nous ne savons toujours pas lequel.

Anecdote réelle également : à l'époque, je travaillais pour un journal local en tant que typographe. La boîte avait été rachetée par une plus grosse et nous étions en pleine restructuration. Ce fut une période d'injustices et de magouilles : un véritable jeu de massacre. Le syndicat était sur les dents !

Un jour, j'ai surpris la conversation du rédacteur en chef et de sa femme au détour d'un couloir. Ils parlaient des employés et ont prononcé avec mépris cette phrase qui m'est toujours restée : « laissons-les parler, ça leur donne l'impression d'exister ». C'est donc ainsi que, dans le livre, Eraser parle en ces termes du pauvre Gontrand Bienveillant qu'il a manipulé et écrasé. Ça valait bien le détour, non ?

Mais la réalité s'apparente aussi au rêve, que ce soit dans l'amour, l'amitié et la découverte de toutes les belles choses qui nous entourent.

J'ai toujours été très proche de mon papa. La date qui figure sur la photo de Pierre Brigouli est d'ailleurs sa date de naissance.

Un soir, quand j'avais peut-être dix ou douze ans, il me raccompagnait chez ma maman lorsqu'en sortant de la voiture, il m'a fait remarquer que le ciel était magnifique et qu'on voyait la Grande Ourse. Ne sachant pas ce que c'était, il m'a alors montré le firmament et expliqué.

C'est comme ça que j'ai découvert l'existence des constellations et celle-ci fut la toute première. C'était un moment magique.

Il avait l'habitude de m'acheter une boisson que je n'aimais pas spécialement, mais était persuadé, pour des raisons connues de lui seul, que c'était ma préférée. On retrouve ce petit clin d'œil dans l'histoire lorsqu'Emily retrouve sa gourde dans l'île creuse et que quelques bribes de souvenirs lui reviennent.

Par la suite, je n'ai jamais cessé d'admirer le ciel. De méditer sur l'univers et l'infini, d'imaginer la distance qui nous sépare des étoiles, de savoir si celle que l'on est en train de contempler existe encore ou si au contraire, dans tel recoin noir, il en existe une dont la lumière ne nous parviendra que dans des milliers d'années. Et bien sûr, j'ai continué à m'intéresser aux constellations et aux légendes d'une richesse incroyable qui s'y rapportent.

Si je devais parler de mon père, je pourrais écrire tout un volume. Il était le plus merveilleux des hommes. Serein, posé, plein de caractère et d'humour, c'était une vraie force tranquille. Et il était d'une patience et d'une indulgence dont je ne me rendais alors pas toujours bien compte !

En ce qui concerne le livre dans sa première version, il fut d'ailleurs mon premier lecteur et correcteur. Quand j'y repense, je me dis qu'il a vraiment été courageux de réussir à le lire sans s'énerver. Comment dire… que faire face à l'ampleur d'une telle catastrophe ? Le fond y était, mais la forme… Si vous saviez !

Toujours est-il qu'une fois le livre terminé, je l'ai laissé dans un coin. Je devais déjà me douter que quelque chose n'allait pas.

Puis un jeune homme, Django Brachetto, a créé une application pour ce récit et là, je me suis dit que j'allais tout de même le relire. En l'ouvrant, j'ai tout de suite vu que tout le travail restait à faire (en gros, qu'il faudrait tout reprendre de zéro) et nous avons mis le projet en stand-by. À l'heure où j'écris ces lignes, l'application est toujours en attente. Je me réjouis de pouvoir lui fournir le fichier final.

Bref, après quelques années de découragement face à la perspective de devoir tout recommencer, je me suis enfin décidée à le réécrire. À part l'histoire en elle-même, il ne ressemble plus du tout à l'ancienne version et c'est tant mieux. Mon papa n'est malheureusement plus de ce monde pour le lire, mais j'espère qu'il vous a plu.

Pour terminer, faisons un dernier détour dans l'univers des rêves. Qu'est-ce qui différencie le rêve de la réalité ? Le rêve est différent, d'une fois à l'autre, et pas toujours forcément maîtrisable, tandis que la réalité s'inscrit jour après jour dans la continuité.

Aussi, parler de « réalité » en tant que telle n'est-il pas qu'une définition ? En effet, quand nous rêvons nous vivons pleinement ces moments-là. Nos songes nous paraissent tout aussi réels que notre vie quotidienne. Dès lors, si nous vivons pleinement quelque chose, pourquoi n'estimerions-nous pas que ça a été réel, au moins pour nous ?

La réalité ne peut-elle être ce que nous vivons, que ce soit en rêve ou dans la vie de tous les jours ? Considérant ceci, le rêve devient donc réalité et la réalité est un rêve. À nous de faire en sorte que chaque jour de notre vie revête l'éclat d'un rêve éveillé…

Dzet

# Remerciements

Je tiens particulièrement à remercier mon merveilleux mari, **Nicolas Baillencourt,** le trésor de ma vie, pour tout son amour, sa douceur, son soutien, nos longues discussions autour de l'écriture, sa patience et sa foi, mais aussi pour ses relectures attentives, conseils, corrections et suggestions qui m'ont grandement aidée dans l'aboutissement de ce projet. C'est pratique d'avoir un écrivain sous la main. D'ailleurs je vous invite chaleureusement à lire sa saga, les **« Chroniques de Nezubse »**, (www.chroniquesdenezubse.com), une épopée fantastique extraordinaire qui vous séduira par la beauté de son univers, son style fluide et agréable, et une aventure totalement épique et passionnante. Je t'aime à l'infini mon amour, ma bénédiction de vie !

Un grand merci également à **ma maman** qui m'encourage toujours, me donne tout son amour et fut, avec **mon papa,** ma première lectrice lors de la première version (toi aussi ma môman, tu as été bien courageuse). Je t'aime ! Tu es une femme merveilleuse et exceptionnelle, ne l'oublie jamais !

Un immense merci également à mon amie **Sylvie Bourasseau** pour sa relecture attentive, ses remarques, son enthousiasme et son soutien qui m'ont été d'un grand secours pour la finalisation de ce projet. C'est une femme de cœur que j'aimerai toujours et qui m'est particulièrement chère.

Merci à **Django Brachetto** pour son projet d'application magnifique et sa patience infinie.

Merci à **Orosis** (Gabriel Miquet Grivet), pour ses précieux conseils concernant le lancement du livre. M'y étant prise un peu tard par rapport au délai de parution, je n'ai malheureusement pas pu tous les mettre en pratique. J'en profite néanmoins pour vous recommander cet entrepreneur de génie qui ne cesse d'innover en matière d'idées et développements ainsi que dans la communication d'entreprise, vidéo, brand content et référencement. Par ailleurs, que ce soit pour un teaser, la visibilité sur internet, du marketing ou encore toute méthodologie complexe de techniques web et médias, il saura vous aider efficacement (pour en savoir plus, je vous invite à visiter **www.orosis.com**).

Merci à **Sébastien Mohni,** mon soleil de vie à qui j'ai beaucoup pensé lors de la dernière phase d'écriture – connaissant son goût pour ce genre de dénouement plutôt heureux – pour sa relecture attentive, son enthousiasme et pour tout son amour, sa fraîcheur et ses encouragements. Je t'aime fort, petit cœur !

REMERCIEMENTS

Merci aussi à **David Scheidegger,** mon meilleur ami, un grand cœur de vie, artiste incroyablement doué, avec lequel je vivais lors de l'écriture de la première version. Merci pour ses précieux conseils et de m'avoir toujours aimée, soutenue, encouragée, poussée vers l'avant, cru en moi et de continuer à le faire aujourd'hui.

Et enfin, un immense merci à **Clémence Chanel** pour son énorme travail de correction d'une minutie irréprochable ! Son œil de lynx a décelé jusqu'aux derniers oublis typographiques quasiment invisibles et de petites fautes orthographiques tellement «pointues» techniquement parlant que personne ne les avait remarquées avant elle, malgré de nombreuses relectures. C'est à cela que l'on reconnaît une vraie professionnelle, qui plus est, particulièrement talentueuse. Je vous recommande vivement ses services. Vous pouvez consulter son CV très étoffé et la contacter sur son site internet à l'adresse suivante :

**http://clemence-chanel.e-monsite.com/**

# Playlists pendant l'écriture

**Ecriture en 2004-2005 :** Final Fantasy X

**Réécriture en 2014 :** Pretty Lights
http://prettylightsmusic.com/

# un gros clin d'œil

## plein d'amour à :

**Mon petit frère Marc** qui m'a en partie inspiré Pierre-de-Lune (mais pas Pierre Brigouli, je le rassure) et certaines situations de ce livre.
Je t'aime mon coacou, mon petit ange de vie !

**Mon frère Patrick** le plus beau et le meilleur (car il faut bien le dire). Je t'aime mon tit frère, trésor de mon coeur ! Sa femme **Ludmilla** et mes trois petites nièces chéries, **Halima, Zohra** et **Rajah,** ainsi que mon futur neveu à naître, **Sophian.** Je vous aime !

Ma sœur chérie **Danièle,** ma petite soleillette d'amour que j'aime, son chéri, **Julien,** et **Ewen,** mon neveu mignon à croquer.

Ma belle-sœur **Anne-Sophie,** petite fée merveilleuse que j'aime, et son chéri, **Pierre.**

Mon adorable neveu **Valentin** que j'aime et sa maman, **Anouchka.**

Mon beau-frère adoré **Pierre-Emmanuel,** sans oublier **Boubou,** le chat.

**Ma belle-maman** si pleine d'amour et unique.

Mon beau-papa **Philippe** que j'aime.

**Mes amis** Justine, Tommaso, Patricia, Nasha, Aurélie C., Aurélie E., la famille Nonos, Tony, Mimo, Viviane, Kira, Caroline, Nad, Ode, Magou, Morgane, Maïka, Chantal, Arcanichou, Piafoune, Paqui, Evelyne, Bruno, Floriane, Sylly, Dany, Sandra, le Soy, Gian-Joël, la famille Bagnato, Dario, Mallah, Tis à couettes, ma Laeti, Yann, Pedro, Flavie, Karine, Pierre, Joël, Damien, Shugaa, mes trois « Gaëlle » mes deux « Christelle », Encdaël, Whity, Cissou, Robert, Wolfi, Zaza, Brosh, Laure, Fabrelin, Valérie, Cracou, Sarah, mes frères et sœurs de l'église à Dijon...

**Mes cousins** Thomas, Yannick, Cédric, David, Joël, Nano.

**Mes cousines** Manu, Sylvie, Annie-Christine, Carine, Sandra, Mélanie, Mimi.

**Mes tantes** Suzanne, Jacqueline, Sonia, Josiane, Claudine.

**Mes oncles** Francis, Pierre-André, Jacques, Claude, Charles (rip).

Ma grand-maman **Yvette** (rip) et **Nicholson.**

Mon grand-papa **Willy** (rip), ma grand-maman **Jacqueline** (rip) et **Roger** (rip) le papa de mon frère Patrick.

Et plus généralement le reste de ma famille et de mes amis.

## Je vous aime !

# L'auteur

Née en Suisse en août 1974, Dzet est une touche-à-tout passionnée d'écriture, mais aussi de peinture, sculpture, composition musicale, création d'objets design, infographie, informatique et tout ce qui s'apparente de près à l'art ou aux médias en général.

C'est une amoureuse des lettres sous toutes leurs formes, que ce soit en écriture, en calligraphie, en graffiti ou encore au niveau de l'esthétisme pur des polices de caractère. Cet amour la poussera même à en sculpter dans la pierre.

Typographe de formation, elle quitte rapidement les sentiers battus dans son intarissable soif de nouvelles connaissances et se consacre à toutes sortes de projets.

Fascinée par l'univers des rêves ainsi que par l'astronomie et la mythologie, elle écrit « Le Chemin des Étoiles » en 2004 dans lequel elle les mêle pour donner naissance à une aventure aussi surprenante qu'originale.

Un peu dispersée au milieu de toutes ses passions, elle laissera toutefois passer dix ans entre l'ébauche de ce premier roman et son écriture finale.

Au-delà de l'écriture de cet ouvrage, elle choisira de se charger également de sa mise en page, de sa couverture, du site internet, des illustrations du livre, de sa vidéo de présentation, et composera même la musique du site et de la vidéo. Ainsi, vous tenez entre vos mains une création entièrement «fait maison», ce qui ne sera sans doute pas sans vous rappeler un certain personnage du livre...

C'est donc avec plaisir qu'elle vous livre aujourd'hui « Le Chemin des Étoiles » en espérant que le monde de Pierre-de-Lune, Emily, Callisto et Erevan aura su vous transporter et vous séduire.

# TABLE DES MATIÈRES